廖柏森 著

英語與翻譯教學

觀念與實務

TEACHING OF ENGLISH AND TRANSLATION : PRINCIPLES & PRACTICE

敬獻給我最愛的父母親

新版推薦序

　　再度應柏森邀請為此新版書寫序,深感榮幸!這表示從2007年至今,柏森又為這本書添加許多最新資訊、數據與嶄新的概念,完全走在研究與知識快速延展的尖端,不但為我們回頭省思近年國際間在英語教學上的研究發現、臺灣英語教學中的謬誤觀念、及國內翻譯在英語教學中所扮演的重要角色與夥伴關係;同時,他也帶領我們展望未來臺灣語言教育該有的藍圖,如網路資源與科技平台的運用,與同儕合作學習的提升。這本書的讀者可以是學者老師,亦可是對此領域有興趣的研究生,和關注臺灣語言教育與孩子學習狀況的家長。其豐富又專業的內容,透過柏森平易近人的流暢文筆,讓讀者輕易進入這些重要議題的探究、並循線思考、檢討、與修正觀念。

　　如柏森所言,這本書有許多代表性的文獻與論述歷久彌新,予以保留,我對之前的部分推薦序言亦如是:「對於柏森另一項專長:翻譯教學,本人自認在此方面才疏學淺,無法在此班門弄斧」。然而在翻譯教學上,我看到柏森引導學生舉辦國際模擬會議,將英語教學中常見之溝通式教學法(communicative language teaching)、應用作業學習(project-based learning）、任務導向教學法（task-based teaching）等教學模式應用在口譯教學裡，讓學生在做中學（learning-by-doing）的過程中發展極為重要的自主學習能力（learner autonomy）。一個模擬會議，師生從無到有、規劃流程、整合各個環節、到實際進行口譯操作，其工程之浩大可以想見；而經過這樣的磨練，學生的自信能力怎能不大幅提升？此書從英語教學、翻譯教學、至兩者密不可分的夥伴關係，提升了聽說讀寫譯的教學境界！

　　英語與翻譯的學習是全球趨勢，也是語言教育的重點。這兩個領域的共通點就是學者必須站在英語全球化的世界觀，來探討我們要給學習者何種學習經驗、能力、與目標。如果學習英語與專業翻譯是為了與世界融合，更能快速吸收瞬息萬變的資訊，並進而將臺灣推展成為世界潮流中的亮點，那麼在英語與翻譯教學中絕不能忽視在地文化的驕傲與培養傳統文化的能力。拜讀此書，我獲益良多。從事英語教學逾二十年，柏森是我所見在英語與翻譯兩個領域裡遊刃有餘的少數人才之一，更慶幸從過去在臺北大學任教至今都能結交這樣一位才情兼備、熱情教學、幽默風趣的學者、同事、與朋友！

李思穎2015年10月

國立臺灣科技大學應用外語學系教授兼主任

推薦序

　　《英語與翻譯教學：觀念與實務》是廖柏森博士集結近年來發表論文之結晶，柏森在此書中闡述其對英語教學之理念、語言習得之論述、以及他在翻譯領域中的研究所成。此書所顯現的不僅是柏森淵博的學識，更是他對臺灣英語教學與翻譯教學的重要貢獻之一。拜讀之後，一是深為柏森在理論探討與研究驗證上的熱忱所欽服，更為他能一針見血地指出臺灣在英語學習與教學上的謬誤觀念而喝采。能與柏森在臺北大學應用外語系共事，並受邀撰寫此推薦序，反而覺得是我極大的榮幸。

　　此書不同於柏森先前有關學習策略與論文寫作等實用暢銷書之處，在於他蒐錄之論文中有精闢的觀念分享。雖然本人在第二語言習得與教學研究之領域與柏森不同（本人之研究主軸在於廣泛閱讀與語言習得各個層面之關係），但是在基礎理論架構上，我們享有相當多的共同點：

　　一、學習者是否能運用後設認知策略以利其學習：此理論不僅為一般語言教學研究者與教師所關心，也是我們在廣泛閱讀課程中常與學生探討的議題，即我們與學生分享的，並非傳統教學上所談的閱讀策略（如

skimming, scanning, etc.），而為學習上非常重要的策略運用。因此在廣泛閱讀領域中，柏森所闡述之如何「反思其學習成效」及如何「處理所得資訊」，並在閱讀過程中如何「計畫、監督及評估」自己的學習歷程與結果，是學習英語成功之基石。

二、第一語言、即母語是否為「干擾」（interference）還是「輔助」（facilitation）英語學習：柏森一語道破臺灣父母的錯誤觀念，認為母語在英語學習過程中是一大干擾，卻不知母語的使用是利用學習者先前所累積之認知能力，即先備知識（prior knowledge or schemata）以利理解第二語言之語料輸入。隨著語料輸入之質與量的增進，學習者使用母語的頻率自然會逐漸降低。當然其他因素如教師的語言能力與教學能力、提供之學習平台、和資訊之多元性與真實性（variety & authenticity）有很大的關聯。

三、另外一點我極為認同的就是柏森所提出之溝通式語言教學法CLT（Communicative Language Teaching）之適用性：臺灣英語教學界緊跟西方所盛行之CLT，過於注重聽與說之訓練，而疏忽讀與寫並重之重要性。最重要的是CLT的流行所帶來的文化衝擊、過分倚重外籍教師、大班上課之限制、學習者之個別差異、和教材與學習者之經驗關聯性（relevance），都是柏森希望臺灣英語教學界及殷切期盼的父母們所要重

新思考的。當然我所關心的還是當CLT如此盛行之同時，大家可想到口語訓練的基礎仍然為「可理解輸入」（comprehensible input）之吸收與儲存，不然口語訓練極可能淪為一般傳統教學上一些公式化語言（formulaic language）之重複練習，學習者是否能因此做更深入之交談與辯論仍然是未定之數，但我的答案其實是：不然。

四、英語愈早學是否愈好：這點與以上所述皆有關聯，柏森引述學習理論大師Vygotsky等之論述及多項實驗證明，說明母語於第二語言習得之重要，口音學習的標準已有不同，最後希望大家應注重幼兒學習英語之興趣與動機，以有趣的教學活動和同儕互助互動來啟發兒童之英語學習。最後，柏森給予本國籍老師最需要的定位：「有受過專業語言教育訓練，懂得臺灣幼兒心理和語言發展的本國籍教師更能勝任」此一英語教學重任。

對於柏森另一項專長：翻譯教學，本人自認在此方面才疏學淺，無法在此班門弄斧。但若以一個跨界的讀者來說，柏森在此書中已清楚論述了翻譯訓練與英語習得之重要關聯，運用多媒體之學習平台培養學生積極勇敢地挑戰自己的能力，靈活明確地使用語言，使語言學習更具有目的性，也因此提升學生學習的動機。這一點，我在讀完此書之後開了眼界，獲益良多，學術交流在此顯露無遺。

當然我最佩服柏森的還有他的教學理念深具世界觀、國際觀，認為英語習得應重「what you know」，而非「who you are」，進而闡明英語教學與學習之目的是在幫助學生培養跨文化之宏觀以及對自身文化之認識與認同。因此我極力推薦此書，相信此書的讀者將和我一樣所獲匪淺。

李思穎2007年

國立臺北大學應用外語學系教授

新序

　　個人長年身為英語和翻譯教學工作者，自是不遺餘力從事研究和教學，同時也不揣淺陋分享成果和經驗。而拙作《英語與翻譯教學：觀念與實務》是少數探討國內英語與翻譯教學觀念與實務之專著，通常是小眾的學院讀者或第一線教師才有閱讀的興趣或需求。自2007年出版至今已有8年之久，承蒙秀威資訊科技股份有限公司不計成本收益，願意再以新版重出此書，個人除了深表感激之餘，也應善盡修訂內容之責。因此凡書中涉及不合時宜之事實陳述皆予更新、謬誤糾正、並增添較新之資訊和文獻。例如英語全球化趨勢數據、國內外文和翻譯系所現況、翻譯證照考試制度、政府機關和法令變革、研究文獻回顧、參考網址更動等，都必須改寫翻修。但書中大部分教學論述觀點歷久彌新，不勞變換；有些實徵研究因在過去執行，例如問卷調查、教學實驗和教學活動等，其具體研究數據和結果不宜更動；而部分引用之前研究文獻書目雖然年份較舊，不過對書中研究有啟發支持之效，也應當保留。總之，本書以新版重新面世，其內容有所變，也有所不變，但都

希望對現時的讀者有所助益，對於英語和翻譯教學之間關係有
更深入的認識理解。

廖柏森2015年8月
於國立臺灣師範大學翻譯研究所

自序

　　英語和翻譯的教學在近年來成為國內外語系所的「顯學」，不但應用外語和翻譯系所競相增設，坊間提供英語和口筆譯的訓練課程更成為市場的利基。但是在此熱潮的背後卻仍有一些教學上的觀念和方法問題尚待釐清解決。例如在英語教學上我們對於臺灣英語教育的定位、學生英語學習策略的使用、兒童學習英語的迷思等議題都還有論述的空間；而在翻譯教學上，翻譯的證照制度、口筆譯的教學方法和研究現況，乃至於英語與翻譯兩種技能之間的關係等也皆有待進一步的檢證。

　　個人過去數年來教授英語教學和翻譯研究相關科目，在和許多教師同行分享教學心得的過程中也發現大家對上述議題常有熱烈的討論，因此我所撰寫之文章亦環繞在此二領域，並發表在不同的期刊雜誌上。其中以中文寫作，可以有系統集結的文章就收錄在此書中，並利用此付梓機會加以增修。全書計有十三章，分為三大篇，其中部分文章是與其他教師合著，簡介如下：

　　第一篇為英語教學，所收文章依序為：〈英語全球化脈絡裡的臺灣英語教育〉（原載於英語教學）、〈以英語為國際語

（EIL）之義涵與教學觀〉（原載於英語教學）、〈後設認知
策略與英語學習〉（原載於英文教育電子月刊）、〈技職學院
應用外語科系學生英語學習策略使用之探討〉（原載於英文教
育電子月刊）、〈破除幼兒學習英語的迷思〉（原載於敦煌英
語教學電子雜誌）。

　　第二篇為翻譯教學，所收文章依序為：〈建立翻譯證照
制度之探討〉（原載於技術與職業教育）、〈臺灣口譯研究
現況之探討〉（原載於翻譯學研究集刊）、〈大專口譯課是
否能提升學生口語能力之探討〉（原載於翻譯學研究集刊）、
〈口譯課程使用國際模擬會議之成效探討〉（原載於翻譯學研
究集刊）、〈使用檔案翻譯教學初探〉（原載於翻譯學研究集
刊）、〈使用Moodle網路平台實施筆譯教學之探討〉（原載於
原載於翻譯學研究集刊）。

　　第三篇探討英語與翻譯教學之關係，所收文章依序為：
〈探討翻譯在外語教學上之應用〉（原載於翻譯學研究集
刊）、〈論翻譯在外語學習上之角色〉（原載於翻譯學研究集
刊）。

　　光陰荏苒，個人歸國從事英語教職轉眼間已逾五年，先後
在交通大學和臺北大學專任，以及輔仁大學、新竹教育大學、
玄奘大學等校兼任。這段期間接觸了眾多的莘莘學子，親身感
受到他們學習英語和翻譯技能上的努力與困難；同時也有機會
親炙學習許多資深教授在英語和翻譯教學上的洞見和訣竅。個
人不但獲益良多，也激發出對目前國內英語和翻譯教學現象的

一些想法，並進一步從事研究探索其中的某些問題。這本書裡
的文章就是個人過去幾年來在教學和研究上的小小心得，期望
整理成冊後，能得到更多專家學者的指正，則幸甚矣。

廖柏森2007年4月12日
於國立臺北大學應用外語學系

contents 目次

第三篇　英語與翻譯教學

第一篇　英語教學

英語全球化脈絡裡的
臺灣英語教育

壹、緒論

　　邁入廿一世紀，由經濟全球化所導致的全球文化趨同性愈來愈明顯，不論個人主觀意志的喜好與否，這種大勢幾已成為難以逆轉的歷史必然。而且隨著全球化時代的來臨，人們對國家和文化的認同（identity）愈來愈模糊，導致對語言的認同也受到影響，呈顯某種程度的混雜性（hybridity）。最明顯的就是隨著全球化浪潮，英語過去數十年來都是主流的國際語（an international language）（Graddol, 2006），甚至已然成為唯一的全球語（the global language）（Northrup, 2013）。據Crystal（2012）採取各種統計資料來源所估計的平均數，約有四分之一的世界人口，也就是約15億人能夠使用英語進行有效溝通（capable of communicating to a useful level in English）。其中約7億5千萬人是以英語為母語或官方語言（official language），另外約一半人數是以英語為外語（foreign language）。此種英語全球化的現象，不僅令世人感到驚歎不已，更對世界各國的

語言教育乃至國家政策都產生重大衝擊。

　　而臺灣社會面對英語的全球化熱潮常衍生不同的態度，基本上可分為全面擁抱全球化和從在地化角度排拒全球化的兩極觀點。有人為追求與國際社會接軌，提倡學習英語應從小紮根，以教育部的國小英語教學和引進外籍師資政策可為明證；另一方面則有人憂心忡忡，認為英語的普及會損害臺灣學子的文化認同，甚至使中文的使用和思考模式被「殖民化」，難以保留本土的文化傳統，這些人通常以學院派學者居多。面對眾說紛紜的態度，在第一線工作的英語教師往往難以適從。一般而言，英語教學研究注重微觀的議題，主要探究教學法的成效或學習者的學習歷程，而較忽略從宏觀的角度談論全球化英語對教學實務所帶來的影響，殊為可惜。因此本文嘗試從英語全球化的角度出發，來探討標準英語的觀念和英語所有權分化的現象，最後論及臺灣本地英語教育的因應之道，希望能對目前的全球化和在地化英語教育之爭提出一些個人淺見。

貳、英語全球化導致英語所有權的分化

一、英語全球化的影響

　　目前英語在全世界散播的速度和盛況可說是史上前所未見，Northrup（2013）認為特別是自1990年之後，歸功於全球資訊網（World Wide Web）的問世、資訊科技突飛猛進而價格愈加親民、以英文寫作的各式資訊如國際政治、學術、財

經、科技、文學、流行文化等在網際網路上鋪天蓋地流通，英語在眾多國際語言中脫穎而出，榮登世界第一個全球語（the world's first global language）地位。即使美國霸權衰落，中國重返全球經濟和軍事舞台，在可預見的未來英語仍可維持全球語這個寶座。根據Northrup（2013）和Crystal（2012）的分析，任何語言要成就全球語的地位，光靠以該語言為母語（mother tongue）的國家來支撐是不足的，更重要的是該語言能在世界其他眾多國家中被定位為官方語言（official language）、第二或第三語言（second or third language）、或者是優先教學的外語（a priority in a country's foreign-language teaching）。而放眼全球只有英語能符合這樣的條件，現今已有超過七十個國家如印度、新加坡、迦納、奈及利亞等將英語制定為官方語言，一百多個國家將英語列為第二語言或主要外語教學科目，而且這些數量仍在穩定成長中。目前全世界以英語為外語（EFL）人口數量已遠高於以英語為母語（ENL）人士。而以英語為第二語言（ESL）的人口約4億3千萬，也超過以英語為母語的人口約3億2千9百萬，且在50年之內更可能會大幅超越50%（Crystal, 2012）。英語全球化的程度日益深化，儘管英語母語國家在21世紀的相對重要性將會遞減，但世界其他國家地區仍需一共同語言來溝通交流，英語作為全球語的地位難以動搖。

至於全球英語散布的情況，印度裔美國學者Kachru（1985）曾用三個同心圓（如圖一）來表示：（1）內圈

（inner circle）是傳統以英語為母語的國家，如美國、英國、加拿大、澳洲、紐西蘭、愛爾蘭等國；（2）外圈（outer circle）是賦予英語法定地位而成為一種通行語言的國家如新加坡、印度、馬來西亞、馬拉威等五十餘國；（3）擴展圈（expanding circle）則泛指世界其他以英語為外語的國家，包括臺灣、中國、日本、俄羅斯、沙烏地阿拉伯、希臘、波蘭等，而且數量仍在擴增中。在這三個同心圓中的國家對於英語的使用也有很大的差異，內圈國家基本上是提供英語規範（norm-providing），尤以英美兩國為甚；外圈國家是發展規範（norm-developing），通常致力於建立本土英語的規範（localized norm），而發展出具語言和文化特色的英語如新加坡英語（Singlish）和印度英語（Indian English）；擴展圈國家則是依賴規範（norm-dependent），遵循內圈國家所提供的語言標準來使用英語。

根據Kachru（1985）界定的三個英語同心圓國家，我們可知英語的全球化過程是由內圈向外傳播。特別是在西方列強殖民時期，內圈國家往往迫使外圈國家接受其語言標準和政經制度，英語扮演所謂推動現代化（modernization）或西化（westernization）的角色。而在殖民統治結束後，外圈國家中有的國家如馬來西亞為強調本國民族文化的認同，於1967年制定國家語言法，廢除英語為官方語言的地位；有的國家如新加坡則是為了不同種族間的和諧，選擇英語和其他三種語言，也就是華文、馬來文和坦米爾文共同訂為官方語言，進行母語

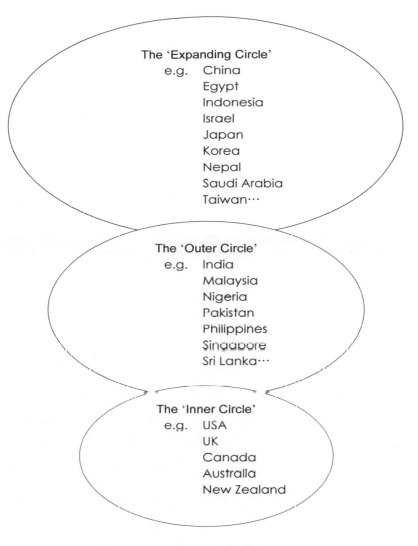

The 'Expanding Circle'
e.g. China
Egypt
Indonesia
Israel
Japan
Korea
Nepal
Saudi Arabia
Taiwan⋯

The 'Outer Circle'
e.g. India
Malaysia
Nigeria
Pakistan
Philippines
Singapore
Sri Lanka⋯

The 'Inner Circle'
e.g. USA
UK
Canada
Australia
New Zealand

圖一：Kachru界定的三個英語同心圓

與英語的雙語教育（葉玉賢，2002；李光耀，2015）。一般而言，外圈國家經過長期殖民已建立良好的英語環境，它們對英語的使用除了作為國際（international）交流的用途外，還能作為國內（intranational）不同種族和語言社群之間的溝通工具，這也是與擴展圈國家在英語使用上最大的差異。而處於擴展圈中的臺灣向來是將英語定位為外語，因缺乏英語的使用環境，一般人的英語能力普遍欠佳，也必須仰賴內圈國家提供英語學習的標準，不如外圈國家能逐漸發展出自己風格的英語，並在語法和語調上與其他國家作區別，以加強認同感，並以自己所說的英語口音為榮。而內圈國家和外圈國家雖然都是在日常生活中普遍使用英語，但兩者的英語標準其實是不一致的，也因而對所謂標準英語的觀念造成挑戰。

二、解構標準英語的觀念

標準英語（standard English）可定義為一個社區或國家中享有最高地位的英語體，通常是指受過良好教育之英語人士所書寫和口說的語體（Richards, Platt, & Platt, 1992）。而伴隨英語的全球化，英美等國的標準語也傳播至世界各地，相當大的程度上象徵了美英等國的語言和文化霸權（hegemony），因而在許多國家中遭到捍衛本土文化學者的抵制。例如有學者就認為標準英語的概念源自殖民主義，是殖民帝國統治被殖民者的控制手段，其語言標準就代表一種不容挑戰的殖民權威性（authority）和正統性（authenticity）（莊坤良，2002）。

在觀念上，Widdowson（1994）認為標準英語一詞意含著一種穩定性，或一個相對固定的參照點（a relatively fixed point of reference），但是人們一直都在發明新字彙來表達新的概念和態度來適應這個變動的世界，語言本身就具備動態的本質，否則就會枯竭。因此英語作為一種國際語言所必需具備的活力和調適性，是無法用特定標準來侷限。一旦用固定標準來箝制英語的發展，勢將損及英語作為國際普及溝通工具的地位。

在實際上，所謂標準英語的使用也並不如一般人想像中普遍，反而有相當大的地域差別。標準英語的分際在全球化時代裡也愈來愈模糊，定義因地區而異，進而呈現英語多中心（pluricentricity）或多典範（multicanons）的現象（Kachru, 1992）。過去被邊緣化的所謂「非正統英語」如新加坡英語、印度英語目前都已經制度化，為國際學術機構和企業組織所接受。因此比較周延的說法是在全球化脈絡中並不存在一套所謂唯一的標準英語，而是有多種的英語（Englishes）或英語體（English varieties）並存。這些英語體在字彙、語法、風格、語段策略、尤其是在發音上都不盡相同，但在語言學觀點上並無價值或正統性高低之別。目前全球英語體中最廣為流傳使用的莫過於美式英文（American English），臺灣的英語教學和能力檢定考試也多以美式英文為本，但這並不意謂該語體較其他英語體傑出，而是支撐美式英文背後的權力（power），包括政治、軍事、科技、貿易、及學術等領域上的力量都居於全球領先地位，因而在傳播範圍和影響程度上擁有最大優勢。

而既然世界上存有如此多不同的英語體，它們之間的溝通不可能都順暢無礙，但至少向來皆可互相理解（mutually intelligible），最多經過一些解釋通常即可明瞭。何況今天大眾媒體極為發達，各個英語區域的語言使用交流頻繁，易於相互了解各自地域的英語特色。既然標準英語在經過觀念和事實的檢視後不過是種模糊的概念，如何跳脫出以標準英語為中心的教學，而以全球化英語為考量的依據，遂成為臺灣英語教育的重要課題。

三、英語所有權的分化

　　因為全球化的蔓延，目前全世界約有四分之一人口使用英語，遠超過英語母語的人數；而且英語母語人士據估計僅佔世界所有使用英語人口的五分之一至四分之一（Ronowicz, 1999），英語的所有權遂開始遭受質疑。許多西方語言學家直指已經沒有任何一個國家或民族可以宣稱擁有英語的唯一所有權（Brown, 1995; Crystal, 2012; Graddol, 2006; Widdowson, 1994）。例如Widdowson（1994）主張英語作為一種國際語言（EIL, English as an international language）就必須同時是一種獨立的語言，其監護權（custody）不隸屬於任何一個國家。Brown（1995）則在闡釋世界英語（World Englishes）的觀念時表示，英語已不再是以英語為母語人士的專屬資產，而是屬於全世界共有。因此使用者對英語應超脫過去單一模式的理解（monomodel understanding），而移轉至更廣泛的多元模式理

解（polymodel understanding），也就是接受不同國家使用英語的模式。如今許多並非內圈英語國家人士的英語造詣之高連英美人士都自嘆弗如，文學家如Wole Soyinnka以奈及利亞英文、Derek Alton Walcott以西印地群島英文所創作的作品甚至都榮獲諾貝爾文學獎的最高榮譽。簡言之，西方學界已不再視英語為英語系國家的資產，而是國際共有的溝通媒介和生活技能。

另外，在過去行為主義學習理論主導的1960年代，英語教學的目標是設定英語母語人士（native speakers of English）作為學習典範，不論在語音語義和表達方式上都力求模仿形似，Jenkins（2000）曾形容英語人士被尊為「英語的擁有者、英語標準的守護者、及教學規範的仲裁者」（owners of the language, guardians of its standards, and arbiters of acceptable pedagogic norms），可見這些英語母語人士在過去的英語教學界佔有極為重要的地位。但時至二十一世紀的今日，因為英語全球化的結果，世界各地漸次產生各種區域性的英語體，愈來愈多語言教育學家也提出把英語學得跟英美人士一樣是不切實際而且沒有必要的教學目標。如Jenkins（2000, 2005）就認為以英語為第二語言或外語的學習者並無必要根除自己母語的口音去學習所謂的「標準發音」（RP, Received Pronunciation），這樣的過程既艱辛又難以達成。她在其書 The phonology of English as an international language 中設計一套以英語為國際語的語音課程，簡化「標準發音」系統，但仍保留英語基本的語音區別。如此

一來，學習者就無需刻意仿效英語母語人士的口音，也可說出容易理解的英語。

　　總而言之，語言是兼具表情達意和身分認同的工具，它雖是一文化穩定性的代表，但也會配合時代社會的需要而成長改變。目前在世界各地廣泛使用的英語，其所有權已然分化，正隨著不同區域的社會環境發展出反映當地風格的英語用法，以強化區別文化間彼此的身分認同，未來透過電腦資訊與網路科技的日愈發達，英語大潮更將席捲全球。而這種大規模英語全球化的衝擊，長久來看，不僅不會削弱本土語言認同的意識，反將如Kachru（1985）所言造成英語的分散化（fragmentation）與本土化（nativization）的同時興起，而臺灣的英語教育應審慎面對此種情勢，作好因應之道。

參、臺灣的英語教育如何因應英語全球化

一、引進外籍師資的政策

　　前述英語全球化的現象相當程度上將影響臺灣本地的英語教育，臺灣為順應全球化浪潮，從政府到民間莫不戮力強調英語教育的重要性，學習英語早已形成一種全民運動。最顯著的事例莫如教育部引進外籍教師至國內各縣市學校教授英語，但此政策引發基層英文教師反彈，專家學者也多所批評，各界反應欠佳。

但從全球教育（global education）[1]和多元文化教育（multicultural education）[2]的角度來看，引進外籍教師應可以提供學生更多元的學習經驗。姑且不論外籍教師的英語能力確實有其優勢，至少他們所帶來不同的教學觀念和方法，對學生就是種全新的知識建構，這個過程本身就是一種很好的學習。其次在文化適應問題上，有教師憂心在校園中可能引發的文化認同問題，小學生可能無形中會發展出崇洋心態，形成獨尊外師的現象。但是換個角度來看，這卻也是中外兩種教育文化碰撞而產生良性競爭的開始。學生不僅可以接受不同的文化刺激，擴大國際視野，本國教師也可以和外籍教師建立伙伴關係，截長補短，共同提升國內英語教學的水準。至於學生英語學習成效的高低，還有賴學校行政當局對教學品質的控管以及與其他台籍教師的協同教學，是合作團隊的成果，並非聘用外籍教師就能解決一切英語教學問題。

　　然而在積極引進外籍師資的同時，我們也不能缺乏在地的反思。目前上自教育部引進外籍師資全國內學校任教，下至兒

---

[1] 根據美國監督和課程發展協會（Association for Supervision and Curriculum Development）的定義，全球教育注重學習跨國界的議題以及文化、生態、政治、科技間的相互關聯性。同時學習了解和欣賞不同的文化，透過別人的觀點來看世界，以體會我們和世界其他人並無不同。

[2] 根據美國全國多元文化教育協會（National Association for Multicultural Education）的定義，多元文化教育是一種建立在自由、正義、平等、公平、和人類尊嚴等理念上的哲學觀念。經由提倡社會正義的民主原則來挑戰校園和社會中各種形式的歧視。並透過提供各種不同族群團體的歷史、文化和貢獻，幫助學生發展正面的自我概念。

童英語補習班的家長堅持一定要由金髮碧眼的老外教英語，背後都難免有一基本假設，亦即英語使用是有位階性的標準，使用英語最高的權威是英語母語的人士，而臺灣社會的莘莘學子則必須投資龐大的學費和心力來交換所謂正統英語之使用。但如前所述，在全球化的脈絡裡，英語的使用權威和所有權已經分化，所謂標準或正統英語究其實不過是種模糊的觀念。連教育部引進的外籍師資都分別來自美國、英國、加拿大、澳洲等不同國家，這些國家的英語在發音、用字、乃至語法上都有或多或少的差異，甚至來自同一國家也會有南腔北調的口音，所謂標準英語充其量僅具抽象概念上的意義，要具體落實界定有極大困難。

二、臺灣本籍教師的定位、及使用之英語教材教法

英語全球化現象和引進外籍教師勢必衝擊臺灣的英語教育，但本地的英語教師倒無需過度反彈或憂心，反而應該體認到全球化時代英語所有權的分殊性，了解各種英語體之間的關係，並注意英語學習與文化認同之間的平衡，從而建立自己在英語教學上的定位。

有關非英語母語之教師（NNESLs, Non-native ESL teachers）所具有的教學利基在英語教學界已有廣泛討論（Cook, 1999; Rampton, 1990），同樣地臺灣本籍教師從事英語教學也有其優勢，他們對本地學生的學習背景和需求，包括文化和語言的因素都有清楚認識。也因為本籍教師是經過後天

努力不懈才得以學好英語，不像外籍教師的英語能力是拜出生地所賜，得來不費太大功夫。所以本籍教師較容易以同理心了解學生的學習困難和過程，特別是可以強調因母語轉移（L1 transfer）所產生的錯誤，並提供貼近學生英語學習經驗的教導，作為學生英語學習的模範。

更進一步而言，在全球化時代裡，個人的國家身分已不必然等同於其文化身分和語言身分，在臺灣從事英語教學的本國籍工作者，可說是中西兩種文化混融（acculturalaton）的代表。本國籍的教師大部分生長在臺灣，自幼接受本地文化的薰陶，可是在學術或專業工作上接受西方文化和語言的訓練，他們文化和語言身分可說是雙重或多元的。這種可以兼具本土獨特背景和西方學術視野來從事英語教學的理論建構和實務操作，應該是比外籍教師只能從其母語的角度和學習歷程所提供的觀點和作法更符合臺灣學子的需求。

至於在英語教法教材的層面，臺灣目前英語教學的主流方法是溝通語言教學法（Communicative Language Teaching），注重學生在各種日常生活情境和語言功能上的使用，並以培養學生的英語溝通能力（communicative competence），能在各種社會情境適當地理解和表達不同的英語功能為教學目標。當我們把全球化英語的觀念引介到溝通語言教學法上時，學生只要能以英語達成溝通交際、解決問題、獲得資訊等目的，教師即無需太刻意要求學生學習某種標準口音、或服膺某種既成語體的規範，反而應該要加強跨文化的教學，均衡英語學習與文化認

同間的發展。

　　若再進一步引申溝通語言教學法的理論，臺灣學子需要的不僅僅是外籍教師所提供的語言輸入或刺激，更重要的是可據以溝通表達和創造意義的英語學習資源和環境。舉例而言，英語課除了可以教導學生認識對他們陌生遙遠的西洋感恩節（Thanksgiving）、萬聖節（Halloween）、聖誕節（Christmas）外，就本地學習的大環境而言，也可用英語來讓他們學習表達生活中很親近的臺灣民俗節慶和風俗習慣，讓在地經驗能透過英語的學習更進一步舒張和深化，如此則更能提供學子有意義使用英語的實際社會情境，因此在英語教材的選用上也應該兼採國際性和地方性的題材。

　　目前臺灣使用的英語教科書大多來自少數幾家英語系國家的大型出版商，在議題內容編寫上無法反映臺灣當地的生活經驗，在教學法的適用性上也不見得能符應我們的教育體制和環境。當然若要求臺灣的英語教師放棄進口教材不用是不切實際的想法，但依據批判教學（critical pedagogy）的觀點，其實教師可以反省潛藏在進口教科書中的意識型態，檢視在教材內容中反映的文化價值觀、歷史及社會經驗，以及特定族群、性別、社經階層的議題又是如何處理。除此之外，教師也可以透過不同管道的進口教材介紹世界各個英語使用國的風土民情，更可搭配電腦科技如網際網路和多媒體來增進教學效果。但教師必須避免只挑選單一文化的教材，以免學生形成某種特定文化霸權的錯覺。而更積極的作法應該是針對臺灣同學的需求和

當地特殊文化情境，在課堂上增加與其社會生活相關的議題。例如臺灣在地出版的英文報章雜誌像英文中國郵報（The China Post）、學生郵報（Srudent Post）、臺北時報（Taipei Times）或臺灣光華雜誌（Taiwan Panorama）等，都能提供優質的真實教材（authentic materials），值得教師採用，最終的理想目標則是教導學生用英語來表達臺灣在地的文化思維和民俗情感。

另外，站在本土英語教學法的立場反思，莊坤良（2002）強調現今普世通行的英語教學法也是英美社會文化情境的產物，卻成為非英語系國家的主流教學策略，這種統一標準的教學法忽略在地的歷史、風俗、人情的文化差異，可能會壓抑本土的教學思考和創意。因此西方教育情境發展出的溝通語言教學法也未必是解決臺灣英語教學困境的萬靈丹，許多學者已指出溝通語言教學法較適用於以英語為第二語言（ESL）的社會環境，若在以英語為外語（EFL）的國家中採用會產生不少的副作用（Li, 1998；Kachru, 1985; Swan, 1985a, 1985b），其中一項就是學生的英文閱讀和寫作能力的培養明顯受到忽略。而像臺灣此種EFL國家對英語的需求其實還是以閱讀理解英語和翻譯引介外國資訊文化為主，一般人日常生活中使用英語聽說技能溝通的機會並不多見，因此國內英語教育除了致力用溝通語言教學法加強學生口語能力外，對英文讀寫能力的訓練也絕對不能偏廢。

其實對於提升學生英文讀寫技能有一相當有效的教學活動和學習策略，就是臺灣傳統英語課常用的翻譯活動。翻譯

的本質是一種跨文化的傳播活動，它不只侷限於語言層面的轉述（rendering）功能，更具備文化層面的闡釋（interpretation）功能（王寧，2003）。而本國籍教師身兼中英雙語、雙文化的認知能力，可以同時使用中英兩種語言作為教學工具，並有效協助學生分析比較中英語言及文化的特色和異同，這是只操英語的外籍教師無法企及的優勢。但今天許多新世代的英語老師不喜歡在教學中使用翻譯是不想重蹈過去文法翻譯教學法（Grammar-Translation Method）的覆轍，只是讓學生背單字文法和做翻譯練習，何況文法翻譯法也無助於提升學生的口語溝通能力。但是翻譯作為一種教學技巧（technique）或活動（activity）並不等同於文法翻譯的教學法（method），翻譯也可以應用在其他的教學方法中，而且已經有多位學者建議將翻譯整合到外語教學中（Cook, 2010; Laviosa, 2014），例如多語教學法（multilingual language pedagogy）（Kramsch, 2009）、溝通語言教學法（Husain, 1994; Levenston, 1985; Zohrevand, 1992）等。其中Tudor（1987）論道：「翻譯傳達跨語言和跨文化的訊息，是種最佳的溝通活動，應該比現行的教學情況更為廣泛使用。」他認為翻譯練習不僅要「以意義為中心（meaning-centered）」，也要「以接收者為中心（receptor-centered）」，所傳達的訊息才能跨越語言和文化的界限。而Levenston（1985）和Zohrevand（1992）也在溝通語言教學法架構下設計許多筆譯和口譯的活動，例如角色扮演和難題解決等來達成學生語際溝通的目的，促進學習外語的成效。

更何況在翻譯過程中若能作到明確的雙語、雙文化對比分析（contrastive analysis），可以使學習者在語言轉換中更有意識地排除母語的干擾，進而增進外語技能。劉宓慶（1997）就指出在雙語對比的翻譯中，學生可以借助母語的交流模式（communicative patterns）獲致語言轉換的直觀信息，而在目標語的學習上有更積極的疏導。吳潛誠（2011）也有相同主張，他認為學習外語就是一種翻譯活動，學習者總是在有意或無意間將母語的觀念轉移到外語上。但天下畢竟沒有兩種完全相同的語言，若逕自把母語轉換成外語，難免會產生錯誤，而要避免母語干擾的方法可從兩種語言的翻譯對比分析入手，由詞彙、語法、生活習慣、文化背景、思維模式等各方面體察兩種語言之間的異同。

以教學實例來說，在英語的閱讀和文化教學上，Chan（2000）就認為平行研讀原文和譯文是種有效的教學策略，學生對原文若有理解困難時，閱讀譯文會比翻查字典更有幫助。她建議在教導高階學生時，可以使用中國文學作品的英文翻譯，讓學生能夠學習使用英文來表達他們已經很熟悉的文化概念，學生在讀英文譯本時甚至會發現原先讀中文時所忽略的意義。總之，翻譯活動作為一種教學技巧或學習策略對學生有相當大的助益，而且翻譯與目前盛行的溝通語言教學法相結合，更能提升學生全方位說、聽、讀、寫、譯的外語能力。所以使用翻譯在臺灣英語教學上的正面功能實值得本土英語教師再加深思，無需一味尾隨西方教育情境主導的教學法而迴避使用翻

譯唯恐於不及。

　　歸結以上所言，若我國的英語教學目標是由在地的文化主體性出發，兼顧英語的全球溝通功能，那麼本國籍的英語教師、臺灣本土的社會文化情境、以及翻譯教學活動應是能提供本地學生更多的助力。

三、臺灣的英語教育與跨文化認同

　　我國教育部在90年公布「國民中小學九年一貫課程暫行綱要」的十項基本能力中與英語教學具有直接關係的能力為「文化學習與國際了解」，其主要內涵為「認識並尊重不同族群文化，了解與欣賞本國及世界各地歷史文化，並體認世界為一整體的地球村，培養相互依賴、互信互助的世界觀」。在七大學習領域中的語文學習領域則明列「包含本國語文、英語等，注重對語文的聽說讀寫、基本溝通能力、文化與習俗等方面的學習」。這些課程目標的基本精神都與全球教育和多元文化教育的理念契合，皆在鼓勵各級學校進行外語能力教學與國際交流活動，幫助學生學習尊重及欣賞不同文化的歧異，以培養具國際觀的未來世界公民，進而發展跨語言、跨文化的認同。

　　儘管政府的教育政策體認到全球化時代的來臨以及語言多元性和發展性的本質，進而提倡尊重多元文化的價值和學習跨文化溝通的能力，此種用心值得嘉許。但目前臺灣社會在英語教學實務的推動上並不如理想。事實上，位於英語擴展圈的臺灣仍是以中文為主要語言、英語為外語的環境，即使有心想學

好英語，一週數小時的英語課在語言輸入的質與量上均嚴重不足，更遑論學習英語深層的文化涵養和思維行為等領域。

有人主張獨尊英語會戕害中文學習，將衍生文化認同的問題。但所謂獨尊英語是相對於其他外語如日語、法語而言，在臺灣社會無法自如使用英文的條件下，實際上無人能排拒中文學習。英語在各級學校充其量仍只是一門學科，如果說學習英語有礙學習中文，就如同說學習數學或科學會妨礙學習中文一般荒謬。以第二語言習得（second language acquisition）的研究證據來看，中英文同時學習是可能會產生語言干擾（language interference），但在使用中文的臺灣社會，通常出現的是中文干擾英語學習，產生錯誤的中式英文，較少以英文干擾中文學習。

簡言之，英語作為一種語言，並不只是種溝通交流的工具，它還負載大量的文化內涵，透過學習英語也會薰染一個英語文化群體的特殊性和本質性。但無論如何，我們不可能只願接受學習英語，卻排斥伴隨語言的外國文化。甚至可以說學習英語時，語言本身並非我們最終的學習目標，而是獲致一種得以悠遊於全球眾多不同文化間的乘具。

肆、結語：臺灣未來面對英語全球化的省思

日益澎湃的全球化現象將使世界各國人民的互動交流更為緊密，並重新界定我們的時代意義和生活方式，而英語無疑

會在這過程中扮演重要的推手。既然英語全球化之浪潮勢不可擋，因此本文旨在論述臺灣的英語教育在全球化的大勢所趨下，應該釐清所謂標準英語的觀念，體認到英語所有權的分殊性，並探討外籍和本國籍英語教師在臺灣教學的不同定位，以因應在地學生的英語學習需求，同時培養學生國際視野，從多元觀點來看待世界文化。

在未來全球化更為緊密的脈絡裡，區分本籍和外籍教師將不再具有深刻的意義，無論本籍和外籍教師對於臺灣的英語教育都能有特定的貢獻，提供學子多元的學習經驗和文化觀。如Rampton（1990）就反對將英語教師貼上說母語和非母語的標籤，而建議只用語言專業來描述教師的語言技能和知識。語言專業不是與生俱來或固定不變的，它必須經過學習訓練以及認證（certification）的過程，如此就能將焦點從「你是何種人（who you are）轉移到「你知道什麼（what you know）」（Rampton, 1990）。這種對不同國籍教師態度上的轉變也才能矯治以往「只要會講英語就會教英語」的謬思，符合全球化時代尊重多元共生的氛圍，對臺灣英語教學的專業發展也會有正面影響。

另外，一般人往往把全球化和本土化視為矛盾或兩難的命題，但其實兩者的發展亦可從起初的對立排斥到之後的互補共生。Kachru（1992）就認為英語今日多中心、多典範的現象，也是英語最初在非英語的社會文化和語言情境下混融的結果。而目前全球化英語所關注的並非傳統各內圈國家英語的使用標

準，而是隨著文化全球化的發展，使英語一方面能成為跨越文化藩籬的橋樑，另方面又能兼顧區域語言使用的差異。為了主動參與經濟全球化的宏圖，各國已紛紛從政府官方的層次鼓勵英語「全球在地化」（glocalization），例如非洲國家盧安達於1996年將英語訂為官方語言；曾為法國殖民地的阿爾及利亞也於1996年將其主要外語教學從法語改為英語（Crystal, 2012）。放眼未來，臺灣的語言教學也可能不再是以單一國家語言為中心，而是朝國家語言與全球化英語並行教學的方向邁進。

為加速臺灣國際化的腳步，國內行政院曾宣示把英語提升為準官方語言，而且汲汲努力塑造國內英語環境。例如行政院研考會於2002年承辦為期六年的「挑戰2008：國家發展重點計畫」，其中「E世代人才培育計畫」揭櫫營造國際化生活環境、提升全民英語能力之目標。具體措施包括營造英語生活環境如標示和網站英語化、平衡城鄉英語教育資源、大專院校教學國際化、提高公務員英語能力、和推動英語與國際文化學習五大項目。這種大型國家計畫雖然立意良善，但目前看來實行成效欠佳。究其原因，一來我們無法確知政府當局對於準官方語言位階的具體義涵為何，另外相關配套的立法制度和行政措施闕如，臺灣目前的社會文化條件亦尚未成熟，英語並非日常生活用語，何況政府的法規、法條、判例、公文、會議紀錄如果都要求得中英文並列，就可預見此準官方語言工程之龐雜和問題之艱難。我國要提升全民英語能力，與國際社會順利接軌，仍有漫漫長路要走。

總之，語言是一種重要的身分認同，為追求在地主體性，我們要推廣自己民族的母語和文化；但在與國際社會接軌溝通的全球化需求下，我們也應該學習一種流通全球的國際語言。如戴維揚（2003）所言，文化可縱向的傳承、再製、轉化，也可橫向聯接多種文化同時移植、轉換、交替、再交融成另類新文化的典範。而臺灣的在地文化透過英語學習，是有可能打破國家疆域與其他異文化交融，進而開闊文化胸襟和視野，意識到全球議題的緊密關聯性，並包容不同文化的差異性，晉身為地球村中善盡國際責任的一員。

以英語為國際語（EIL）之義涵與教學觀

壹、緒論

全球經濟發展、科技和文化交流促進英語快速傳播，相對地英語的廣泛使用也推進全球各經濟和政治實體間的互動，全球化和英語使用在某種程度上乃互為因果之關係。但是全球化的運作很容易被建構成一種以西方為中心、而非西方（如臺灣）為邊陲的權力關係。其實西方與非西方之間權力的不對等一向存在，而且常被解讀為全球化和在地化之爭，可是對於全球化的爭議不宜逕自簡化為霸權和抗拒的關係，陷入擁抱和排拒全球化的兩極觀點。較符合現實的觀點是將全球化與在地化視為是具有互為主體、互相雜化（hybridization）的一種共生架構。只不過我們需注意的是就算是雜化共生，也應該是以在地的文化主體出發，臺灣的英語教學在面對英語全球化的洪流時亦宜秉持相同態度。

隨著全球化浪潮，英語早已成為一種主要國際語（an international language），導致英語教師常有一種迷思，以為全

世界各地使用的英語都是相同的，使用英語是種單一同質的現象。但究其實，所謂全球化英語也已歷經雜化過程，是指在世界不同地域和不同情境中使用各種英語體（English varieties）的集合，包括地域語體、情境語體、功能語體、及社會語體。目前臺灣英語教育的主流語體是北美英語（North American English），亦是全球英語中的主要語體。但在語言學觀點上，該語體並不比其他英語體傑出，只是因為支撐美式英語背後的權力，包括政治、軍事、科技、貿易、及學術等領域上的力量都居於全球領先地位，因而在傳播範圍和影響程度上擁有最大的優勢，甚至形成所謂的英語霸權（hegemony）。

過去英語使用的標準似乎理所當然就應以英語為母語（ENL, English as a Native Language）的人士為依歸，但現今英語已成為全球跨文化和跨語言的最佳界面，許多西方語言學家（Brown, 1995; Crystal, 2012; Graddol, 2006; Widdowson, 1994）指出全世界已經沒有任何一個國家或民族可以宣稱擁有英語的所有權（ownership）。Widdowson（1994）即主張英語作為一種國際語言（EIL，English as an International Language）就必須同時是一種獨立的語言，其監護權（custody）不隸屬於任何一個國家。英語既已成為全球化的語言，而不是僅屬於英語系國家的資產，我們在臺灣的英語教學也應跳脫對於美式英語的單一模式理解，接受不同國家使用英語的模式，並發展具在地特色和需求的教材教法。而以英語為國際語（EIL）的教學觀點即提供了這種全球性英語本土化的理論基礎。

目前國內對於英語教學的研究大部分聚焦在教學法或教學技巧的層次，缺少對教學觀（teaching approach）的整體考量。筆者引用Anthony（1963）對教學觀、教學法（method）、和教學技巧（technique）三個階層的定義，最上層的語言教學觀乃是一套說明語言、學習和教學本質的基本假設（a set of assumptions dealing with the nature of language, learning, and teaching）；居於中間層次的教學法，是依據某種特定教學觀所發展出具有整體性和系統性的教學模式；而最下一層的教學技巧則是遵循其上層教學觀和教學法而在課堂中實施的具體教學活動。而本文對於EIL教學觀所探討的焦點也是集中在最上層語言教學的基本假設和理念上，提出原則性的議題和思考方向，至於如何具體實施相應的教學活動及檢驗其教學成效，則仍需後續實證研究之努力。

貳、EIL的定義與內涵

　　何謂EIL？Richards、Platt和Platt（1992）曾作出以下定義：「英語的角色是作為國際溝通的語言……使用此種英語的場合並不必然是以英語為母語人士所說的語言為基礎（如美式或英式英語），而是根據說話者的母語和使用英語的目的而定。」（p.156）此定義突顯了EIL的特點是非英語母語人士（non-native speakers of English）所常用的英語，藉以與其他英語母語和非英語母語人士溝通，例如臺灣和瑞典的企業家洽談

商業合約所使用的英語。英語的傳播快速，早已成為國際間最為廣泛流通的語言，據Crystal（2012）保守估計，全球以英語為母語或接近母語程度的人數約有7億5千萬人，而具備合理英語能力的人數則高達15億人，以英語為外語的人數已遠勝於英語母語的人士。另外美國*Newsweek*記者Power（2005）報導，根據英國文化協會（British Council）報告，未來十年內全球將有20億人學習英語，而全球人口數的一半約30億人將能使用英語。她也引述Crystal的評估，非英語母語人士數量約為英語母語人士的三倍，在亞洲使用英語的人口就超過3億5千萬人，大約是美國、英國和加拿大三個英語系國家人口的總和。而光是在中國學習英語的兒童就約有1億人，比英國總人口數還要多。以目前英語在全世界散布和使用的情況而言，非英語母語人士彼此用EIL溝通的頻率實際上是遠超過與英語母語人士交流的機會，可見全球使用EIL的重要性將與日俱增，可是國內英語教學界對於EIL的探討仍不多見，因此有必要針對其義涵加以釐清。

首先，英語作為一種通行全球的國際語已是不爭的事實，但各國在面對英語全球化現象可能有不同的應對之策。Smith（1976）和McKay（2002）曾闡釋國際語與本國文化之間的關係，我們若以英語為國際語，可進一步說明其意旨如下：

(1) 學習者並不需內化（internalize）以英語為母語國家的文化標準。

(2) 英語的所有權應該「去國家化（de-nationalized）」。

(3) 教學目標是使學習者能傳達其意見與文化內涵給其他人。

　　因此在EIL的觀點中，英語因去國家化而不再專屬於某特定國家或文化的資產，英語文的教材教法和文化標準也無需再以英語系國家如英美為規臬，而是依據當地的各種情境因素包括語言政策、教育資源、文化態度、教學目標、師資素質和學生背景等來作形塑調整。

　　一旦全球化英語隨著不同文化區域而發展出具有當地風格特色的本土化英語（indigenized English），各種英語體（English varieties）之間難免會存有或多或少的差異而產生溝通時的障礙。其實各英語系國家例如英、美、澳、紐、加等國的英語體向來也存在著相當大的差異，他們都能容忍彼此溝通時所產生的問題，各個不同文化和國家為了跨文化交流也應能相互接受其使用英語的差異。而為了增進各種英語體之間的相互理解，McKay（2002）主張使用EIL應注意不同英語體之間的溝通策略，包括如何釐清語言使用、建立和諧關係、及降低文化差異，這些觀點也成為EIL教學的目標。而要將EIL的義涵落實到使用者的跨文化溝通行為中，勢必要在教學理念和教材教法上倡導EIL的教學觀。

　　因此McKay（2002）也提出了EIL教學觀的三個預設（assumptions）：

(1) 我們必須體認到多語言社群裡使用英語的多樣性，每個人使用英語有其特定目的，可能是全球性的溝通交

流，也有可能是地方性的對話理解。

(2) 學習者並不見得需要或想要把英語學得如母語般的能力，他們的英語使用大部分可能僅限於某特定領域，如工作場所或社團活動，並無必要習得英語所有語域（registers）的用法。而且學習者也可能有認同或態度的問題，而不願意把英語說得和英美人士一模一樣。

(3) 所有英語體在語言系統的立場都是平等的，也皆能達到溝通的目的，因此應受到相同的尊重，並沒有那一種特定語體具有較高的價值。

從這些預設的脈絡出發，EIL的教學觀特別鼓勵本地的英語教學工作者應該拿回英語教學的主導權，不必全然以英美母語人士作為學習英語的典範，更重要的是要發展出適合當地英語使用情境的教學方法和教材內容，讓學生可以使用英語與國際社會溝通互動並表達在地情感思維，亦即同時建構新的語言文化認同，並保留其原有的語言文化認同。

參、為何需要EIL？

一、ESL和EFL二分法（dichotomy）的不足

目前英語教學界慣用EFL（English as a Foreign Language，以英語為外語）和ESL（English as a Second Language，以英語為第二語言）來描述世界各地英語使用的不同情境。EFL基本上是19世紀的產物，一直到1950年代初期，語言教育學者僅

使用EFL一詞。但隨著時代演這，我們發現EFL的概念過於強調英語母語人士的重要性，學習者常定位是個外國人或局外人（outsider），努力爭取英語社會的接受（Graddol, 2006），這已不足以說明許多國家學習英語的情境。因此學界另外創立ESL一詞，並逐漸到1970年代之後在學界和教材出版受到廣泛使用（Nayar, 1997）。但是這種EFL和ESL的二分法延用至今，也已難以描述解釋英語全球化後在不同社會文化中所具備的複雜功能和所扮演的多元角色。

傳統對ESL的定義是在英語系國家裡少數民族或外國移民所使用的英語，以有別於其第一語言的母語，例如臺灣學生留學英美等國時所使用的英語。相較於英語母語人士，使用ESL的人大多是社經地位相對弱勢的族群，因此學好英語成為這些ESL人士被移民國家接受並晉身主流社會的敲門磚。而在英語教學上，一般而言都是在英語環境中由當地人士擔任教師以提供語言使用的示範，學生學習則通常具備融合性動機（integrative motivation），以期早日融入社會，成為該文化的一份子。

另方面，EFL則被視為在非英語系國家中所學習使用的英語，例如在臺灣本地所學的英語。EFL通常是作為教育體制內的一個學科來教授學生，在英語的教學方法、教材內容上都非常仰賴英美等國，可是英語在其日常生活中卻缺乏實用功能，於該國的政治經濟和社會等層面也並未扮演重要的溝通角色，因此英語並非EFL地區中語言和文化認同的一部分。

但是傳統ESL和EFL的區別常產生概念和現實情況上的差距，讓學者屢屢提出質疑（Graddol, 2006; Kachru, 1991; Quirk, 1991）。例如南非和辛巴威就因為歷史和政經社會等因素，同一國家內具備ENL（English as a Native Language，以英語為母語）、ESL、EFL三種英語使用情境（Nayar, 1997）。另外，以英語為官方語言的非英語系國家，例如新加坡、印度等國也難以界定完全屬於ESL。這些國家的人民除了使用自己的母語外，同時也操持相當流利的英語，與一般第一語言的使用遠優於第二語言和外語的刻板印象迥異。而且英語在這些國家具備社交溝通的功能，甚至漸次發展出具地方特色的本土英語體，所以人民也常將英語視為個人身分認同的一部分。因此有學者就提出新的詞彙來描述此類的英語使用情境，例如Nayar（1997）稱之為EAL（English as an Associate Language，以英語為副語言），Crystal（2012）和Foley（1988）等學者則稱之為New Englishes（新英語）。

由於上述ESL和EFL兩種分類方式的限制，筆者認為EIL的提出，雖然不見得可以取代過去ESL和EFL的使用習慣，但卻可提供我們另一種思考討論英語教學情境的可能性，以補充和深化ESL和EFL二分法之不足。尤其臺灣的英語使用定位雖然普遍視為是EFL，可是臺灣政府和社會獨尊英語所造成全民運動的熱潮，使英語和其他外語如日語、法語、德語的地位實有顯著的差別，難以與一般的外語等同視之。如果從後殖民主義和建立有本土特色英語體的立場出發，EIL可能是比EFL更能

釐定臺灣英語教學需求和建立教學文化主體的教學觀。

二、從後殖民主義觀點看臺灣學習英語的熱潮

後殖民主義（postcolonialism）或稱為文化殖民主義（cultural colonialism），認為許多國家在政治上的獨立與經濟上的成功並不意味其在文化上的自主，因為這些國家往往是借助西方殖民國家所提供的現代化方式，包括思想、語言和文化而取得主權，從而無法擺脫西方宗主國文化的深刻制約，因此後殖民主義的論述強調對於西方優越感和文化霸權意識型態採取一種反省批判的態度（翁福元、吳毓真，2002；陶東風，2000），被殖民者一旦能對西方主流文化殖民現象的不當進行反省批判，才有可能致力建構自己的文化主體。

若是以後殖民主義的角度來審視英語全球化的過程，在過去殖民主義（colonialism）是把英語從西方宗主國散布至全球各殖民國的主要驅力，用統治者的語言取代被殖民土地的語言，英語教育成為殖民統治的重要政策，進而貶抑被殖民國家的語言文化。而被殖民國家雖在第二次世界大戰後已獨立，但在政治、經濟、社會文化、乃至意識型態上仍難逃西方國家無形的宰制，藉由包括英語教學在內等文化手段和知識建構影響其他國家的生活方式和價值觀，以形成合法的文化霸權，並使得被殖民者不自覺地順從和認同。語言學者（Modiano, 2001; Phillipson, 1992）早已提醒我們注意英語在全球散播所造成的語言帝國主義（linguistic imperialism），許多國家在教授英語

的過程中參揉歐洲中心（Eurocentric）的意識型態而不自知，導致英語與其他語言間的結構和文化不平等關係，較多的社會資源也都分配到英語相關領域，嘉惠英語能力較強的社群。而且被殖民文化在英語教學上所使用的教科書絕大部分都原裝自英美國家進口，常對當地的教學文化帶來衝擊。

目前臺灣學習英語的狂熱，除了民間在國際貿易、科技和學術交流上的需求外，主要來自於政府倡導與國際社會（其實主要還是西方國家）接軌的強烈呼聲，以國家機器運作教育體系和傳播媒體，將學好英文就是國際化、現代化的觀念合理化並廣為傳播。例如民國89年全民英檢（GEPT）正式由財團法人語言訓練測驗中心（LTTC）開辦，引發全民報考英文檢定考試的熱潮。92年政府實施「提高公務人員英文能力計畫」，要求加速提升全國公務人員英語能力，並逐年提升通過英語能力檢定測驗人數比例。90年教育部將全國學校開始上英語課程時間由國中一年級向下延伸至國小五、六年級，94年時教育部又宣布延伸至國小三年級，而部分資源豐富縣市甚至從國小一年級就開始教授英文。之後臺灣各大學紛紛制定學生英文畢業門檻，若未通過者還需修習英文加強課程。若是以後殖民主義的角度來看，國內種種受英文霸權宰制的現象應加以批判與反省。

首先，提升國際競爭力為何一定要把英文學好？美國主辦多益考試（TOEIC）的教育測驗服務社（ETS）公布全球2010年考生成績，以亞洲13個國家而言，臺灣考生平均成績544

分，排名第8。雖然成績乏善可陳，但許多英文成績比臺灣高的國家如菲律賓、哈薩克、馬來西亞、黎巴嫩等，其國際競爭力都尚不如臺灣；而我們一向自傲於英文成績比日本人好，但全世界沒有一個國家能輕視日本的國際競爭力。可見國際競爭力與英語能力是分屬兩個不同範疇的概念，且不具因果之必然關係。但反觀國內民眾為了學好英文，整個社會耗費龐大資源強迫我們的幼兒從學齡前就開始學習他們生活中用不到的語言，排擠了學習母語和其他重要技能的寶貴時間，但學習英語的實質成效卻很有限。

當今臺灣瘋狂的英語學習熱在極大程度上正反應出民眾「文化集體潛意識被邊緣化的恐懼」（劉建基，2003）以及追求現代化的「語言焦慮」（廖咸浩，2002）。舉例而言，臺灣各地常無來由地大肆慶祝西方的萬聖節（Halloween）、情人節（Valentine's Day）、聖誕節（Christmas），甚至比西方人還要熱衷投入，卻對這些節慶的來由和意義缺乏深度理解。另一明顯例子為臺灣的高等教育常以教師在SCI、SSCI、EI、AHCI等資料索引庫中所發表的論文數來評定其學術成就，等於間接否定貶低用中文和其他外語所發表著作的學術價值，而主動迎合英語所代表的文化霸權，多數國人的思考和意識型態於此可能被殖民化而毫無知覺和自省能力。

臺灣學習英語的熱潮常被表面上看不見的意識型態所宰制，其中實夾雜許多利益和權力的關係。而目前我們的英語教學理論、教學方法、教材仍大多處於被西方文化殖民的狀態，

許多教師只是一昧服膺推崇西方的教學理論，完全無視於本土英語教學的特殊性和需求，這實在是很可惜的事。而以後殖民主義的觀點來看，既然英語系國家長期以來一直掌控著其他國家英語教學的言談和論述，我們長遠的理想教學目標應該是著手建構具臺灣特色的英語教學文化主體，讓臺灣的英語教學從這些國家的宰制中解放出來，挑戰傳統西方的話語權力並發出自己的聲音；另方面也應推動臺灣英語教學的「全球在地化（glocalization）」，使臺灣的英語教學主體有機會與全球其他英語體系對話。這種後殖民的觀點和訴求實與EIL尊重建立具本土特色的英語教學觀相當契合，而具體作法就是體認到EIL教學觀的重要性並反映在實際教學行為上。

肆、EIL的教學觀點

　　站在本土英語教學的立場反思，莊坤良（2002）主張現今全球通行的英語教學法是英美社會文化的產物，卻推廣成為非英語系國家包括臺灣在內的主流教學策略，這種西方國家發展出來的教學法常會忽略其他在地教學情境的歷史、風俗、人情的文化差異，進而壓抑本土的教學思考和創意。臺灣的英語教學法其實不必全盤師法西方國家所提供的標準，本地教師應該取回國內英語教學的主導權，發展適合本地文化背景和需求的課程和教法。以下乃以EIL的教學觀為依據，探討臺灣英語教學經常面對的幾個重要面向：

一、在臺灣實施溝通式語言教學法（CLT）的可能困境

由上個世紀1970年代迄今，溝通式語言教學法（CLT, Communicative Language Teaching）蔚為全世界英語教學的主流。該教學法的目的是培養學生用英語溝通的能力，能在不同社會情境下適切地使用英語，達到有意義的溝通功能和目的。老師常使用實物透過角色扮演和解決問題等溝通性教學活動來達到學習目標（Larsen-Freeman, 2000）。

臺灣的英語教學當然也不自外於這股CLT的熱潮，教育部所頒布九年一貫課程綱要中國民中小學英語課程的目標就訂為「培養學生基本的英語溝通能力」，教學法則採用「溝通式教學法」（教育部，2001）。而坊間英語補習班更是以CLT的教材教法為號召，招攬莘莘學子，連兒童都投入這場全民學英語的運動當中。

但是以EIL的觀點，於西方國家發展出來的CLT教學法蘊含了許多西方文化的特質如個人主義、創意、自我表達、社會互動等，並不見得適合其他文化實施。而從西方國家推廣CLT至其他英語教學國家通常跟現代化的概念有關，背後也潛藏龐大的教學和教科書商業利益（McKay, 2002）。許多學者已指出CLT較適用於ESL的教學情境，若在其他情境則會產生許多適應不良的負面效應（Anderson, 1993; Burnaby & Sun,1989; Li, 1998; Swan, 1985a, 1985b）。例如日本學者Sano、Takahashi和Yoneyama（1984）認為使用CLT必須符合當地的需求，包括強

調文法教學和使用教科書的重要性。

Li（1998）以韓國的英語教師為研究對象，對其實施CLT教學的感受作訪談調查，發現有三大教學困難的來源：（1）教育體系方面：充斥大班教學、文法為主的測驗，而且教育經費不足、及缺乏對師資訓練的支援；（2）學生方面：口語程度低落、學習英語溝通能力的動機貧乏、及抗拒參與課堂教學活動；（3）教師方面：其英語口語和社會語言能力（sociolinguistic competence）不足、教學訓練和研發教材時間不夠充份。

Anderson（1993）、Burnaby和Sun（1989）則以在中國大陸教學的經驗指出於該地實施CLT的最大障礙在於缺乏合格師資和適用教材，而且學生難以適應溝通式教學活動而產生排斥。他們認為外籍教師在大陸教學仍需配合當地學生的學習需求和學習風格（learning styles）才能有進展，尤其必須迎合學生對於學習字彙閱讀和文法知識的熱烈期望，才有機會逐步將溝通技能整合至課程中。

以上日、韓、大陸等國英語教師的感受很貼切印證了臺灣英語教師相同的心聲，其實施經驗足以作為我國目前大力提倡CLT的借鏡，可想見的是CLT也未必能紓解臺灣英語教學的困境。例如Holliday（1994）曾評論，由於CLT強調學習者的口語參與，因此衡量一門CLT課程成功與否的標準就是看該教室中學生開口說英語的頻率，而為培訓學生的社交溝通能力，教師也傾向使用大量分組口語練習活動。但如此一來，實施CLT可能會忽略學生英文閱讀和寫作能力的訓練。以EIL以本地學習

需求優先的觀點來看，臺灣社會情境對英語文的需求還是以獲取大量國外資訊為主，因此閱讀理解英語文和翻譯引介外國資訊才是常用技能，一般人除了出國外，在日常生活中使用英語文聽說技能溝通的機會並不多，因此國內英語教育不能僅注重用CLT加強學生口語溝通能力，更需要訓練臺灣學子英語文的讀寫能力。

二、全英語教學是排拒母語和缺乏效率的教法

西方國家所發展出的CLT通常是針對ESL情境來自不同文化及母語背景的學生，因此相當重視使用全英語的教學。國內大學也常以提高鐘點費來鼓勵教師實施採全英語授課。此種全英語教學不僅會產生如上述在EFL國家實施時的困難，也常忽略學習者的母語在外語學習上的積極效能。此外，EII的立場認為英語教學應該本土化，當地教師需扮演主導角色來發展適性的教材教法，可是全英語教學的實施卻容易排擠當地的英語教師和教材，重視引進英語系國家的外籍師資。

Swan（1985a, 1985b）即嚴詞批評全英語教學忽略學生所具有的母語技能和背景知識，他強調母語在外語學習上的重要性，許多人只從學習者的中介語（interlanguage）中看到母語干擾所造成的錯誤，卻無視於學習者藉由母語所習得大量的外語。Swan甚至斷言，如果我們沒有好好利用母語和外語間的符應（correspondence）關係，是不可能學好外語的；而全英語教學的提倡也許只是英國人在其他國家教英語時，無需再學習當

地語言的一種藉口（1985b）。因此Swan和Walter（1984）提出「後溝通式（post-communicative）教學法」，以認知學習理論的觀點強調母語並非學習英語的障礙，反而是學習英語的一種可貴資源，學生能以其學習母語的經驗和知識為基礎，發展使用英語溝通的知識和技巧。

　　畢竟學習英語主要還是一種認知性的心智活動，學生在學習時一定要依賴他們之前習得的知識為基模（schemata），包括語言基模（language schemata）、內容基模（content schemata）、和文本基模（textual schemata）（Rumelhart, 1980）以理解、記憶、和創造新的知識，而母語正是他們思考和探索既存知識的最佳工具和資源，若強迫學習者在課堂上只能接受全英語教學，而不准他們聽說母語，其吸收學習的能力都會大打折扣，更不用提在學習過程中所遭受的挫敗。舉例而言，兒童福利聯盟（2002）曾調查幼兒學習英語的現況，其報告中顯示學童因在課堂上無法以英語和外籍教師溝通，連如廁和飲食等基本需求都無法表達清楚，反而出現個性退縮，變得更不敢說英語而產生語言障礙；也有人受到委屈和傷害，被同學取笑而交不到朋友等事例。因此要求學生在課堂上揚棄母語只用英語學習，儘管偶爾可見成功的教學案例，但一般而言不但成效欠佳，而且容易產生語言文化的認同問題，委實是不切實際又缺乏效率的作法。全英語教學並不等於教好學生英語的萬靈丹，反而在課堂穿插使用母語教學，可以讓學生在理解上更正確快速，在心理上更有安全感。

三、設定合理實際的英語文教學目標

　　EIL的觀點認為教學目標要合理實際，無需把每位學生的英語都訓練成近似母語的能力，精通聽說讀寫等各種語言技能。事實上在臺灣的英語學習者所用的語言領域有限，並不需像學習中文般去習得各種語域的用法。何況國內連多數教師的英語能力也無法達到接近母語的地步，又何忍苛責學生去追求如此不切實際的目標。但有趣的是，Chen, Su和Yu（2011）以某技術學院兩個程度相近的英語聽力班級為實驗對象，一班施以全英語教學，另一班則加入母語中文的使用，在整學期八次測驗成績中，中英語混用的班級表現得比全英語班級佳。不過在問卷調查時，儘管全英語班中有同學抱怨聽不懂老師說的英語，全英語班卻比中英語班同學覺得上課更有幫助。另外，根據Chou（2004）在文化大學的一份調查顯示，該校大一學生中有86%的同學認為英語講得跟英美人士一樣是非常重要的，而80%的同學也認為英語教師應該說得跟英美人士一樣好。同學這種對學習英語的認知都是源自於從小就被灌輸要以英美人士為學習英語的模範，要說得像他們一樣流暢自然才算是成功的學習成果，否則英文就是還不夠好、學習還不夠努力。反觀我們一旦看到外國人能講幾句簡單的中文就驚為天人，直誇對方聰明有語言天份，這種雙重標準無異仍是文化殖民心態的體現。

　　語言是兼具表情達意和身分認同的工具，而全球化的英語

是最佳的一種跨文化國際溝通工具，因此合理的英語教學目標應該是培養學生跨文化的溝通能力，包括體認不同文化間使用英語語音、語法和字彙上的差異，並均衡英語學習與文化認同間的發展，而非培養只會模仿西方語言文化的學舌鸚鵡。因此教師應有意識地讓學生大量接觸不同的英語體，但不宜特地強調某種語體優於其他種語體，以免無形中貶抑其他英語體。

其次，McKay（2002）也建議EIL的教學目標在於協助學習者發展如何使用英語與其他文化人士建立友誼的互動策略，例如澄清語義、建立和諧關係、及降低文化差異等方式。當然每種文化具有不同的語用規則（pragmatic rules），McKay認為我們無需學習各種文化的規範，而是尋求相互共識來包容這些差異。

四、母語口音（accent）不應被視為發音上的錯誤

許多全英語的課程標榜教導學生說一口純正道地的英式或美式口音的英語，但英語在全球化大潮的推動下，世界各地的英語口音已被視為一種可被接受的區域性英語體（regional English variety）（Jenkins, 2000）。如菲律賓英語（Englog）、新加坡英語（Siglish）、印度英語（Hinglish）目前都已經受到國際的認可（顏治強，2002），他們的英語口音更是這些國家人民建構語言身分和文化認同中很重要的一部分。

同樣地，在臺灣我們若強迫學生拋棄其母語的口音而只能說英美等國人的口音，就如同要求其改變其身分認同一般，甚

或造成學生以說英語帶有中文的口音為恥，則又形成英語霸權所造成國人文化被殖民之心態。事實上全英語教學和使用原版英語文教材所教授給學生的並不是一般人想像只有語言而已，學生浸潤在其間的其實是語言背後所負載的價值信念、思維模式、和意識型態，不知不覺就接受了英語文化所代表的價值體系，在某種程度上勢將影響臺灣學子本身的文化認同，有學者甚至憂心此種情況會導致學生中文的使用和思考模式被「殖民化」（莊坤良，2002；劉建基，2003）。

其實從第二語言習得（second language acquisition）的實證研究證據來看（Bialystok, 1997; Bickerton, 1981; Lenneberg, 1967; Scovel, 1988;），青春期（puberty）以前的學習者具備敏銳的音韻學習能力，情意方面的障礙如學習焦慮也較低，這段期間被視為非常適合學習外語的關鍵期[3]（critical period）。可是一般人過了語言習得的關鍵期後才開始學外語，無論再怎麼努力，已經很難擺脫第一語言的干擾（L1 interference），通常是無法達到和其母語相同的水準。此種干擾又以語音或口音的影響最鉅（Dulay & Burt, 1973），所以成年人說外語帶有母語口音其實是很普遍正常的現象。

因此去除母語口音不是EIL的教學目標，英語發音教學的目的也不是為了讓學生的口音更趨近英語母語人士，所以學

---

[3] 對於關鍵期的解釋有學者是從神經生理學的觀點出發，如Lenneberg（1967）認為小孩的大腦皮層從兩歲時開始慢慢側化（lateralization），大腦組織的可塑性（plasticity）還非常強。但到十二、三歲時左右腦逐漸專司不同的職能，而大多數人的語言功能在此後則轉移到左腦，語言學習能力大不如前。

習者的母語口音不能被視為一種英語發音上的錯誤，教師應重視學生的發音如何能讓別人清楚理解。如Jenkins（2000）就認為過去EFL的發音教學是以英語母語人士作為會話的對象，學習者必需根除自己母語的口音，這樣的過程既艱辛又不切實際，不如把教學的重心放在EIL所要求發音的相互理解和接受性上。她在其著作*The Phonology of English as an International Language*中建議建立一組「核心規準（nuclear norms）」語音系統，由學習英語者遵循；而在此核心之外的語音則可由學習者順從其母語的發音特性。如此一來，學習者無需刻意消除自己母語的口音，也可說出容易被理解的英語，達到EIL全球溝通的功能。

五、兼顧全球溝通功能與本土文化認同的英語文教材

　　目前臺灣大專院校和坊間語言學校使用的英語文教科書大多是自少數幾家英語系國家的大型出版商進口來台，不但價格偏高，在議題內容編寫上也僅限於英語系國家的文化和社會議題。這些進口教材編寫的基本假設是，學習英語者都應該熟悉該國的文化背景和社會型態，有朝一日當這些學習者來到該國觀光留學或從事商務交流時方得以溝通無礙。如此的教材編寫前提仍是以英語系國家為主體出發，鼓勵世界其他國家或文化人民前來薰染並進而追隨其價值系統和社會制度，因此在內容上根本無法反映臺灣當地的生活經驗，在教學上也不見得能適用於我們的教育體制和環境。劉建基（2003）更直接批判在兒

童英語教學上使用原版英語文教材會使這些民族幼苗浸潤在英美文化的意識型態而引發文化認同危機，並輕忽或貶抑本國的語言。

而EIL對於教材使用的看法是兼顧語言的全球文化溝通和本土文化認同的功能，除了用英語學習各國風土人情外，亦需針對臺灣特定文化情境，在教材使用上增加社會生活相關的議題。在地的英語文題材貼近學生生活經驗，通常較能引起學生的學習興趣，本地教師也比較容易教授，不像在處理外國文化議題時，常因教師未曾於該社會生活或缺乏社會語言知識而難以理解，甚至產生錯誤的詮釋來教導學生而不自知。

同樣處於中華文化圈的海峽兩岸，在面對英語全球化浪潮時，又是如何處理英語文教材對於學子的文化影響呢？文庭澍（2005）曾在介紹中國大陸英語文教科書的沿革時提到，大陸的「國家教育委員會」規定中小學英語文教材實施 綱多本政策，鼓勵不同地區依其政治、經濟、文化背景編寫具地方特色的英語文教材。而從國外直接進口的教材是無法通過審核的，必須採取和大陸當地出版社合作的模式，由中外英語教學專家共同編撰適合國情的版本。這種中外合編的英語文教科書，最大特色為內容涵括中國的人文歷史以及世界各國風土人情。書中的人名中英並陳，而在介紹西方科學成就之餘，不忘提及大陸發射衛星及太空飛行的成績；介紹西方繪畫大師時，同時也加入國畫大師齊白石的事蹟；其他議題如文學、風景、動物、體育、環保、交通等也都是中外內容兼具，相當符合EIL對於

教材使用達到全球溝通和在地認同的精神。

　　反觀同樣也是採一綱多本的臺灣國高中英語文教科書內容，雖已加入臺灣的風土人情和民俗節慶的議題及其表達方式（如翰林版國三上冊提到蘭嶼的飛魚祭和921地震等），但內容篇幅和深度仍待加強。另外，英文教師也應多加利用報導臺灣當地文化社會民情的英文報章雜誌，作為學生使用英語文思考及表達自己生活經驗的教材。EIL主張英語文教材的學習目的主要是期許學生能使用英語表達在地的文化思維和人民情感，並於國際交流場合與外國人作有效之溝通。

伍、結語

　　全球化浪潮縮短了世界的距離，國與國間大規模接觸往來的同時，民族文化的界線也逐漸模糊隱退。全球化勢將重新界定我們生存的時代，而英語的使用是背後重要的推動力量。面對未來全球日趨緊密依存的政經、科技、文化交流，使用英語的人口和文化以及英語所扮演的角色也愈將多元。但英語的使用不只是單純的溝通工具而已，它還承載使用者的歷史文化、意識型態及價值觀，所以EIL希望非英語母語者既能夠使用英語達到跨文化溝通目的，與國際社會接軌運作，同時也能發展該文化使用英語的特色，成為其語言認同的一部分。而EIL所牽涉議題就包括英語的所有權、不同英語語體的相互理解、文化認同以及適於當地文化環境的英語文教材教法。

EIL的理念落實到英語教學行為上會與傳統ESL和EFL的情境有所不同。ESL和EFL皆是英語母語人士作為學習的最終典範，服膺西方國家所發展出的教學理論和教材教法，較少提出質疑。而EIL是與後殖民主義的觀點相符應，反對西方國家的文化剝奪和宰制，也強調擺脫英語系國家的意識型態藉由英語教學加諸本國的影響，而是以臺灣的情境和需求為起點，致力建立本土英語教學文化的主體性。

　　以EIL的視角觀之，源起於西方而風行全球的教學法CLT在臺灣實施仍有諸多文化和社會因素的困難，其中全英語的教學可能缺乏效率並貶抑母語和本地教師的地位，不如穿插使用中文，以增進學生的認知理解。另外，臺灣的教師應該設定合理實際的教學目標，我們既無需也無法把學生的英語訓練得跟英國人或美國人一樣，而是應思索如何培養學生有效的跨文化溝通能力，其過程不但可建構新的語言文化認同，更需保留自我的語言文化認同。例如中文的口音就不宜視為一種發音上的錯誤，只要英語交談時能達到相互理解、表情達意無礙，母語口音不一定非如原罪般去之而後快。在教材內容的編撰選擇上，全球和本土文化題材亦應兼容並蓄。最終的教學目標在於讓學生能使用英語來思考表達其全球的寬宏視野與臺灣的文化思維，在地球村中成為兼具國際觀和本土意識的公民。

後設認知策略與英語學習

壹、前言

　　後設認知（metacognition）根據Ormrod（1999）的定義為學習者管理其學習行為和認知過程以增進學習成效的知識。若作一簡單的譬喻，後設認知可視為個人學習過程中的「教練」或「管理者」（Schoenfeld, 1985），以引導學習者在學習行為上吸收資訊並反思其學習成效。而在學習過程中使用與後設設知有關的策略即可稱之為後設認知策略（metacognitive strategies），是學生賴以處理習得資訊與檢視自己學習成效的一種學習策略。實證研究指出後設認知策略愈嫺熟的學生往往在校的學習成就也就愈高，但可惜的是大部分學習者並不知道如何有效使用後設認知來提升其學習效果，部分原因可能出自於傳統的教育方式並未特別鼓勵學生如何主動學習。

　　對於臺灣學習英語的莘莘學子而言，後設認知的學習策略尤其重要，因為臺灣缺乏良好的英語環境，學生接觸英語的質與量皆嚴重不足，絕大部分英語學習都還是依賴老師的教導。可是英語老師不可能時時照顧學生的學習需求，尤其在課堂之

外更是鞭長莫及，可能的解決之道就是教導學生如何去學英語，幫助他們發展出有效的後設認知英語學習策略，使他們成為自動自發、為自己的學習行為負責的學習者，即使在課堂外也能有效地學習英語。本文即旨在探討後設認知策略與英語學習間的關係，指出主要的幾個後設認知策略如計劃（planning）、監督（monitoring）和評估（evaluating）能如何有效幫助學生學習英語，並提出幾項教師可以教導後設認知策略的活動。

貳、後設認知與英語學習

Flavell（1979）認為後設認知在語言的認知活動上扮演很重要的角色，特別是在進行強調思考性的學習行為、或從事一項新的學習活動、或完成某種經常犯錯的學習目標時，後設認知將不自覺地影響學習者的認知學習。其他研究者也提出後設認知能增進學生的閱讀學習成果（Baker & Brown, 1984）、能幫助學習者記憶語言學習內容（Nickerson et al., 1985）、以及能有助學生理解寫作文本（Schommer, 1990）。

更進一步而言，Wenden（1998）表示後設認知影響學習行為最重要的層面是在學習者的自我調整（self-regulation）上，也就是學習者的自我計劃、監督、和評估。另外Dickinson（1987）和Holec（1981）也皆指出自發性的語言學習（self-directed language learning）是由計劃、監督、和評估三種策略所組成。以下將就這三種主要後設認知策略逐一說明。

參、三大主要的後設認知策略

後設認知策略主要包括計劃、監督、和評估三種策略

一、計劃策略

美國著名的語言學習策略專家Oxford（1990）將計劃策略細分為六項策略：（1）了解語言學習的機制、（2）安排學習時間和學習環境、（3）設定長期和短期的學習目標、（4）找出每項學習行為的目的、（5）計劃每項學習行為、以及（6）創造學習的機會。學生在英語學習上首先必須要設立個人的學習目標，這些目標可能是結交外國友人、增進對異國文化的了解、加強個人未來在職場上的競爭力、於考試中得高分、或只是為了應付必修的學分以求得學位等。不同的英語學習目標需要付出不同的心力和使用不同的學習方式以達到所需的英語技能。例如學生的英語學習若只是偏重閱讀和文法的練習，那他遇到外國人時可能就只有目瞪口呆、難以暢所欲言。因此擬定學習目標可以幫助學生發展更明確的學習方向，並方便他們檢視自己的學習成果。

除了長期目標外，學生設定短期的目標，例如每週或每日的學習目標也相當重要，他們可因而更有效地管理時間以及建立良好的讀書習慣。然而，學生的學習目標應當計劃在合理的範圍內，他們應該了解在臺灣英語是種外語的環境中要達到和

外國人一樣口說和書寫流利的程度是極為困難的事，所以千萬不要為自己訂下不切實際的目標，以免無法達成理想時大失所望，反而放棄學習。

二、監督策略

Flavell（1981）認為監督包括學習者留意或記錄自己的學習過程，並採取適當措施來解決干擾學習的困難。自我監督可以在學習者心中產生一種內在回饋（internal feedback）的機制，讓學習者意識到自己目前的學習過程是否符合原先預期的目標，進而決定是否需要修正自己的學習行為、或者甚至重新設立學習目標。

因此學生在英語學習過程中應定期反思自己的學習情況，例如在學英語文法時，他們可以檢視何種練習最能幫助他們記住這些規則。學生也可以特別注意自己和其他同學學習英語比較有效的方法是什麼。另一個例子是讓學生找出自己和其他同學常犯的英語錯誤，然後將這些錯誤記錄下來，供以後參考複習之用，以避免再犯相同錯誤。同時學生也應該在說、聽、讀、寫各種語言技能上嘗試使用不同的學習策略，找出最有效的學習模式，俾便持續使用有效的學習策略，並修正收效不佳的策略，以早日達到自己設定的學習目標。

三、評估策略

當學生逐步發展其英語技能，他們也需要評估最後努力

所學的結果是否合於所需，若尚且不如人意，就該找出解決之道。譬如當學生完成一個英語的口語活動，就可以自我評估了解這段會話的程度、自己的語言表達、和在對話中所使用的策略是否有效。自我評估完後，學生也可以請教老師、同學、或是和自己對話的外國人，請他們對你的英語表現作評論。事實上，別人給你的意見可以提供一些有效的策略，學生應該虛心接受以改進自己學習英語的能力。另方面，老師也可以鼓勵學生寫英語學習的日記或週記，學生藉此可以定期反思他們英語學習的歷程以及策略的使用。

肆、結語

簡言之，後設認知可以幫助學習者在學習初期就先訂定好學習計劃；接著依循計劃來監督學習的過程，覺察自己學習上的進展和困難，並作出解決困難的對策；最後在學習行為完成後再評估學習成果。

英文老師不能簡單地預設，只要他們在課堂認真授課，學生就會充滿學習動機地吸收內化英文，達到學習成效，其實老師還要進一步教導學生如何去學習英文。Wenden（1998）建議老師可以透過訪談調查學生的外語學習信念（learning beliefs），進而了解他們學習上的後設認知。而後設認知學習策略就能幫助學生成為主動的參與學習者，而非被動的接受教導者。英文老師應該鼓勵同學掌握自己的學習歷程，成為自

主自發的學習者。而且可以更進一步訓練學生有效使用後設認知學習策略，例如廖柏森、胡家榮、周彥（2005）所譯《英語學習策略完全教學手冊》一書就是教導學生學習策略的參考依據。臺灣的學子長期來都相當依賴老師的教導和監督，可是老師畢竟無法就近照顧每位同學的英語需求，我們應該體認到在課堂外大量主動學習英語，才是同學可以獲得最終成效的主要因素。

技職學院應用外語科系學生
英語學習策略使用之探討

江美燕、廖柏森

壹、緒論

　　根據美國學者Oxford（1990）的定義，學習策略為：「學習者採取的特定行為，使其學習行為更容易、更快速、更愉悅、更主動、更有效率、以及更易轉移到新的學習情境。」近數十年來，語言教學的趨勢已由「以教師為中心」逐漸進展到「以學習者為中心」。研究學者及教學工作者已經了解到沒有一種教學方法能保證語言教學的成功；而同一種教學方法亦會因學習者的學習策略運用之不同，而獲得不同之成效。因此教師在教學時，必須重視學習者的學習歷程。而教學研究的重心，就不只是放在教師如何教，也應考量學習者的學習歷程，也就是學習者如何學。對臺灣的莘莘學子而言，英語的學習策略尤其重要，因為臺灣缺乏良好的英語環境，而英語老師也不可能時時照顧到學生的英語學習需求，可能的解決之道就是幫助學生發展出有效的英語學習策略，使他們成為自動自發、為自己的學習行為負責的學習者。

近年來學習策略的研究方興未艾，但國內的研究對象往往都偏重在一般大學院校的學生，較少針對技職院校、甚至是應用外語科系的學生。然而過去十幾年來，應用外語科系如雨後春筍般在全省各大專院校成立，根據教育部大專校院學科標準分類查詢網頁（網址https://stats.moe.gov.tw/bcode/）顯示，截至103學年度止國內技職體系大專共有57校73個外國語文學類的相關系所，可見應用外語系所的發展迅速，而且頗受青年學子歡迎，因此有必要針對這些應用外語科系學生來作其學習策略的調查，以求進一步了解他們的外語學習行為，並研擬出改善其學習成效的方法。

語言學習者學習策略之使用反映出學習者的學習歷程。個人的認知型態、學習風格、與學習環境，往往相互交織影響個人的學習歷程，而表現在語言學習策略的運用上。外語學習環境中，學生的主修科系、外語修習的年數、與課業科目的性質，會直接影響學生的學習，並反映在學習者的學習方式和內容上－即學習策略的使用上（楊淑晴，2000）。因此，本研究以五專應用外語科英文組學生為對象，探討英語學習策略之運用，是否會因「年級」及「英語程度」之變項而不同，進而呈現出五專應用外語科學生英語學習策略之運用。茲將本研究之研究問題臚列如下：

(1)應用外語科學生英語學習策略的使用情況為何？使用最頻繁的策略為何？

(2)應用外語科學生英語學習策略的運用上，是否因「年級」之不同而有所差異？

(3)應用外語科學生英語學習策略的運用上，是否因「英文程度」之不同而有所差異？

貳、文獻探討

學習策略的研究主要集中在學習者所使用學習策略的確認、分類、分析、以及策略的使用訓練，早期的研究在1970年代是由研究者觀察和記錄所謂「優秀的語言學習者」（good language learner）的學習行為（Rubin, 1975; Stern, 1975）。之後O'Malley和同僚訪談學生而確認26種英語學習策略並分為三大類：認知（cognitive）、後設認知（metacognitive）、和社會情意（social-affective）策略。直至1990年由Oxford所提出的學習策略分類方式更受到研究者的歡迎，她把學習策略先分為兩大類，與語言學習的行為有直接相關的稱為直接策略（direct strategies），之下再分為三個範疇分別為記憶（memory）、認知（cognitive）、和補償（compensation）策略；至於管理學習行為的就稱為間接策略（indirect strategies），也再續分為三個範疇分別為後設認知（metacognitive）、情意（affective）、和社會（social）策略。

一般而言，「認知策略」指學習者運用演繹分析與作摘要等各種方式，以了解與表達語言。認知策略包括練習、分析、理解或重新組織資料（O'Malley & Chamot, 1990; Oxford, 1990）。「記憶策略」指的是幫助學習者運用已知的事物聯想

新的訊息，像是創造心理聯結、運用心像或身體反應。「補償策略」是指幫助學習者經過猜測、使用手勢、或替代的說法彌補在目標語言上不足的知識。「後設認知策略」則包括計畫、監控與評量來協調其語言學習進程和結果。「情意策略」是使學習者能調適與語言學習相關之個人情緒、態度、動機與價值，包括調適自我情緒、撰寫語言學習日記或降低焦慮。「社會策略」可以幫助學習者與同儕彼此切磋互相學習，並且幫助學習者發展文化之理解，例如請教問題以澄清疑惑、與同儕或較精通之學習者合作、或擬情他人（O'Malley, 1985; Oxford, 1990）。

外語學習成就與學習策略使用之關係已成為語言學習策略研究領域之焦點。大部分研究調查結果指出，成功的學習者傾向於使用適當之策略，且能結合有效之策略以達到語言工作之需求；相對地，較差之學習者則呈現較不擅使用策略之傾向（Chamot & Kupper 1989; O'Malley & Chamot, 1990; Oxford, 1993; Green & Oxford, 1995）。舉例而言，Green和Oxford（1995）指出波多黎各大學中大部分的成功語言學習者都使用較多的學習策略。Oxford和Nyikos（1989）提出學習者自我評估聽力、口說、或閱讀上之能力與他們的學習策略使用相關。此外，Huang和Van-Naerssen（1987）指出在口語溝通能力方面，成功的中國學生在英語學習上比成就差之學生較常使用功能性練習策略（functional practice strategies）。另外，Vann和Abraham（1990）在研究中發現成效不佳的外語學習者同樣也

會積極使用策略，但他們卻經常運用不適當之策略，導致語言工作無法順利完成。同樣地，Chamot和Kupper（1989）在他們的長期研究中發現對照於低成效之學習者，高成效之學習者「較常使用學習策略，使用上也較適切，使用層面也較多元，並且能幫助他們成功地完成語言任務或工作。」（頁17）有成效之學習者在執行語言工作時都訂有目標，他們會監控自己的語言理解和產生，並善用其先備的一般知識和語言知識。

　　本研究另一考慮的因素是英語學習的級數或年數。一些研究發現，學習者升入較高的語言級數或學習語言的年數愈長，他們通常會運用不同的學習策略去應付新的學習情況。Politzer（1983）指出級數較高的學習者比級數較低之同儕會更積極使用學習策略。Chamot等人（1987）則發現學習者在語言升級的學習過程中，會愈來愈較少使用認知策略，而愈來愈常使用後設認知策略。因此，學習策略的使用可視為一種發展趨勢。當學習者進入語言學習的某級數時，某些特定的學習策略使用可能會增加或減少。另一方面，Cohen和Aphek（1981）則有不同看法，他們以英國學生學習希伯來文的研究指出，所有語言級數都有可能使用到有效率和無效率之策略，語言分級高的學習者並不一定會比級數低的學習者使用更有效率的策略。

參、研究方法

一、研究對象

　　本研究的受測者是臺灣中部某技術學院五專部134位應用外語科英文組學生（三班）。為了區別「年級」之變項，於五年制應用外語科英文組學生中取樣一年級、三年級、五年級共134位學生——分別為一年級43位學生、三年級44位學生以及五年級47位學生。

　　除此之外，將每班英文成績為班上前百分之二十五（25%）之學生定義為高學習成就者，而低學習成就者則取樣自英文成績為班上後百分之二十五（25%）。因此，在134位受測者中取樣出34位高學習成就者及34位低學習成就者做進一步的研究。

二、研究工具

　　本研究使用Oxford的「語言學習策略量表」（SILL, Strategy Inventory for Language Learning, 1990）做為收集研究資料之問卷。此量表具高信度與高效度，也是語言學習策略研究領域廣泛使用之問卷，目前估計全球已有40至50個重要研究是藉由此量表收集資料。

　　然而，由於受測者的英文能力程度不一，本研究採用Yang（1992，見表一）編譯自Oxford（1990）簡稱為SILL的「英語學習策略量表」之中文版量表，因此受測者可以用中文了解所

有的問題以避免填答時可能產生之誤解。關於此中文版量表之信度，Yang（1992）以590位臺灣大學生做實證研究指出，此中文量表具有高度之內部一致性且信度Cronbach alpha（α）係數高達.94。

　　此中文版量表旨在測量學習英語所採用的策略，由六個分量表組成，分別為記憶策略9題（第1題至第9題），認知策略14題（第10題至第23題），補償策略6題（第24題至第29題），後設認知策略9題（第30題至第38題），情意策略5題（第39題至第43題），社會策略6題（第44題至第49題），共49題。本量表採李克特五點量表（five-point Likert scale）的形式作答。受測者根據題意，分別在「我從來不會這樣做」、「我通常不會這樣做」、「我有時會這樣做」、「我通常會這樣做」、「我總是會這樣做」五個等級，依序以1、2、3、4、5記分。學習者依選答分數之多寡來解釋其策略使用情況，得分愈高，表示受測者使用該項學習策略的次數愈頻繁。受測者之個人背景資料也列入問卷調查中以收集其年齡、性別、語言學習經歷、動機和其他統計之資料。

　　為了確認此中文版量表研究之效度，本研究之問卷調查也包含社會讚許性量表（Marlowe-Crowne Social Desirability Scale, Crowne & Marlowe, 1960）。此量表可讓研究者考核受測者在填寫問卷時受社會需求所影響的程度。本研究採用Reynolds（1982）設計，而Liao（2002）翻譯為中文版之量表（見附錄一）。

三、資料收集程序

　　研究者依預先安排之時間親自到每個班級課堂上施測。在預定施測的課堂上，研究者首先向所有受測者解釋本研究之目的，並且說明如何填答此問卷。然後提醒受測者於填寫此問卷時，所有答案並無好壞對錯之區別，只需誠實地回答每項描述學習策略使用之陳述。填答問卷之時間約為30分鐘。在受測者完成問卷調查後，所有填答資料會進一步輸入電腦並進行統計分析。

四、資料分析

　　本研究採量化方式進行資料處理。使用SPSS統計套裝軟體，將受測者所填入的答案及各項資料轉化成數值輸入個人電腦，以進行各項資料之統計分析。

（一）本研究使用描述性統計，呈現全體受測者對本問卷調查之反應，以計算各種統計量值，像次數分配、平均數與標準差，分別表示應用外語科學生在英語學習策略選用的情形，藉以回答本研究的第一個問題。

（二）以雙因子變異數分析統計法，分別比較呈現應用外語科學生在「年級」（一、三、五年級）和「英文程度」（高、低成就組）在六種學習策略範疇使用的情形與差異，藉以回答本研究的第二、三個問題。

肆、研究結果

一、研究之信度與效度

　　根據本研究調查134名學生所蒐集之資料，計算其內部一致性，所得之α係數值為.94，顯示與Yang（1992）的研究之信度相當一致。

　　依本研究之效度考核，求其英語學習策略中文版量表與社會讚許性量表間之相關性。兩者間之相關性偏低，可見並無社會需求反應之偏見。僅有第4題呈現顯著性在0.05水準（見表一），但其相關係數非常低（r = .21）。換言之，本研究之受測對象在作答此量表時並無迎合社會信念需求之趨向。因此，本研究之英語學習策略量表反映出一定之信度與效度。

二、描述性統計分析

　　英語學習策略量表各題項之平均數及標準差皆詳列於表一。一般而言，題項之平均數高於3.5者表示受測者為「高度使用學習策略」；每題項之平均數居於2.5至3.4之間表示受測者為「中度使用學習策略」；而每題項之平均數低於2.4則表示受測者為「低度使用學習策略」（Oxford, 1990）。就表一顯示，第44題（M = 3.99）、32題（M = 3.84）、41題（M = 3.80）、42題（M = 3.73）、33題（M = 3.69）、24題（M = 3.66）、29題（M = 3.61）、12題（M = 3.57）及40題（M = 3.50）這些題

項之平均數皆高於等於3.5，表示受測者使用這些策略較為頻繁。其他題項平均數之範圍皆居於3.49至2.54之間，並無任何題項低於2.4。

表一：英語學習策略之平均數與標準差

	平均數 （M）	標準差 （SD）
1.學新的單字時，我會把新學的東西聯想到已學過的部分。	3.07	.851
2.我會用新學的英文單字造句，以加深記憶。	2.66	.982
3.我會把英文單字的發音與其相關的形象或圖形聯想，幫助記憶。	3.20	1.024
4.我會藉著想像使用某個英文字的可能狀況，來記憶那個字。	3.40	.926
5.我會運用相類似的發音來記憶英文生字。（如rice和ice；no和know）	3.08	1.239
6.我會使用單字卡來背英文生字	2.64	1.223
7.我會把英文單字分組來記憶。（如同義字，反義字；名詞，動詞）	2.54	1.148
8.我會時常複習英文功課。	2.87	.871
9.我會利用英文單字或片語出現的位置來記憶。	3.21	.935
10.我會反覆練習說或寫英文生字。	3.33	.908
11.我會嘗試說得像英語母語的人一樣。	3.29	1.061
12.我會練習英語發音。	3.57	.921
13.我會以不同的方式練習我所學的英文。	3.27	1.027
14.我會嘗試以英語交談。	3.22	.984
15.我會看英語發音的電視節目或電影，或收聽英語廣播。	3.46	1.045
16.我會閱讀英文書刊以自娛。	2.77	.980
17.我會用英文寫筆記、書信、或報告。	2.66	.935
18.我會嘗試用英語思考。	2.68	1.066
19.我會尋找英文與中文之間的相同與相異處。	3.04	.969
20.我會嘗試找出英文的句型。	2.85	.954

21.我會把一個英文生字分解成幾個我認得的部分。（如字首或字根），以找出它的意義。	3.24	1.035
22.我會避免逐字翻譯。	3.28	.955
23.我會將我所聽到的和讀到的英文作成摘要筆記。	2.77	1.003
24.我遇到不熟悉的英文字時，我會猜一猜它的意思。	3.66	.927
25.在英語會話中，若我想不起某個字，我會使用手勢或動作來表達。	3.22	1.113
26.當我不知道適切的英文字時，我會自己造字來表達。（如用air ba11來表達汽球balloon）	3.22	1.153
27.在閱讀英文時，我不會每個字都去查字典。	3.33	1.039
28.我會去猜測別人下一句要說的英文。	3.01	1.134
29.當我想不出某個英文字時，我會使用意義相通的字詞。	3.61	1.047
30.我會找各種方式來運用我所學的英文。	3.30	.934
31.我會留意自己的英語錯誤，並利用它來改進。	3.45	.930
32.當別人說英語時，我會特別留意。	3.84	.903
33.我會試著找出任何學好英語的方法。	3.69	.835
34.我會訂立作息表，以使自己有足夠的時間研習英語。	2.58	.878
35.我會留心尋訪可以用英語交談對象。	2.81	1.079
36.我會尋覓時機多讀英文。	2.99	.888
37.我有明確的目標，改進我的英語技能。	3.04	.905
38.我會考量自己學習英語的進展。	3.35	.843
39.每當我感到害怕使用英語時，我會設法使自己心情放鬆。	3.46	.906
40.即使畏懼犯錯，我仍會鼓勵自己說英語。	3.50	.971
41.每當我的英語表現良好，我會鼓勵自己。	3.80	.916
42.當我讀英文或說英語的時候，我會注意自己是否緊張。	3.73	.997
43.我會和別人討論自己學英語的感受。	3.02	1.065
44.假如在英語會話時，我有聽不懂的地方，我會要求對方說慢一點或重說一遍。	3.99	.841
45.說英語時，我會要求對方改正我的錯誤。	3.40	1.084
46.我會與其他同學練習英文。	3.26	1.069

47.我會向講英語的人求助。	3.49	1.122
48.我會發問以澄清及證實英文上的問題。	2.98	.946
49.我會試著學習英語國家的文化。	3.18	1.089

　　表二呈現出六種英語學習策略範疇運用之平均數。其中情意策略（M＝3.50）為受測者使用最頻繁之策略範疇，其次依序為社會策略（M＝3.38）、補償策略（M＝3.34）、後設認知策略（M＝3.23）、認知策略（M＝3.10）及記憶策略（M＝2.96）。

表二：六種英語學習策略之平均數與標準差

	平均數（M）	標準差（SD）
記憶策略	2.96	.55
認知策略	3.10	.57
補償策略	3.34	.68
後設認知策略	3.23	.62
情意策略	3.50	.68
社會策略	3.38	.72

三、應用外語科學生的「英文程度」、「年級」與英語學習策略運用上之關係

　　本研究使用雙因子變異數分析，探討英文高低成就兩組及三個不同年級（獨立變數）在整體的英語學習策略使用頻率之效果。如表三所示，雙因子變異數分析結果指出於「英文程度」上有顯著差異（F－10.46, P＝.002）。然而，在「年級」方面則無顯著差異外（F＝1.49, P＝.23），「英文程度」暨「年級」的交互效果方面亦無顯著差異（F＝2.03, P＝.14）。

表三：學生「英文程度」、學生「年級」
在英語學習策略之雙因子變異數分析

	F檢定	顯著性
英文程度	10.46	.002**
年級	1.49	.23
英文程度＊年級	2.03	.14

**$P < 0.01$

　　因為只有英文高低成就兩組比較，並不需要進行事後考
驗。高低成就兩組之英語學習策略平均數列於表四。結果顯
示：英文高成就組之學生（M = 3.44）在整體英語學習策略使
用上之平均數高於英文低成就組之學生（M = 3.05）。

表四：不同英文程度之學生的平均數與標準差

	個數	平均數	標準差
英文程度較高者	34	3.44	.46
英文程度較低者	34	3.05	.56
總數	68	3.24	.55

四、應用外語科學生「英文程度」暨「年級」在整體英語學習策略運用上之關係

　　除了評估受測學生整體英語學習策略之運用外，一系列的
雙因子變異數分析亦用以調查六個英語學習策略範疇使用是否
因學生之「英文程度」暨「年級」而有顯著性改變。此雙因子
變異數結果之摘要呈現出每個變數之平均數、標準差和F檢定
皆列於表五和表六中。在雙因子變異數分析中並無顯著之交互
作用存在於這兩個獨立變數（英文程度及年級）。

就表五所示，英文高成就之學生在整體英語學習策略上比低成就之學生使用頻繁。此外，學生之英文程度在記憶、認知、補償、後設認知及情意策略範疇有顯著性影響，顯示英文高成就之學生在這些策略範疇的運用上幾乎都比低成就學生頻繁。唯一的例外是社會策略，高低英文程度之學生在此策略範疇使用上並無顯著性差異。

表五：六個英語學習策略範疇英文程度差異之分析

策略範疇	高成就		低成就		
	平均數	標準差	平均數	標準差	F檢定
記憶策略	3.24	.54	2.85	.61	8.04**
認知策略	3.38	.5	2.94	.65	9.41**
補償策略	3.6	.56	3.13	.6	11.01**
後設認知策略	3.43	.59	3.08	.72	5.3*
情意策略	3.72	.62	3.34	.68	5.95*
社會策略	3.53	.7	3.23	.77	2.9

*$P < 0.05$, **$P < 0.01$

有關於年級方面之變數，表六顯示應用外語科三個年級間僅在社會策略使用上有顯著性差異。一年級學生在社會策略上呈現出使用頻率（M = 3.7）高於其他三年級學生（M = 3.24）及五年級學生（M = 3.19）。為了評量此三個平均數是否在三個年級間有顯著性差異，需要以事後考驗——Tukey HSD—來評量三組學生間之組間組內差異。就表七所示，結果發現在社會策略使用上一年級與五年級學生間有差異且達到顯著性水準（P = .05），但顯著性差異並未存在於一年級與三年級學生之間，三年級與五年級學生間也並無顯著性差異。

表六：不同年級在六個英語學習策略之變數分析

策略範疇	一年級		三年級		五年級		
	平均數	標準差	平均數	標準差	平均數	標準差	F檢定
記憶策略	3.16	.73	3	.51	2.97	.6	.75
認知策略	3.24	.74	3.1	.52	3.15	.59	.31
補償策略	3.49	.81	3.27	.55	3.35	.49	.79
後設認知策略	3.42	.79	3.16	.55	3.19	.67	1.23
情意策略	3.72	.82	3.34	.60	3.52	.55	2.02
社會策略	3.7	.76	3.24	.63	3.19	.75	3.4*

*$P < .05$

表七：Tukey HSD事後考驗之結果

年級	年級	平均數差異	標準誤	顯著性
一	三	.45	.21	.10
	五	.50	.21	.05*
三	一	-.45	.21	.10
	五	.05	.21	.97
五	一	-.50	.21	.05*
	三	-.05	.21	.97

*$P \leq .05$

五、討論與建議

　　這群受測之應用外語科學生在語言學習策略上平均呈現中度使用（$M = 3.2$），他們使用最頻繁之策略範疇為情意策略，其次依序為社會、補償、後設認知、認知及記憶策略。如研究者所預期，由於受測對象選自五專部應用外語科英文組學生，本研究之結果並不完全符合先前的語言學習策略研究。本研究結果顯示，應用外語科學生的策略使用頻率上比之前於臺灣做過相似研究中其他族群之學生（高中部和大學部非英文主修之學生）更高（Yang, 1992; Ku, 1995; Chen, 2000; Chung, 2000）。

在個別策略使用上，Politzer和McGroarty（1985）曾指出亞洲學生似乎較喜愛使用機械性背誦記憶和語言規則之策略，較不喜愛需較多溝通性之策略。Yang（1992）和Ku（1995）在「語言學習策略量表」中發現臺灣的大學生在六個英語學習策略範疇使用上以補償策略最為頻繁。然而，本研究的應用外語科英文組學生似乎以使用情意及社會策略較為頻繁，此結果與先前研究受測對象為非英語科系學生之研究形成對比。可能之解釋在於應用外語科之教學目標和課程設計較強調實用性及溝通性以訓練學生的英文技巧。舉例來說，應用外語科教師常在課堂上使用真實的教材（authentic material）運用於溝通式活動中，例如遊戲、角色扮演、解決問題式任務。應用外語科學生可能常被鼓勵使用情意和社會策略以完成這些活動，而相對地較不常使用記憶策略。這個調查結果指出明確的教學目標或課程之目的對於學生語言策略使用有重要影響，而不同語言學習目標亦可能引發學生不同的策略使用。

此研究中，應用外語科「年級」之變數也產生有趣的結果。大體上，一年級、三年級、五年級的學生在整體策略選用上並無顯著性差異，所有年級裡有相似的英語學習策略使用頻率，並與Cohen和Aphck的研究（1981）結論相當一致，認為語言分級與學習策略使用的關係不大。然而，在針對六個英語學習策略範疇探討其使用頻率時，發現一年級的學生比五年級的學生較常使用社會策略。推測理由可能是當這些新生剛剛進入一所新學校，身處不熟悉的環境中學習，他們可能較傾向與其

他同學合作學習英語，同時建立人際關係。而這些新學生在習慣新的學習內容之後可能會感到比較適應，當升到更高年級之後其社會策略之使用頻率也就變得相對較少。

此外，從目前研究調查結果指出英文高成就之學生在策略使用上比低成就之學生來得頻繁，依序為情意、補償、後設認知、認知及記憶策略，但這兩組學生的社會策略之使用並無顯著性差異。這些結果與大部分過去的研究調查結果相當一致，而且提供新的證據證明策略使用和成功的語言學習之間的相應關係。根據Oxford（1989）所言，高成就學習者使用較多及較好之策略的原因之一是當他們的學習變得更進階時，學習者可能會發展出較新、較好的策略以處理較具挑戰性的課程或語言工作。事實上，英文高成就者傾向使用較有效率之策略，而學習策略高度的使用頻率亦能提升學習者的英文程度。

六、未來教學之建議

在學生選用學習策略上之研究產生具體的調查結果之後，下一個步驟是將這些調查結果應用到課堂教學並對學生的學習過程有所助益。實行的方法之一是透過學習策略訓練來達到「學習如何學英語」的境界。雖然目前策略訓練的研究仍處於發展階段，而研究的結果亦尚未有定論，臺灣的英語教師仍應該努力嘗試將語言學習策略融入一般教學之中。

為了提升學習者之自主性，學習策略訓練課程應融入英語課堂中。首先，為了幫助教師找出學生之語言學習策略，可以

在課堂上實施像本研究中所施測之語言學習策略問卷調查。舉例而言，本研究之調查結果可幫助教師提高學生平時潛意識所使用學習策略進入至有意識覺察之階段。再者，教師能夠告知學生他們目前已在使用策略之目的與價值（如本研究中大部分為情意及社會策略），然後呈現並示範新的或不熟悉的策略之後，再提供大量的練習。尤其是學生最少使用之策略範疇如記憶及認知策略可能需要更明確的教學以擴增其使用各種不同學習策略之技能。最後，教師可能基於學生學習的年數（年級）和英文程度來評估學生策略使用之效能。在介紹各種不同的策略並做過練習之後，教師可更進一步鼓勵學生選用或發展最適合他們個別學習需求之策略。

伍、結論

　　本研究調查五專部應用外語科英文組學生之「年級」及「英文程度」與語言學習策略使用之間的關聯性。可能是由於學生的主修背景和英文學習內容，本研究受測之學生呈現出與先前研究中不同科系之學生不一樣之學習策略選用。應用外語科英文組學生似乎較喜愛且較常使用間接策略例如情意和社會策略。此外，大體上，在學生的整體策略使用上「年級」並未造成顯著性差異，但語言學習策略量表受測結果之深入分析顯示，一年級學生在運用社會策略上比其他年級學生來得主動積極。另外與過去之研究一致的結果，在於本研究發現高英文成

就之學生比低成就學生在學習策略上有較顯著之使用。

　　儘管如此，本研究之調查是基於特定的學生樣本，所以其結果可能不適於推論至背景不同之學生。雖然本研究有其限制，但仍希冀在特定之學習者族群及特殊之學習需求的學習策略使用上，為進一步深入的研究奠定基礎。

附錄：Marlowe-Crowne社會讚許性量表（MCSDS）

　　以下是描述個人態度和特質的句子，請閱讀每個句子並判斷該句子是否符合你的個性。你不用對每個句子考慮太多，通常你第一個反應就是最適當的答案。請以你個人的實際行為來作答，而不要以你覺得你應該怎麼做才是對的、或別人是怎麼做來作答。你的回答並沒有好壞對錯的區別，請不用思考太久，迅速作答。如果該句的描述是真實符合你的情況就請圈「是」，如果不符合你的情況就請圈「否」。

1. 如果沒有別人的鼓勵，我有時會難以持續我的工作。

　　是　　　　　否

2. 如果事情並未按照我的想法進行，我有時會憤憤不平。

　　是　　　　　否

3. 有些情況下，我會因覺得自己的能力不足而放棄去做某些事情。

　　是　　　　　否

4. 有時儘管我知道某些權威人士是對的，我仍想反抗他們。

　　是　　　　　否

5. 不論和誰說話，我總是專注傾聽。

　　是　　　　　否

6. 有時候我也會佔一下別人便宜。

　　是　　　　　否

7. 當我做錯事，我總是會勇於認錯。

　　是　　　　　否

8. 有時我會以牙還牙而不願原諒別人。

　　是　　　　　否

9. 我對人總是謙恭有禮，即使是對我不喜歡的人也是一樣。

　　是　　　　　否

10.當別人表達跟我不同的意見，我不會不高興。

　　是　　　　　否

11.有時我會相當嫉妒別人的幸運。

　　是　　　　　否

12.別人找我幫忙，我有時會感到厭煩。

　　是　　　　　否

13.我從未故意用言語去傷害別人。

　　是　　　　　否

破除幼兒學英語的迷思

壹、前言

　　國內兒童福利聯盟為了解學齡前幼兒學習英語的現況，曾針對臺北市家有幼兒的家長進行調查，結果在598份有效問卷中，高達八成五的家長認為學齡前幼兒有必要學習英語，六成以上的家長表示目前或以前曾讓孩子學習英語，因此若以臺灣約一百七十三萬的學齡前幼兒人數來推估，約有一百零四萬幼兒在讀小學前就已學過英語。此外，四成以上的家長堅持幼兒學英語一定要由外籍老師授課，不接受本國籍會說英文的老師。

　　以上調查結果反映出家長對於幼兒學習英語的三點觀念，一是國人向來認為小孩的語言學習能力強，反正英語是孩子將來必備的強勢國際語言，晚學不如早學的效果好。第二是既然小孩要學英文，最理想的情況就要請外籍老師來教，孩子才能一開始就學到字正腔圓的英語。第三是英語要學得好一定要「沈浸」（immersion）在全英語的環境中，才能養成以英語思考理解的習慣。但是這些相信提早學英語、外籍教師教學能提高英語學習成效及全英語教學才是理想教學環境的想法，卻容

易衍生成串的問題，本文將針對上述三點家長常有的迷思，從學界研究的觀點加以簡要的討論。

貳、提早學不等於學得好

　　首先就幼兒學習英語的年齡而論，許多語言學習理論與研究（Lenneberg, 1967; Bickerton, 1981; Scovel, 1988; Bialystok, 1997）都指出，青春期（puberty）以前的兒童具備敏銳的音韻學習能力，情意方面的障礙如學習焦慮也較低，這段期間被視為非常適合學習外語的關鍵期（critical period），過了關鍵期後才開始學外語，通常無法達到和其母語相同的水準。對於關鍵期的解釋有學者是從神經生理學的觀點出發，如Lenneberg（1967）認為小孩的大腦皮層從兩歲時開始慢慢邊化（lateralization）[4]，此時都還是用全腦來學習語言，就算在青春期之前左腦受傷，仍還可用右腦來學習語言，因為大腦組織的可塑性（plasticity）還非常強。但到十二、三歲時左右腦逐漸專司不同的職能，而大多數人的語言功能在此後則轉變到左腦，語言學習能力大不如前。

　　儘管關鍵期的論述備受重視，但國內幾個實證研究結果都顯示，兒童提前學英語對於其日後英語的能力以及在校成績並

---

[4] 在幼時均衡發展的大腦，會隨著年紀的增長將各種不同的認知功能分配到左右側兩腦，例如左腦主司語言、邏輯、和分析功能，而右腦則主司情感和藝術等功能。

無直接影響，反而年紀較大的兒童因認知能力較為成熟，比幼兒更能掌握語法的使用和文化背景的知識。例如周中天和徐加玲（1989）發現影響學生英語能力的主要因素是學生個人的學習興趣和其家庭背景，與提早學英語並無直接關係。曹逢甫、吳又熙和謝燕隆（1994）的長期實驗和觀察結果也指出，語言的技術層面如聽說的技能通常愈早學較見成果，但是知識層次的語法、閱讀以及聽說技能牽涉到知識背景的部分，就應配合兒童的認知發展來施教，早學不見得效益就越高。他們的研究結果指出兒童從國小四年級開始學英語有種種好處，並且對學習本國語的中文不會有不良影響。所以筆者建議家長與其一窩蜂把學齡前的幼兒送去學英語，不如先考量一下孩子的興趣和學習動機，如果他們想學，家長當然是樂觀其成；但若孩子意願尚且不足，就讓他們多享受一下童年。民國94年教育部就已宣布英語教學延伸至國小三年級，而有些縣市在國小一年級就開始教授英語。因此等兒童進了國小再學英語也不見得就會輸在起跑點上

參、外籍人士不等於專業教師

　　再來探討外籍教師的教學效果是否盡如人意？其實，按國內〈就業服務法〉第43條和第46條規定，學前的幼教機構不得聘雇外籍人士。過去因兒童英語市場需要大量外籍教師，違反規定者不可勝數，而主管行政部門亦不堪其擾，教育部方

於民國91年開放由短期補習班以簽訂「工作承攬契約」方式聘用外籍人士，並指派至合作的幼稚園擔任英語教師。可是93年教育部又廢止「可聘雇外籍教師至幼稚園任教」之法令。94年教育部更發布新聞稿重申禁止幼兒階段學習美語（林秀慧，2008）。既然沒有明確法令管理審核外籍老師的資格，那麼現在滿街標榜全英語教學的幼教機構所聘請的外籍老師又是從何而來？

根據筆者觀察，相當多外籍人士是來台旅遊打工賺取旅費的短期過客，品質良莠不齊，有受過專業語言教學訓練的人簡直是鳳毛麟角。媒體上更時常爆發有家長因孩子班上外籍老師教學沒有章法而懷疑其專業能力，進而調查出該名教師是持偽造學歷來台任教英文之情事。儘管如此，為何為數眾多的父母寧可迷信金髮碧眼高鼻子的業餘過客，而不信任有受過專業教育的本國幼教美語師資呢？原因可能是國人的外語學習觀念仍停留在上個世紀五、六十年代行為主義的學習理論（behaviorist learning theory），許多人認為講外語就像是養成一種習慣，小孩只要跟著外國人多聽多講，一旦接受足夠的外語刺激，再依樣模仿就可大功告成。

然而近幾十年來外語教學的研究和課堂上的事實證明，兒童語言發展並不全然是仿效外界的語言刺激，有相當大的程度是他們自行建構語言的規則以及與社會接觸而內化得來的。正如Larsen-Freeman（2000）指出，由於廿世紀六、七十年代認知學習理論（cognitive learning theory）和變形衍生語言學

（transformational-generative linguistics）[5]的興起，研究者發現兒童學習語言並不僅僅是模仿外界的語音，而是利用他們的背景知識來歸納語言規則的過程。Berko（1958）的研究指出四歲幼兒已能將一些從未聽過的字句自行組織成複數型、過去式、第三人稱等用法，例如：他們會將「one wug」改成複數的「two wugs」，「gling」改成過去式的「glinged」，而事實上英文中並沒有「wug」和「gling」這些字，幼兒根本無法從外界模仿，而是應用平日使用母語的語法推論到其他字的用法上。

另外從Vygotsky（1962, 1978）以來所提倡的社會建構主義（social constructivism）[6]來看，外語能力是由同儕之間的互動共同建構（jointly constructed）而來，建構方式包括小組學習、口頭報告和相互討論等互動性活動。學習遲緩者若能獲得學習較佳者的引導和鷹架支持（scaffolding），外語能力和技巧才能更上一層（Donato, 1994）。這時老師扮演的角色就包括在互動中安排學生的學習活動，使用各種方式幫助學生作有意義的建構，並鼓勵他們運用先前學過的知識和技巧來發展他們語言的潛能。總而言之，從上述學習理論和社會建構的學習角度來看，幼兒學習英語並非一定要外籍老師才教得好，反而是有

---

[5] 此為美國麻省理工學院教授Noam Chomsky所提出的理論，他認為句子可被視為擁有表層結構和深層結構，透過變形律同一深層結構可以衍生出許多外觀形式不同的句子。

[6] 社會建構主義主張學生知識的取得不是靠被動的灌輸，而是在社會文化環境影響下，由學生與他人磋商互動，並經過不斷調整修正，最後由學生主動建構而成。

受過專業語言教育訓練，懂得臺灣幼兒心理和語言發展的本國籍教師更能勝任。

肆、全英語教學不等於全方位學習

可以理解的是，某些家長對本國籍老師口語能力的信心不足，尤其很多父母要求老師在課堂只能說英語，而No Chinese in the classroom早已成為英語教學機構的招生標語，所以不會說中文的外籍老師就更受青睞。家長普遍認為上課使用全英語教學，揚棄說中文的習慣，小孩才能學好英語。但Swan（1985a, 1985b）就曾批評過溝通式教學法忽略母語在學習外語上的重要性，畢竟學習外語主要還是一種認知性的心智活動，小朋友在學習時一定要依賴他們之前習得的母語知識來理解、記憶、和創造新的英語知識，而母語正是他們思考和探索以前所習得知識的最佳工具和資源，若強迫幼兒在課堂上只接受英語教學，而不准他們聽說母語，其吸收學習的能力都會大打折扣，更不用說他們幼小心靈上所遭受的挫敗。因此要求學生在課堂上揚棄中文且只用英語是不切實際又缺乏效率的作法，難怪在兒童福利聯盟的調查報告中顯示有孩子因學英語而出現個性退縮，變得更不敢說英語，也有人受到委屈和傷害，被同學取笑而交不到朋友等事例。筆者認為，採用全英語教學的利弊必須視班上學生的認知和情意發展程度而定，然而在臺灣的EFL環境下，幼兒的認知能力還是奠定以母語為發展基礎

為佳；加上兒童在全英語的教室中，若因程度落差大而被同學譏笑，也可能形成學習挫敗的自我概念，甚至就放棄學習。總之，全英語教學並非就是教好兒童英語的萬靈丹，應該是針對兒童能力發展採取適性適才的教材教法，而且在課堂穿插使用中文教學也可以讓小朋友在理解上更正確快速，在心理上更有安全感。

伍、結語

學英語早已是臺灣的全民運動，可惜要破除幼兒學習英語的迷思並非易事。綜合以上所論，年齡因素對於英語學習的影響並非愈小愈好，其實年齡愈小的兒童雖然學習得快，遺忘得也很快，若經過一段時間不再練習，之前所學保留的就愈少，所以長期累積學習成果是比提早學習來得有成效。家長只要在小孩青春期之前配合他們認知、情意、和社交能力的發展階段，持之以恆地讓小孩大量接觸英語和培養濃厚的學習興趣，並不一定非要趕在學齡前將幼兒送去補習才能提高英語能力，也不用擔心晚點學會跟不上他人。

而在課堂上使用母語，只要是審慎運用，反而成為學習英語的助力，許多中文裡的句法句型和觀念意義都可以轉移到英語的學習上，例如中英文都有S+V+O的結構，很容易可用中英文對照的方式來講解句型；而許多抽象或概念性的英文詞彙，往往用中文翻譯比用英文解釋來得更有成效且節省時間。經由

中文解釋也更容易突顯中英語言和文化之間的異同，以及降低兒童學習英語的焦慮。

但是家長偏好外籍教師的教學，其實也摻揉複雜的文化認同和社經象徵等因素，例如擁有外籍師資的雙語或英語學校只要收費昂貴，反愈能招攬政商名流的子女。可行之道是改善目前良莠不齊的外籍師資，學好英語已是全民的共識，既然連兒童都無法倖免於這股熱潮，那政府部門就不妨從善如流，修訂政策讓專業的外籍老師能夠合法地在本地幼教機構和學校協助教學，但更重要的是要嚴格把關，而且不能忽略母語和其他認知能力的發展。過去教育部曾計劃引進外籍師資至國內小學協同英語教學，公布的師資要求為英語系國家人士、未滿四十五歲、大學畢業能說簡單中文、加上身體健康、無吸毒習慣就能來台擔任英語教師，如此篩選標準過於寬鬆，似乎是由教育部帶頭來加持社會大眾認為「只要會說英文就能教英文」的迷思。反觀國內想當國小英語教師的人不但要外文系所畢業、修習教育學分、還要通過實習、考證、甄選等重重關卡，才能謀得一席教職。因此教育部引進外籍師資的立意雖良善，但更重要的應是審核這些教師的教學經驗和EFL的教學專業訓練，抵台後還要加上職前和定期的在職訓練，才能確保外籍師資的教學品質，提升國內學子的英語能力。

第二篇　翻譯教學

建立翻譯證照制度之探討

壹、前言

　　臺灣近年來經濟一蹶不振，搶救失業風潮大興，有效的措施之一就是去考張專業證照以增加就業的競爭力。媒體也宣稱證照時代已經來臨，上班族只要努力考上幾張證照，不僅現有的工作安全無虞，甚至可以轉換跑道，尋求待遇福利更佳的工作環境。可是目前在我們的大學院校裡，許多專業系所儘管長年來培養人量的專才，但畢業後卻往往面臨就業市場窄化，而且又無證照以資證明其專業技能，只能讓業者憑藉主觀印象和運氣來甄用良莠不齊的人才，自然其專業形象就難以建立，薪資水準也無法提升，翻譯和應用外語系所的畢業生就是其中最顯著的例子。

　　事實上，臺灣在戮力追求國際化的過程中，翻譯和外語專業人才將扮演重要推手，無論是政府部門、國際組織、跨國企業、或大眾媒體都需要大量專業譯者，加上臺灣社會目前外籍配偶和外勞人數激增，亦需要專人協助處理。為因應市場需求與確保譯者品質，目前國內實急需建立翻譯證照制度。因此本

文旨在拋磚引玉，透過討論翻譯證照之重要性和證照制度之規劃，期能提倡國內研究並建立翻譯證照制度，促進翻譯人才的專業發展，進而推動臺灣順利與國際社會接軌。

貳、翻譯證照之重要性

　　隨著教育部廣設大專院校的政策和追隨全球化的浪潮，臺灣的翻譯系所數量自從1988年輔仁大學首創翻譯研究所至今已增為七所（臺大、臺師大、輔大、彰師大、長榮、文藻、高雄第一科大）二系（長榮、文藻），其他外文相關科系開設的翻譯學程和課程更是所在多有。根據陳子瑋（2014）的統計，全國大專院校中計有110所學校（112間系所）開設多達1,055堂翻譯課程。然而以美國幅員之廣大、工商業之興盛，也只有少數學校提供翻譯碩士學位，例如位於加州的蒙特雷國際研究學院（Middlebury Institute of International Studies at Monterey[1]）。相較之下，臺灣翻譯系所的密度之高實是世所罕見。筆者身為翻譯的理論研究和實務工作者，當然是樂見高等教育界投入如此眾多資源來培育譯事的新血，但也憂心學校施教品質的良窳和市場的胃納是否足以吸收這些人才。若是畢業生將面臨出路難覓的窘境，各大學院校應該嚴肅思考如何來輔導學生取得翻譯專業知能的證明。

---

[1] 蒙特雷國際研究學院前身英文名為Monterey Institute of International Studies，於2015年遭合併後正式改名為Middlebury Institute of International Studies at Monterey。

通常傑出的翻譯人才同時也會擁有優異的外語能力，但精通外語人士卻不見得就能勝任專業翻譯的工作，他還需具備優秀的母語能力和兩種語言訊息轉換的能力。而且語言能力僅是其中一部分，其他諸如廣博的文化和領域知識、嚴謹的邏輯推論、再加上查找資料和使用電腦資訊工具的效能，以及具備耐磨認真的態度，才可能成為稱職的專業譯者。只是平心而論，要跨入一般雙語轉換的翻譯技術門檻並不太高，導致許多人誤認為只要精通兩種語言即可擔任翻譯工作。但實際上要從事具專業品質的譯事，卻非經紮實的技能訓練和觀念啟發不為功，此時就迫切需要建立一個篩選認證的機制，一方面汰劣擇優、肯定優秀的翻譯人才，提高其專業自信和社會形象；另一方面也提供業者遴選翻譯人員的參考，並據以提供合理的薪資待遇。一般而言，建立專業證照制度可獲得社會大眾的認同、提升專業人員對自我能力的肯定、有助專業目標的達成、和促進專業的發展（楊振昇，2000）。

而國內目前醫師、律師、建築師、會計師、護理師、社工師等專業人士都必須依據〈專門職業及技術人員考試法〉通過國家考試拿到執照才能執業。行政院的勞動部也依據〈職業訓練法〉辦理廚師、美容師、勞安工程管理師、營造工程管理師等證照考試而發給技術士證。與口筆譯技能較為接近的則有「手語翻譯」，勞動部勞動力發展署技能檢定中心自民國93年即開辦「手語翻譯」丙級技能檢定。104年又開辦「手語翻譯」乙級技能檢定，盼望能為聽障者提供更多手語翻譯員的服

務，在各種場合具備無障礙的溝通環境。

　　而以翻譯此種專業技能而言，若不建立證照制度，就難保各方品質不一的翻譯人員不會自毀長城，讓社會充斥粗製濫造的翻譯作品，徒然陷翻譯行業於谷底。譬如現行電影、電視節目英文字幕的翻譯水準就有相當大的改善空間，即使是許多銷售排行榜上的外文翻譯書籍也常見譯者以流暢的中文來掩蓋其錯譯的情事，長期以往，不僅譯者難以提升其專業形象，甚至會失去閱聽大眾的信任。

參、翻譯證照制度之分析

　　在探討翻譯證照之前，有必要先對證照一詞加以說明。引用葉連祺（2001）對證書、執照、及證照之分類方式（如表一），可知證書（certificate）係指通過考試或審查後由專業組織所頒發證明具備某專門知能或資格的文件；執照（license）多屬檢覈從事某專業的基本必需性知能，由政府權責部門所頒授的一項證明，無執照即不能執業；而證照一般而言是指在職業領域內通過技能檢定所核發的證明文件，如〈職業訓練法〉第三十一條：「為提高技能水準，建立證照制度，應由中央主管機關辦理技能檢定。前項技能檢定，必要時中央主管機關得委託或委辦有關機關（構）、團體辦理。」和第三十三條：「技能檢定合格者稱技術士，由中央主管機關統一發給技術士證。」

表一：證書、執照和證照之區分

名稱		證書 （Certificate）	執照 （License）	證照
文件	文件功能	專業知能證明，非執業必備	執業許可	專業知能證明，與執業有關，可／必須換發執照
	核發單位	專業團體	政府機關	政府機關
	知能等級	專業最高素養，無上限	執業最低基本素養，有下限	執業基本素養
方法	名稱	檢定／檢覈	核照	技能檢定
	檢驗目的	評鑑領域專業知能，維護專業權威	確保執業最低知能，維護公眾權益	評鑑執業基本知能，維護公眾權益
	辦理單位	專業團體	政府機關	政府機關
	辦理性質	多自願參加	強迫參加	自願或強迫參加

註：取自葉連祺（2001）

　　目前若要推動翻譯證照制度，以證書形式由民間團體辦理恐怕缺乏公信力，不易為市場接受，過去臺北市翻譯商業同業公會曾推行「翻譯師資格證書」，但卻無疾而終可為殷鑑。而以執照形式依法經國家考試及格始能執業，在目前充斥低薪資低門檻的翻譯工作環境亦是窒礙難行，許多規模較小之翻譯社可能因此被迫停業。較為可行之道是由政府機關或專業團體等具公信力之機構，辦理翻譯技能檢定以及證照之核發與管理，或是行政院勞動部可在現有證照制度中加入翻譯此一職類。亦即先就大學院校翻譯和應用外語系所畢業學生或甚至一般民眾的翻譯能力（translation proficiency）檢定開始做起，提供證明其翻譯技能的證照，亦能增添其就業上之競爭力。

　　而未來視業界接受程度和國家發展所需，特定重要翻譯業務例如民間公證人資格、法院通譯或法律公證文件涉及外文書

驗證等問題，可考慮提升至國家考試位階，譯者須通過執照考試方能執業。當然這部分仍需尋求正式的法源依據，明確規範譯者的執業範圍和資歷條件等；相對地，通過執照資格考試的譯者也能享有較佳的工作報酬和保障。過去法務部曾草擬翻譯師法草案，希冀建立翻譯師制度就是個值得努力的方向，可惜後來陷於停頓擱置的狀態。

　　過去國家教育研究院編譯發展中心曾與學者專家合作研擬建立翻譯能力檢定考試制度，以工作屬性不同區分為筆譯和口譯兩類。民國96年由教育部首度舉辦「中英文翻譯能力檢定考試」，99年後委託財團法人語言訓練測驗中心（LTTC）辦理。通過考試者可取得「筆譯類一般文件英文譯中文組」、「筆譯類一般文件中文譯英文組」、「口譯類逐步口譯組」三種證書，也將登錄於「國家教育研究院學術著作翻譯資料網」的「翻譯人才資料庫」以及「內政部入出國及移民署通譯人才資料網」，供各界徵才參考。但因該考試難度頗高，評分嚴格，考生通過率偏低，其英譯中筆譯考試通過率約為20%，中譯英筆譯考試通過率不及10%，導致報考人數不易提升，證書在業界的流通不廣，也尚未受到足夠重視，相當可惜。

　　反觀海峽對岸的中國大陸對於翻譯證照制度極為重視，由政府部門和大學辦理諸多翻譯證照考試。例如由人力資源社會保障部和外文局合辦的「全國翻譯專業資格（水平）考試」、教育部考試中心和北京外國語大學舉辦的「全國外語翻譯證書考試」、上海市的「上海外語口譯證書考試」、「上海市商務

口譯（英漢互譯）專業技術水平認證考試」、「上海市外事聯絡陪同口譯（英漢互譯）水平認證考試」等口譯考試。其中規模最大的「全國翻譯專業資格（水平）考試」分為筆譯、口譯兩大類，其中口譯再分為交替傳譯、同聲傳譯兩類。考試包括三級翻譯、二級翻譯、一級翻譯和資深翻譯四個等級；分別對應中國翻譯專業職務職稱系列之初級、中級、副高級及正高級（彭致翎等，2014）。其語種之多，級別之繁複，為我國「中英文翻譯能力檢定考試」所瞠乎其後。其規模雖不見得適用我國情況，但我們仍需體認大陸政府對於翻譯專業認證的重視與規範。

　　我們另援引澳洲國家翻譯者暨傳譯者認證局（The National Accreditation Authority for Translators and Interpreters, NAATI）的認證制度為例（Manual for candidates, 2002），證照考試得採筆試、口試、實作、或審查經歷證件等方式。譯者取得認證的途徑有二：（1）通過該局所舉辦的檢定考試，（2）修畢該局所認可的翻譯課程，（3）提出相關學經歷證件申請認證。在證照的分級上，NAATI採四級制，分別為一般譯員、專業翻譯師、高級翻譯師和資深翻譯師。目前澳洲的政府機構和多數私人企業在聘用口筆譯人員時，都要求至少要具備專業翻譯師的資格。NAATI是澳洲政府設立的專業口譯及筆譯資格認證機構，擁有其資格認證，可以通行執業於全球的英語系國家。我國若要落實翻譯認證工作，不妨可以借鏡NAATI的相關制度。

肆、結語

　　過去臺灣實行多年的證照制度成效並不突出，但目前我國的人力資源市場已經產生變化，無論政府與民間單位都有專業認證的需求，而求職者取得證照對其就業也較有保障。從社會需求的角度來看，目前證照種類已不足因應市場所需，包括翻譯師在內的各種新式證照應再加以開發，而且業界和政府用人單位對於促成譯者證照制度的呼聲也愈來愈殷切。翻譯作為一種專業工作實有認證的需要，例如為了讓臺灣與國際順利接軌，行政院曾宣示把英語提升為準官方語言，而且汲汲努力塑造國內英語環境。無論環境設施、制度法規、和網站的雙語化、外語名詞翻譯的標準化等工作，在在都亟需優質翻譯人才的專業協助，加上未來各種國際文化交流、經貿洽商談判場合日漸頻繁，翻譯人才的認證需求尤是急切。事實上，連對岸的中國大陸都早於2003年實施「全國翻譯專業資格（水平）考試」[2]，截至2012年底，累計報考人數高達24萬人、合格人數約3萬人（楊英姿，2013）。臺灣豈能長久瞠乎其後。為求臺灣國際化的長遠發展，也為提升國內譯者的專業地位，促進翻譯專業發展，期盼政府主管機關和譯界先進能重視譯者認證的問題，早日建立完善的譯者認證制度。

---

[2] 大陸「全國翻譯專業資格（水平）考試」之相關資訊可參考其官方網址：http://www.catti.net.cn/

臺灣口譯研究現況之探討

壹、緒論

　　翻譯專業在國內近年來相當受到重視，其間尤以輔仁大學於1988年首創翻譯學研究，標誌了翻譯活動正式晉升於學術殿堂的里程碑。其後學術專業團體臺灣翻譯學學會[3]於1994年成立，各大學亦陸續創設翻譯系所，迄今2015年，國內已有七所翻譯研究所（臺大、臺師大、輔大、彰師大、長榮、文藻、高雄第一科大）、兩個翻譯系（長榮、文藻）、其他外語系所更是競相爭設翻譯學程（如臺大外文系）或課程。一個新興學科能在二十幾年間廣受學界和各大專院校的青睞，實屬罕見，幾乎成為全球翻譯系所密度最高的地區之一。但在這陣熱潮背後，學界亦應開始檢視這十多年來翻譯研究之成果。而翻譯活動依其傳達媒介又可分為筆譯和口譯，兩者的技能表現、訓練方式、專業意識、理論基礎乃至研究方法都不盡相同，探討時有必要分開處理，而本文即針對臺灣目前口譯研究之成果加以回顧分析，以釐清其現況。

---

[3] 原名為中華民國翻譯學研究會，於1997年更名為中華民國翻譯學會，於1999年又改為臺灣翻譯學學會。

近年來臺灣為因應國際化的呼聲，國際會議、企業和政府部門皆亟需口譯員搭起文化溝通的橋樑，各大專院校因此大量開設口譯課程以訓練學生口譯技能。目前口譯活動與教學的風潮雖然大興，但其研究現況尚缺乏較詳實的描述和檢驗，即使是現職口譯員或教師往往也難一窺全貌。在口譯研究上，研究者往往是在學術期刊或以學位論文發表研究成果。而口譯學界自輔大譯研所成立經過二十餘年的努力，從過去一片荒蕪的學術土壤，到現今的百花齊放，探討議題不僅兼及理論與實務，亦包納各種外語與中文之口譯組合。可是畢竟口譯研究是門新興學科，相對缺乏堅實的學術研究傳統，目前的研究成果當中究竟透顯了何種面貌和品質？現今大勢和未來趨向又如何？應該是口譯學界加以重視的課題，尤其是各方的研究主題和研究方法等向度亦皆待一有系統的檢視和概括，以提供口譯學科繼續向前推展的依據。

針對特定學科研究成績的回顧，在國內外常有學者探討之。例如大陸學者穆雷（1999）就梳理了國外有關翻譯教學的研究成果，以對照中國國內翻譯教學發展的現狀。而且穆雷、王斌華（2009）也特別針對大陸的口譯研究發展，收集過去30年來的期刊口譯論文、著作和歷屆全國口譯大會上發表的論文為資料，分析大陸學界的口譯研究數量、主題和研究方法，並探討存在的問題和未來走向等。另外，Henning（1986）為釐清語言習得研究中使用量性研究的情況，從*TESOL Quarterly*和*Language Learning*兩本主要學術期刊中蒐集了從1970至1985年

間的論文共203篇加以分析歸類，其目的為提供量性研究之定義，報告重要期刊中的研究趨勢，及提出該領域量性研究的模典和方法（paradigms and methods）。在英語教學領域也有類似的研究，例如Richards（2002）依據*English Language Teaching Journal*和*English Teaching Forum*兩份期刊於1970年至1975年和1995年至2000年兩段時期所出版之論文作比較，以指出英語教學界30年來所關切的研究議題及其發展過程。國內亦有Liou（2004）針對臺灣英語教學的文獻作一回顧性的研究，研究資料為1984年第一屆English Teaching & Learning（ETL）會議30篇論文與從2001年至2003年國內各主要英語教學研討會和期刊共198篇論文。她比較了這些論文的研究屬性、研究對象、研究主題，最後為臺灣英語教學研究指出未來可能的研究方向。而口譯在短期內成為國內新興的熱門學科，為求其長期永續發展，學界有必要關切口譯研究的發展動態，而類似其他學科所從事的回顧性文獻探討應該是重要的第一步。

國內發表口譯研究成果的管道主要有二[4]：（1）收錄口譯論文之期刊首推由臺灣翻譯學學會出版之《翻譯學研究集刊》，每年出刊一輯，自1996年創刊至2005年底止共出刊九

---

[4] 本文並未討論口譯相關書籍，一方面因國內出版之口譯書籍相當稀少，另因市售口譯書籍或為經驗抒發、或作授課教材，且多未經學術審查，難以界定為口譯研究，故不納入本文討論範圍。另外國家教育研究院於2008年創刊《編譯論叢》，亦收錄口譯研究論文，但當時未及納入本文研究範圍。

輯[5]，每輯所收中外文口筆譯相關論文約13篇，稿源來自國內各翻譯研究所輪流主辦之「口筆譯教學研討會」發表之論文和對外公開徵稿，經嚴格審查後刊出；（2）口譯相關之學位論文則主要是由各翻譯研究所學生為取得學位所撰寫，經論文口試委員審定後提交。

　　為檢視臺灣口譯研究的成果，有必要對上述兩項具審查制度之管道所發表論文作一系統化的回顧與探討，因此本文之主要目的在於回顧國內近十多年來研究口譯相關議題之文獻，並按研究主題、研究方法、研究語種等層面建立分類架構，以透顯口譯研究在整個翻譯學界的定位，並指出口譯研究之趨勢，提示未來可能的研究方向。

貳、文獻探討

一、何謂研究

　　為探討研究論文，應先了解何謂研究，其界定可謂人言言殊。Nunan（1992）曾綜合各種對研究的界定而提供以下的操作性定義（operational definition）：Research is a process of formulating questions, problems, or hypotheses; collecting data or evidence relevant to these questions/ problems/ or hypotheses; and analyzing or interpreting these data.（研究是種過程，首先提出問

---

[5] 《翻譯學研究集刊》至2015年時已出刊至第19輯。

題、困難、或假設，接著收集有關這些問題、困難、或假設的資料，最後分析或詮釋這些資料。）此定義明確指出作研究的三個基本要素：（1）問題、困難、或假設，（2）資料，（3）資料的分析和詮釋，缺少其中一個要素就難以稱之為研究。依據以上的界定，本文的立場並未將某些隨感式、論斷性和缺乏文獻或實驗佐證的口譯散論或經驗談視之為研究，而前述三項發表論文之管道則符合此項界定。

二、口譯研究主題的分類

臺灣目前對口譯研究主題的分類所作的研究並不多，而大陸學者劉和平（2005）曾以法國學者吉爾（Gile）所主編之國際口譯研究信息網公報（The IRN Bulletin）上所收錄之全球翻譯研究論文資訊236篇作為分類的基礎，共分析整理出十大與口譯研究相關的領域和主題，分別是：（1）翻譯理論與實踐研究，（2）口譯程序，（3）口譯量化分析、質量評估，（4）口譯錯誤或問題分析，（5）各種形式的翻譯，（6）雜誌、書籍、出版物介紹，（7）術語研究，（8）各國／階段翻譯史，（9）專業翻譯，（10）口譯教學、口譯培訓。但是其中有些領域是討論較大的主題而兼論口譯，如（1）、（5）、（6）、（7）、（8）、（9）；直接針對口譯現象或活動所作的研究主題為（2）、（3）、（4）、（10）。

而反觀臺灣探討口譯研究之主題，以前述《翻譯學研究集刊》和學位論文內容為本，可歸納出主要集中在：

（一）口譯課程或教學之議題

此類主題所發表論文數量最多，類似於劉和平（2005）所分類的第（10）項口譯教學和口譯培訓，依其討論焦點又可細分為下列數項子題：

1.課程規劃和教案設計

討論口譯教學的目的和課程目標，規劃口譯的核心課程和周邊課程，並提供口譯教學的教案。例如楊承淑〈「口譯入門」課的教案設計、修正與評鑑〉（1996）；王珠惠〈大專口譯課程教案設計及實踐〉（2003）；汝明麗〈建構論教學觀之下的情境學習理論於大學中譯英口課程的實踐〉（2011）等。

2.教材教法的分享或建議

針對特定課程目標提供口譯訓練的活動以及解決教學困難的方法，以供在第一線教學的口譯教師作為參考。例如湯麗明〈大學「口譯入門」課程英譯中視譯練習之運用與建議〉（1996）；何慧玲〈大學口譯課程筆記的學習與教法探討〉（2001）；楊承淑〈口譯教學的數位化與網路化〉（2002）；張嘉倩、郝永崴〈The creation of an online learning community in interpreter training〉（2008）等。

3.口譯員的訓練方法

　　針對專業口譯員或譯研所口譯組學生的訓練方式作探討，有別於一般大專院校以增進語言能力為目標的口譯課教學。例如鮑川運〈同步口譯的過程及分神能力的訓練〉（1998）；陳聖傑〈A structured decomposition model of a non-language-specific interpreter training program〉（1999）；吳敏嘉〈A step by step approach to the teaching of simultaneous interpretation〉（1999）等。

4.大專院校口譯教學現況

　　調查口譯教學現場的情況，包括口譯課班級人數、教科書、課程、師資、教學目標與困難、學生的學習困難、作業、及考試與評量等方面作調查分析，找出現存教學的癥結和問題，並提供建議和解決之道。例如：李翠芳〈大學部口譯課程的教學規劃〉（1996）；何慧玲〈臺灣大專應用外語科系口筆譯教學概況與分析〉（1999）；胡家榮、廖柏森〈臺灣大專中英口譯教學現況探討〉（2009）等。

（二）口譯理論或現象之探討

　　側重於描述口譯行為的現象和內在規律，或解釋口譯語篇的特性，有助於口譯理論之建立，類似劉和平（2005）所分類的第（1）項翻譯理論與實踐研究。例如謝怡玲〈The importance of liaison interpreting in the theoretical development of translation studies〉（2003）等；楊承淑、笹岡敦子、詹成〈逐步口譯中的非語言訊息結構〉（2011）。

（三）口譯技巧或策略之分析

包括如何發揮有效的口譯技巧或使用策略處理口譯時所發生的問題。例如永田小繪〈日中同步口譯探討〉（1997）；魏伶珈《英到中同步口譯專家與生手記憶策略之探討》（2004）等。

（四）口譯品質或錯誤之評量

從不同角度評估口譯員/學生表現或口譯品質之良窳，包含對口譯錯誤之分析，類似劉和平（2005）所分類的第（3）項口譯量化分析和質量評估。例如楊承淑〈口譯「專業考試」的評鑑意義與功能〉（1998）；劉敏華、張嘉倩、吳紹詮〈口譯訓練學校之評估作法：臺灣與中英美十一校之比較〉（2008）等。

（五）口譯產業相關之實務問題

由口譯活動所衍生之相關實務議題如口譯員的專業活動、口譯職業分類、口譯產業和服務、媒體口譯等，類似劉和平（2005）所分類的第（9）項專業翻譯。例如楊承淑〈論口譯的價值與價格〉（2000）；陳岳辰《臺灣地區自由口譯員之人格特質與工作滿意之關係》（2005）；汝明麗〈臺灣口譯產業專業化：Tseng模型之檢討與修正〉（2009）等。

三、口譯研究方法的分類

在臺灣，口譯的研究方法目前也缺乏明確分類，而大陸學者鮑剛（2005）曾列舉十項口譯的基本研究方法為：（1）經驗總結法，（2）歸納思辨法，（3）內省法，（4）黑箱法，（5）現場觀察法，（6）調查法，（7）原、譯語資料分析法，（8）口譯模式設定法，（9）實驗法，（10）跨學科借鑒法。此分類方式固有其學理基礎和實務考量，但各類別間的區分似乎並未作到相互排除（mutually exclusive），而且與一般社會科學研究方法的分類範疇不盡相符。例如前三類方法（1）、（2）、（3）的概念和操作上有許多重疊的成份，不易區別；第（4）、（5）兩項究其實都是觀察法，只是前者「觀察譯員的語病、詰誤、間斷等是如何產生以及何時產生等現象」（頁12），而後者是「觀察譯員在工作時的外在表現，從而總結其工作方法」（頁13）；至於第（10）項則無法清楚界定說明哪些是所謂跨學科借用的方法，哪些又是口譯研究固有的方法。因此上述分類的價值不高。

其實若口譯研究可視為應用語言學門下的一個學科，我們不妨以應用語言學的研究方法來討論口譯研究方法的分類。一般根據研究問題的屬性，大體上可區分為量性研究（quantitative research）和質性研究（qualitative research）。量性研究通常是選取某些變項（variables）進行操控，再用統計方法描述或考驗各變項之間的關係，其結果多是以數據型式呈現，而且因研究

設計及變項多寡的不同，所使用的統計方式也有差異。至於質性研究則是在自然的情境下探究現象的發展，同時注重研究對象的主觀深層意識和想法。相對於量性研究一定要呈顯數據作為結果，質性研究則重視長期收集大量資料，經整理分析後，其結果常以豐富的文字敘述呈現。以下乃就量性和質性兩大研究取向對照探討目前臺灣口譯研究常用的方法。

（一）量性研究

1.調查法（survey）

透過問卷等工具及系統化的程序，經由蒐集樣本的資料，以推論整個母群體的特性和現象，是社會科學中經常用以蒐集研究資料的方法。只有透過持續性地蒐集、分析、和綜合現場資料，才能有效增進對研究問題的了解。臺灣目前口譯文獻中以問卷調查蒐集資料的研究不少，通常以調查口譯教學的成效或口譯產業的特性為主，而且由於研究對象常遍及臺灣各城市，親身調查往返不易，勢必使用郵寄問卷調查（mail survey），其主要優點為：（1）節省費用，（2）在較短時間內可以調查大量受訪者，（3）可讓受訪者有足夠時間作答，（4）受訪者可保有隱私權，（5）受訪者可在自己方便的時間內作答，（6）受訪者可理解系列問題之間的關係，（7）受訪者較不易受到研究者的干擾（Brown, 2001）。目前也有愈來愈多研究者製作線上問卷（online survey questionnaire），不僅便於施測，還可大幅提高回收率。另外，由於問卷上的每個問題

皆可視為一項變數，因此使用問卷調查亦可同時探討多項變數之間的關係，相當便於研究者提出具體數據證實各變項間的相關性。例如胡家榮、廖柏森之〈臺灣大專中英口譯教學現況探討〉（2009），以問卷調查佐以半結構訪談，針對全國開設口譯課程的大學英、外文系及應用外語系進行調查，共有42位口譯教師參與。調查重點包含大學口譯課程設計、師資結構、教學方法、教學困難及教材使用等範疇。研究結果呈現大學部實施口譯教學的相關實況，並指出與先前研究不盡相同之處，突顯國內口譯教學近幾年來快速發展之脈絡，最後針對大專口譯課程規劃提出建議。

2.實驗法（experiment）

指研究中對自變項的安排，與對依變項之測量所構成的處理模式。為探討自變項與依變項之間的因果關係，研究者通常先將參與研究對象設為實驗組和控制組，並使兩組的各種條件相等，包括對可能的干擾變項作適當控制，接著對實驗組進行實驗處理（experimental treatment），最後比較兩組的差異。此研究法可以廖柏森、徐慧蓮之〈大專口譯課是否能提升學生口語能力之探討〉（2005）為例，該研究經由教學實驗探討大專口譯教學能否提升學生英語口語能力，依研究問題需要採對照組前測後測設計（counter-group pretest-posttest design），實驗之自變項為口譯課和口語訓練課兩門課程；依變項為學生之英語口語成就表現，亦即實驗的後測成績（posttest）。另外因為教

師的教學可能影響依變項結果，因此實驗設計由同一位教師同時教導實驗組和控制組兩班學生，藉以控制教師教學此一外擾變項（extraneous variable）。統計方法使用共變數分析（analysis of covariance, ACOVA），實驗結果顯示口譯課確實有助於提升學生英語口語技能，但並無法取代口語訓練課的功能。

（二）質性研究

1.論證法

　　是人文學科最常用的方法，劉宓慶（2004）也指出目前翻譯研究的方法主要還是利用概念、判斷、推理的邏輯論證方法。基本上是從或研究文獻理論或研究者個人經驗出發，就研究問題所涉及的概念作邏輯上的思辨和論證發展，可使用演繹（deductive）或歸納（inductive）的論理方式來推導結論。此研究法頗類似於鮑剛（2005）所提的（1）經驗總結法、（2）歸納思辨法、和（3）內省法。使用論證法的研究可以劉敏華〈口譯教學與外語教學〉（2002）為例，作者以其專業口譯者和口譯教學研究者之學識經驗為本，探討大專口譯課之開課必要性、課程適切性、和教學效果，最後總結提出大專口譯課在整體外語教學中之定位，並建議合適的教學法。

2.訪談法（interview）

　　透過對話訪談以蒐集研究對象的想法態度的研究方法，實施方式可分個人或團體訪談，訪談問題則可分為結構性、非結

構性、和半結構性。訪談時常需使用錄音或錄影保存第一手的研究資料，訪談結束後作文字轉錄（transcribing），最後再由研究者分析內容並作出結論。例如林義雄《口譯服務過程及其服務接觸之研究》（2004）探討口譯服務品質及客戶滿意度之各項影響因素，透過訪談蒐集資料。訪談對象為不同年資之口譯員共十位及一家口譯設備租賃公司。研究發現口譯的內容本身並無法全然左右客戶滿意度與口譯服務品質，不過仍然是關鍵因素。口譯員為進一步滿足客戶需求，除需維持專業水準，亦需留意客戶的需求，並培養能讓客戶嘉許的個人特質。

3.個案研究（case study）

以單一有界限的系統（bounded system）為研究對象，重視該個案的統一性（unity）和整體性（wholeness）。無論是一個人或一團體組織都可當作是個個案由研究者來蒐集資料，加以深入剖析，詳盡描繪該個案在其所處情境中（context）的各種面貌，以找出研究問題的原因或解決問題的方法。蒐集資料的過程可使用訪談、觀察、問卷調查、測驗、蒐集文件資料等方法。例如林宜瑾、胡家榮、廖柏森〈口譯課程使用國際模擬會議之成效探討〉（2005）以某大學英文系為期一年的口譯課為研究個案，詳細描述該課實施國際模擬會議的步驟和過程，並透過觀察、學生期末報告、問卷調查等資料佐證其教學成效。

4.觀察法（observation）

　　以視覺和聽覺等感官就研究問題作有計畫有目的之觀察，並提出深入之分析與解釋。觀察法可分為參與觀察（participant observation）和非參與觀察（non-participant observation），前者是由研究者參與其觀察的研究活動，融入該團體成為研究對象的一分子，藉以了解研究對象對於研究問題的想法信念和情緒；而後者必須超然獨立於所研究的團體，以求客觀記錄所觀察的現象。例如張梵《Using the "Given-New" perspectives in C-E sight translation: An initial exploration》（2001）藉由觀察口譯課學生上課情形，發現學生中翻英視譯練習時常出現主詞與動詞一致性、動詞搭配及時態等困難，研究者根據觀察學生上課之資料為佐證，建議以新舊訊息的句型結構來表達中文之「主題-評論」結構，來解決視譯上的問題。

5.語篇分析（discourse analysis）

　　語篇分析的材料包括口語和書面語篇，分析的方法通常是針對某一特定主題蒐集相關之文本資料，以描述該論述的結構或模式、歸納和解釋其規則，進而指出論述的意圖、功能或目的，類似於鮑剛（2005）所提的（7）原、譯語資料分析法。例如楊承淑〈同步口譯的翻譯單位與訊息結構〉（2004-2005）以同步口譯文稿等語料為研究材料加以剖析，以口譯訊息的處理單位EVS描述口譯理解與產出的訊息結構，並針對同步口譯

的轉碼過程提出訊息單位的判定基準和操作原則。

參、研究方法

一、研究材料

　　對口譯界研究現況的探討主要是根據（1）臺灣翻譯學學會出版之《翻譯學研究集刊》截至2005年底為止共九輯110篇翻譯相關論文，以及（2）各校翻譯研究所畢業生所撰寫之碩士學位論文，依據國家圖書館所提供之全國博碩士論文資訊網，截至2006年10月止登錄在網頁上共167筆論文資料，扣除重複登錄的四筆資料，總數為163筆翻譯學位論文[6]。這些諸多翻譯研究成果中不乏口譯研究議題，代表臺灣口譯學界過去十幾年來的努力耕耘，值得深入分析探究。

二、分析方法

　　本文屬回顧性研究，採用內容分析法（content analysis），是針對書面文件資料常用的研究方法之一（Gall, Borg, & Gall, 1996）。研究者首先蒐集彙整研究材料中所提及的口譯研究論文資料，詳加閱讀後按研究主題、研究方法、研究語種等面向加以編碼（encoding），以建立分類範疇之架構，並計算各範

---

[6]　國家圖書館所提供之全國博碩士論文資訊網現已改為「臺灣博碩士論文知識加值系統」（網址http://etds.ncl.edu.tw/），往往無時及時反映最新畢業學位論文的資料，而且有少數畢業生可能未提供論文，所以網頁上論文數也會比實際論文數略少，但整體而言仍言仍可清楚顯示現有口譯學位論文的面貌。

疇中所包含之文獻篇數和比例，最後討論這些數據背後所代表的義涵，以助詮釋口譯界目前研究之趨勢，並提供未來可能研究方向之建議。

肆、研究結果

一、口譯論文在整體翻譯研究中的地位

　　首先依據研究材料裡的文獻，統計口譯論文在所有翻譯研究論文中所佔的篇數與比例並製成表一，由此表可知口譯論文的數量總計71篇（發表管道和篇名請見附錄），在目前整體的翻譯研究成果273篇中仍屬少數，僅佔26%。另外口譯研究於《翻譯學研究集刊》發表的所有論文中只佔約三分之一（34%），在學位論文中更僅佔約五分之一（21%）。這些發表的口譯論文篇數已然不多，而若進一步分析發表人名單，其實還有兩種現象值得注意：（1）有數位資深研究者長期來發表多篇論文，他們的持續努力當能加深特定口譯議題的內涵，有其研究延續性和系統性的正面意義；但此結果也反映出臺灣從事口譯研究的學者扣除發表多篇者之後，實際的研究者人數並不太多。而且通常都是孤軍奮戰的單一作者研究，集體合作的大型研究計畫並不多見。（2）過去十年來新加入口譯研究團隊的學者也相當少，部分學者只是零星發表後就不再投注後續的關注，這可能與口譯研究在臺灣尚非躋身主流學術之門有關。有些學者只是在埋首自己的專業學門之餘，有興趣探討口

譯相關議題，但卻難以為繼。上述這些現象不但難以擴大口譯研究的視野，將來恐怕亦有研究人才斷層的可能。

　　未來能否有更多新血加入口譯研究的行列，這從譯研所學生所提交學位論文的數量看來，似乎也不太樂觀，僅有21%的譯研所碩士論文是以口譯研究作為主題，可能是因有些翻譯研究所規定口譯組學生也可以筆譯作品加上論著評論來取代學術論文，導致以口譯活動本身作為研究題目的論文數量偏低。

表一：口譯論文在翻譯論文中所佔之篇數與比例

論文型態	口譯論文	翻譯論文	比例
期刊	37	110	34%
學位	34	163	21%
總計	71	273	26%

二、口譯研究的語種組合

　　研究材料中口譯研究的語種依表二統計，《翻譯學研究集刊》口譯論文中有中、英、日、西、法、俄和台語7種，表面上看似語種多元，但實際上扣除並無針對特定語種的12篇論文外，較多論文都是處理中英語間的口譯活動（15篇），而學位論文更有29篇是研究中英口譯，兩者相加共44篇，佔所有口譯論文的62%。其次為中日語的口譯論文，期刊加學位論文計有10篇佔14%；其他語種則只有零散一至兩篇的研究。這跟臺灣政府長期親美日的政策，以及社會長久來以英、日語為主流外語，常獲得較多研究資源和社會關注有直接關係。而且目前臺

第二篇　翻譯教學

127

灣的翻譯研究所中只開設中英和中日兩種語言組合的課程，因此學位論文不會出現其他語種組合的研究。但為豐富口譯研究的內涵，未來口譯學界也應鼓勵其他語種的學者來探討不同語言組合間的口譯活動。

表二：口譯研究語種組合

論文 型態	中英	中日	中西	中法	中俄	台語	不特定
期刊	15	5	2	1	1	1	12
學位	29	5	0	0	0	0	0
總計	44 （62%）	10 （14%）	2 （3%）	1 （1%）	1 （1%）	1 （1%）	12 （17%）

三、口譯研究使用的語文

　　針對撰寫論文所使用的語文而言，據表三統計結果，很明顯是以中文發表居冠，總計50篇，佔所有口譯論文的70%；其次為英文19篇（27%）和日文2篇（3%）。雖然如前述口譯研究的語種組合中以中英和中日組合居多，但在使用文字上仍以中文為主。主要是因為這些論文都是在臺灣發表，中文幾乎是所有研究者的母語，加上研究常以中文為本探討和其他語種之間的口譯問題，因此以中文發表論文是極為自然之事。

　　不過若是要將臺灣的口譯研究成果推向國際學界，或是讓外籍學者一窺臺灣口譯界的面貌，以外文發表論文就顯得格外重要，這也許亦是臺灣口譯學者未來可以努力的方向之一。在這方面反而是學位論文使用外文寫作的比例較高，34篇中有13

篇是以外文撰寫，佔所有學位論文的38%。而《翻譯學研究集刊》共37篇口譯論文中只有8篇約佔22%是用外文發表。這可能是因為《翻譯學研究集刊》是以臺灣讀者為對象，以中文發表有助知識的流通；另外有些翻譯研究所對於學位論文的要求是以外文寫作為優先，中文寫作則需特案核可，因此會比期刊論文使用外文發表的比例較高。

表三：口譯研究使用語文

論文型態	中文	英文	日文
期刊	29	8	0
學位	21	11	2
總計	50（70%）	19（27%）	2（3%）

四、口譯研究的主題

在口譯研究的主題上，依表四的統計數據來看，以口譯課程或教學相關的研究議題最受發表者的青睞，共有25篇佔所有口譯論文的35%；其次依序為口譯理論或現象之探討（15篇佔21%）、口譯產業相關的實務議題（15篇佔21%）、口譯技巧或策略之分析（9篇佔13%）與口譯品質或錯誤之評量（7篇佔10%）。但若按論文的型態來區分，可發現口譯課程或教學的議題在《翻譯學研究集刊》的口譯論文中共佔24篇，佔所有期刊論文的65%，形成一枝獨秀而為該刊一項突出的特色，但從另一方面來看亦可說是研究領域面臨窄化的窘境。究其原因可能該刊的稿源多來自各大學主辦之「口筆譯教學研討會」，翻

譯學會會員也多是大專院校教師，因此吸引較多現職口譯教師針對教學現況如課程規劃、教案設計、教材教法作探討並分享成果，這當然是提升臺灣口譯教學成效的最佳平台；然而期刊名稱既為《翻譯學研究集刊》，就該廣納不同主題之研究，未來或可致力尋求匯聚口譯學術百川，開啟更多新的研究議題並擴大影響規模。

其次，以學位論文所從事的研究主題來看，是以口譯產業相關實務議題之探討為最多，計11篇佔所有學位論文的32%，其次是研究口譯理論或現象之論文有10篇佔所有學位論文的29%。可見臺灣翻譯研究所的訓練一方面重視研究口譯產業和實務活動之發展，另方面則不脫其側重學術研究的本質。而其他主題的口譯論文則分配於研究口譯技巧策略和口譯表現評量，唯獨在口譯課程教學上只有一篇，可能是譯研所學生尚欠缺口譯教學經驗，對於課堂教學現場狀況不熟悉，不易引起研究興趣。這樣的研究主題分佈恰好與期刊論文形成一強烈的對比。

最後，口譯研究主題雖可作如表四的分類，表面上看似兼容各方重要議題，但口譯評量的議題似乎較乏人問津，而且每類主題中仍有許多問題亟待更深入的探究。劉敏華（2003）就建議應致力建立口譯的描述性翻譯學（descriptive translation studies），透過嚴謹有系統的實證研究來描述口譯現象和過程，以建構真實的口譯理論，而不是盲目接受傳統先驗式的口譯原則來規範口譯行為。目前已發表的部分論文中已就口譯現象或過程進行描述性的分析研究，但顯然尚未達到建立理論的

高度，例如對純粹口譯理論的探討，包括建立口譯模型的研究至今幾近闕如，因此仍待學界有志之士長期的努力以累積研究成果，加上引進其他學科領域例如認知心理學、語言學和溝通理論等或也可協助建立口譯理論的架構。

表四：口譯研究主題

論文型態	口譯課程或教學之議題	口譯理論或現象之探討	口譯技巧或策略之分析	口譯品質或錯誤之評量	口譯產業相關實務議題
期刊	24	5	2	2	4
學位	1	10	7	5	11
總計	25（35%）	15（21%）	9（13%）	7（10%）	15（21%）

五、口譯研究的方法

至於在口譯研究的方法上，由表五數據可知，以使用質性為主的語篇分析（17篇）最為普遍，佔所有口譯論文的24%，再其次為論證法（16篇）和個案研究（12篇），各佔23%和17%；而使用量性的口譯研究則相對較少，如問卷調查15篇和實驗法9篇共計24篇，佔所有口譯論文的三分之一。這可能與多數口譯學者所受的人文學術訓練有關，較不熟悉統計學所涉及的變項操控與數據運算。而進一步分析可發現，《翻譯學研究集刊》口譯論文中使用量性研究的比例甚至更少，僅有5篇，與其質性論文32篇相比只佔14%；可是學位論文中執行量性研究數量有19篇則高於質性研究15篇，佔所有學位論文的56%，突顯出學位論文重視量性研究的程度遠高於期刊論文。

而期刊論文以論證法和個案研究為主要研究方法的趨勢恰與學位論文少用這兩種研究方法的現象完全相反，據推測應是因期刊論文受篇幅限制，每篇字數約十餘頁含一萬至一萬五千餘字，導致有些論文處理研究的方式不一定很深入，若再加上研究者收集資料的時間有限，在研究方法上就傾向使用論證的方式作邏輯思辨以推導結論，或就個案作描述分析較為省時。而學位論文在指導教授把關和研究所所方對論文篇幅的要求下，其研究進行通常需費時一年以上，討論的面向較為深入。而目前有些研究所課程也會加強統計軟體的學習，因此使用的研究方法也可能趨於採用具客觀實證數據為基礎的量性研究，以期提高研究的外在效度。

　　事實上，目前在語言教學和應用語言學領域內，量性研究已形成一股龐大的趨勢，而且多是使用推論性統計（referential statistics）來支持研究者的發現。例如據Henning（1986）的統計，語言教學界的重要學術期刊TESOL Quarterly所收錄的量性和質性研究論文的比例，從 1970年的12%與88%，演進至1985年時已成為61%與39%；另一份重要期刊Language Learning的量化研究論文比例更是在同一時期從24%劇增至92%，其質性和量性研究在上世紀後半期的趨勢之消長變化不可謂不大。Henning把這種量化研究成長的現象視為正面的發展，是一門學科邁向成熟的表現。當然口譯研究學科本身有其特殊性和專業性，無需與其他學科一概而論，但以目前量性和質性研究比例較為失衡的情況下，研究者也應多方嘗試使用不同取向的研

究方法來探討口譯相關問題。本文的立場並不認為量性研究是研究口譯的最佳方法，但卻主張使用量性方法實有其優點和必要性，使我們除了思辨和描述口譯現象外，更能就個別資料作某種程度的普遍性推論，並據以證實或解釋某些口譯原則或理論的適用性。若無量化數據作為佐證，勢必難以取得相對客觀的證據並增益口譯研究的科學性。

表五：口譯研究方法

論文型態	問卷調查	實驗法	論證法	訪談法	個案研究	觀察法	語篇分析
期刊	4	1	14	0	11	0	7
學位	11	8	2	1	1	1	10
總計	15（21%）	9（13%）	16（23%）	1（1%）	12（17%）	1（1%）	17（24%）

伍、研究結論

當今全球化時代對口譯的需求大增，但一般人可能認為口譯是實務導向的專業工作，理論屬性偏低而不加以重視。不過若要建立一符合嚴格學術規範的口譯學科，並求其永續深化和蓬勃發展，就應跳脫過去經驗道斷的論述傳統和師徒制的教學模式，轉而著重於口譯現象的描述分析、口譯本質的理性論證、乃至於口譯理論的建構操作等，這過程需要長期眾多的研究成果作為基礎來慢慢推進發展。而臺灣的翻譯學學會和大學翻譯系所可說是臺灣口譯學界的兩大巨輪，相互扶持地朝這個

方向全力以赴。為檢視口譯此一新興學科在臺灣的研究現況，本文經由收集和分析口譯研究之期刊和學位論文，作一全面性的回顧。其簡要結論如下：

（一）就口譯研究在整體翻譯研究中的地位而言，其論文發表的篇數和所佔比例都相當低，顯示臺灣口譯研究團隊的人數不足，整體上研究的風氣不盛，而且缺乏集體大型的研究計畫，未來有待更多研究生力軍的加入，而較資深的研究人員也應扮演引領協助的角色。

（二）口譯研究的語種雖有7種之多，但絕大多數是處理中英和中日兩種語言組合間的口譯活動，這雖然與臺灣的政治社會情境對不同外語的態度有關，但未來也應鼓勵其他語種學者多多參與和發表口譯相關研究。

（三）撰寫口譯研究的語文現時仍以中文為主，這是以中文為母語的臺灣學術社群很自然的發展，但未來若要推動口譯學術之國際化，與其他地區的口譯研究交流，勢必需要發表更多以外文寫作的研究論文。

（四）口譯研究的主題偏重於口譯課程規劃和教材教法，已有領域窄化的徵兆，其他研究主題依序為口譯理論或現象之探討、口譯產業相關的實務議題、口譯技巧或策略之分析與口譯品質或錯誤之評量。未來可考慮設定更廣泛研究主題以開拓新的研究視野，同時也期許學界開展更多描述性和跨學科的研究，以早日形成系統化之口譯理論。

（五）口譯研究的方法以語篇分析為主，其次依序為論證法、問卷調查、個案研究、實驗法、訪談法、觀察法。其中質性研究數量明顯高於量性研究，未來可多加注重量性實證研究的取向，以追求質量兩種研究取向的平衡發展，俾能從不同視角來探討口譯問題。

而本研究在比較期刊論文與學位論文在各面向的分佈後，也發現譯研所的學位論文雖然在學術涵養上尚未成熟，但在經教授指導審查和論文寫作規定的機制下，明顯地用外文撰寫的篇數比例較高，主題兼具口譯的實務性和理論性，在研究方法亦有較高比例執行量性研究，這代表了臺灣口譯學界未來一股新生的研究勢力，值得觀察其後勢發展。

另外，若有口譯教師或工作者有心想從事口譯研究，卻苦於不知如何找尋適當的研究題目，Kurz（2001）曾提供以下幾個建議和思考方向供口譯研究者參考：

（一）證實你的直覺（proving an intuitive impression）：在口譯領域浸淫久了，總是會對某些現象有些直覺性的質疑，此時不如就相信個人直覺去作研究，至少可以證實這個直覺究竟是對是錯。

（二）測試別人的理論（putting other people's theories to test）：多數人習於接受前人的理論或大家公認的說法，但有時不妨將這些理論或說法放到實際的情境檢驗一下，說不定就可破除向來眾所接受的迷思。

（三）重新檢試別人的結論（reexamining other people's

conclusions）：讀過別人的研究論文後，也無需完全接受其結論，應有質疑批判的精神，另起爐灶探討相同的問題，看是否能得到相同的結論。

（四）複製或改進先前研究（repeating/modifying a previous study）：除了重新檢視其他研究的結論外，也可以複製別人的研究，包括其執行過程和使用工具等，來探討類似的問題；或是改進前人的研究方法，以期得到更好的結果，也是可行之道。

（五）在大型研究中搜索細節，並結合新的研究問題（zooming in on a detail in a bigger study and combining it with another question）：其實找尋研究題目最佳的途徑就是勤於閱讀同儕的研究，尤其在閱讀別人所作過的大型研究中，很容易發現一些尚未深入處理的細節問題，可藉以發展出另外一項新的研究。

（六）使用標準的心理測驗（use calibrated psychological tests）：可使用具效度和信度的問卷調查口譯員或口譯學生的人格特質、口譯策略或學習口譯的策略和風格等。但研究新手想要自行設計具有高效度和高信度的心理測驗問卷並不是件容易的事，可行的捷徑就是使用學界已普遍接受問卷來執行研究，不僅省時省力，亦可提高研究的品質。

（七）意外發現（serendipity）：這聽起來似乎有些碰運氣的感覺，但歷史上許多偉大的發現都是意外獲致的。當然

這不是鼓勵研究者只要守株待兔，而是要對自己研究領域內的種種現象保持敏銳的感受力，同時也廣開耳目接觸不同領域的研究，有時天外飛來重大想法或靈光一閃，亦可產出不錯的研究成果。

本文亦有研究上的限制，囿於時間精力有限和資料收集不易（如國家圖書館博碩士論文網上的資料無法即時更新），筆者僅能針對特定之期刊和學位論文進行探討，無法全面涵括臺灣其他學術期刊、學術研討會、譯研所以外之外文相關研究所、或專書上發表之口譯論文[7]。然而從統計學的觀點來看，要由樣本有效推論母群體的數量不一定要多，但要具有代表性，而本文取樣的樣本對象可稱是臺灣在口譯研究上最具代表性的研究發表場域，由這些文獻回顧探討所得的結果，應具相當程度的外在效度，可有效類推以管窺臺灣目前口譯研究的概況。

另外值得一提的是，本文發表後陸續有後續研究利用類似的研究方法和分類方式，致力勾勒出更及時的口譯學術發展輪廓。例如何承恩（2013）回顧和統計2004年至2013年的口譯研究論文成果，並與本文做相互對照分析，了解這幾年國內口譯研究的走向和趨勢。徐郁雯（2014）則更進一步，複製相同研究，但擴大規模，同時以臺灣和大陸的口譯研究論文為對象，比較同樣是使用中文的海峽兩岸在口譯研究方法和成果的異同。

---

[7]　除本文限定之研究範圍外，目前國內發表口譯研究的管道在學術刊物上尚有《編譯論叢》等，在學術會議上也有政治大學翻譯中心所主辦之國際學術研討會，學位論文上有外文相關研究所學生所撰寫之論文。

總言之，口譯在全球雖已成為一獨立新興學科，但畢竟由於歷時仍短，尚未建構出相對嚴謹縝密的理論體系和研究方法。誠如劉敏華（2003）所言：「一門學科的成立不是在正名之後就可以建立起來，而是要經過建立模典（paradigm）、產生理論、提出假設，並以實徵研究檢證理論，進而修正理論等循環漸進的過程發展出來的。口譯研究不僅缺乏一套相關的理論，口譯學界對於口譯基本現象、基本假設和研究程序等也從未有過共識。口譯學要成為一門學科，還有好長的路要走。」建立口譯一門學科的前路確實漫漫迢迢，臺灣的口譯研究經過十餘年的探索雖已展露初步成就，但如今也屆臨反思回顧和放眼前瞻的時刻。學界未來可以嘗試的走向包括鼓舞研究新人發表論文，加強研究的思辨分析和實證考察，發展多元化、深層化的研究議題和研究方法，使口譯的理論與實務得以相互支持補充，以早日確立口譯學科的學術定位和永續發展。

附錄：《翻譯學研究集刊》各輯中所收錄之口譯論文名稱

《翻譯學研究集刊》第一輯（計5篇）

篇名	發表者
從比較語言學來探討口譯的問題	黃素月
漢語專業口譯教學——以對日語為母語的學生進行教學為例	井出靜（Ide Shizuka）
大學部口譯課程的教學規劃	李翠芳

篇名	發表者
大學「口譯入門」課程英譯中視譯練習之運用與教學建議	湯麗明
「口譯入門」課的教案設計、修正與評鑑	楊承淑

《翻譯學研究集刊》第二輯（計6篇）

篇名	發表者
我國碩士班口譯課程規劃與模態建立	楊承淑
日中同步口譯探討	永田小繪
中英連接詞邏輯之差異對翻譯之影響	關思
英中視譯錯誤分析與教學關係	何慧玲
大學部法文口譯與筆譯教學之評估	黃孟蘭
口譯如何傳達並行語言的訊息	陳彥豪

《翻譯學研究集刊》第三輯（計3篇）

篇名	發表者
同步口譯的過程及分神能力的訓練	鮑川運
Interpretation Training for the Non-language Major	關思
口譯「專業考試」的評鑑意義與功能	楊承淑

《翻譯學研究集刊》第四輯（計4篇）

篇名	發表者
A Structured Decomposition Model of a Non-Language-Specific Interpreter Training Program	陳聖傑
臺灣人專應用外語科系口筆譯教學概況與分析	何慧玲
A Step by Step Approach to the Teaching of Simultaneous Interpretation	吳敏嘉
從口譯的職業分類與技術分級談口譯教學	楊承淑

《翻譯學研究集刊》第五輯（計4篇）

篇名	發表者
台語口譯初探與後記	何慧玲
課堂口譯的基本問題	李國辰

Teaching Chinese-English Interpreting from an Intercultural Perspective	吳敏嘉
論口譯的價值與價格	楊承淑

《翻譯學研究集刊》第六輯（計4篇）

篇名	發表者
大學口譯課程筆記的學習與教法探討	何慧玲
The Importance of Being Strategic— A Strategic Approach to the Teaching of Simultaneous Interpreting	吳敏嘉
從口譯的職業分析探討口譯教學的方針	楊承淑
香港的翻譯與口譯教學：回顧與前瞻	劉靖之

《翻譯學研究集刊》第七輯（計3篇）

篇名	發表者
口譯教學的數位化與網路化	楊承淑
口譯教學與外語教學	劉敏華
西中口譯線上教學之探討	盧慧娟、呂羅雪、閻艾琳

《翻譯學研究集刊》第八輯（計5篇）

篇名	發表者
英語說服性演說的逐步口譯教學評量機制設計	陳彥豪
口譯的網路教學：實體課堂與虛擬平台的互動關係	楊承淑
網路進階口譯教學：中西視譯之分析研究	盧慧娟
The Importance of Liaison Interpreting in the Theoretical Development of Translation studies	謝怡玲
大專口譯課程教案設計及實踐	王珠惠

《翻譯學研究集刊》第九輯（計3篇）

篇名	發表者
口譯課程使用國際模擬會議之成效探討	林宜瑾、胡家榮、廖柏森

同步口譯的翻譯單位與訊息結構	楊承淑
大專口譯課是否能提升學生口語能力之探討	廖柏森、徐慧蓮

翻譯研究所學位論文：（按畢業年份依序排列，從2005年至1991年止共計34篇）

篇名	發表者
科技產業中日文口筆譯工作研究	郭百汶
同步口譯語言方向之研究	任友梅
臺灣地區自由口譯員之人格特質與工作滿意之關係	陳岳辰
同步口譯中的數字	王秀毓
訓練、呈現模式及數字難度對中譯英數字口譯的影響	劉齡璟
會議口譯員之人格特質及焦慮程度初探：以臺灣地區自由會議口議員為例	施彥如
論中日同步口譯的清晰化現象	王真瑤
臺灣口譯產業分析：以中英會議口譯次產業為例	曾仁德
由著作權法探討口譯服務之相關權利義務關係	范家銘
電視口譯品質與訓練之探討：從業人員觀點	廖幸嫻
從「順譯觀點」看英中同步口譯－以三篇演說稿為例	林峻民
口譯服務過程及其服務接觸之研究	林義雄
非專業口譯員之口譯內容、策略與行為分析：以新時代療癒課程「敏感度訓練工作坊」為例	余苑瑩
口譯之專業化發展與職業聲望初探	洪瑞恬
平衡計分卡於臺灣自由口譯員策略管理之規劃與設計	王振宇
英譯中逐步口譯筆記選擇內容與語言產出之關係	崔建章
漢英視譯主要動詞之選取及非主要動詞之轉換	侯慧如
電視新聞口譯情境研究：新聞主管及觀眾觀點	石辰盈
聽眾對漢語口譯員口音返應之研究	蔡琳
英到中同步口譯專家與生手記憶策略之探討	魏伶珈
聽眾對同步口譯忠實度之感受初探	柯雅琪
電視新聞同步口譯的口語特性對閱聽感受的影響	孫雅玲
從新舊訊息的觀點看中譯英視譯之初探	張 梵
英文帶稿演講中的贅詞與同步口譯	應充慧
探討短逐步口譯中非語言因素的意義與功能	葉舒白
逐步口譯之筆記研究——學生學習行為探討	李佩芝
電視口譯——同步口譯與時差同步口譯之譯出率	小栗山智
從英譯中口／筆譯字詞運用探討兩岸字詞歧異	周秀坪

日譯中同步口譯之訊息處理	彭士晃
中英同步口譯中的詞序問題初探	杜蘊德
從使用者觀點探討口譯品質與口譯員之角色	汝明麗
中翻日逐步口譯中「是」的語意功能	王珠惠
跟述與同步口譯	林宜瑾
臺灣口譯專業化的研究：一個社會學的模型	曾文中

大專口譯課是否能提升
學生口語能力之探討

廖柏森、徐慧蓮

壹、緒論

近年來國內口譯教學的風氣大興，不僅翻譯系所持續增設，各大專的外語系也紛紛開設口譯課程，唯恐落於人後。翻譯系所為培育口譯專業人才而設置口譯課乃事屬當然，而且其訓練過程嚴格，教學師資、設備資源、授課時數、和學生資質及人數等條件也都要求較高。而一般大專院校一窩蜂開口譯課的熱潮則常遭致學者專家的批評，包括課程目標不明確、專業師資缺乏、教材教法混亂、學生能力不足等（何慧玲，1999；劉敏華，2002）。劉敏華（2002）也曾針對大專口譯課之開課必要性、課程適切性、和教學效果三大問題加以評論。可見大專開設口譯課究竟能帶給學生何種學習效益仍常讓人質疑，實有再深入探究之必要。

因為主客觀環境種種限制，一般大專外語系開設口譯課設定的教學目標通常並非培訓專業口譯員，而多為提升學生的外語聽說技能、擴充知識領域和啟發學生學習意願等（何慧玲，

1999；王珠惠，2003），這樣的教學目標應屬於外語教學的領域，口譯教學的結果未必能把學生訓練到可以從事口譯的水準（楊承淑，2000）。因此劉敏華（2002）就提出一個值得深省的問題：「現行大專階段外語教育課程中是否缺少了什麼環節，必須靠開口譯課來彌補？」（頁324）若真是如前所言，大專外語系的口譯課主要是為了訓練學生的口語能力，那是否值得各校大費周章斥資興建口譯教室、甚至規劃長達一學年的口譯課程？而且現行口譯課的成效與口語訓練課相較又有何差異呢？

何況一個更基本的前提：口譯課的訓練是否真能提升學生口語能力至今都尚未有定論。畢竟口譯課所訓練的技能與口語表達會話所需的技能不盡相同，有些學者提到學生在上過口譯課後曾認為自己口語能力進步、英語字彙量增多、知識領域擴展等正面感受（何慧玲，2001），但這些回應畢竟僅是學生自我評估所得之資料，缺乏相對比較的基準來評估其實質的進步。因此本研究旨在使用實驗法，實地以口譯課和口語訓練課學生為實驗對象來比較兩班之學習成效，希冀提供實徵的證據以說明口譯課是否真能有效提升外語口說技能，亦期有助釐清大專外語系口譯課定位之相關議題。

貳、文獻探討

多位學者曾提出研究所和大專階段學生在口譯訓練上的差異（Golden, 2001; Malmkjær, 2004; 何慧玲，2001），首先研究

所學生通常已經過篩選，具備某專業領域的學士學位，在母語和外語能力上亦有相當基礎；但大專學生則不然，他們不僅在專業領域、知識廣度、個性穩定性等方面尚未成熟，連外語能力都仍有待加強。另外，專業口譯教學需著眼於市場需求，因此訓練學生過程應強調專業取向，但大專學生可能是基於好奇或加強外語能力的動機才來修課。因此研究所的教學目標和學生素質與大專口譯課是完全不同的。

目前國內大專院校外語系爭先開設的口譯課，以口譯專家和學者的眼光看來，並不算是真正的口譯課，而是透過口譯方式以提升學生的外語和其他相關能力的課程（劉敏華，2002）。當然大專外語系的教學目標和課程設計本即無需強求與培育專業譯員為職志的翻譯系所相同，其實若是大專口譯課果真能提高學生語言技能，該課程亦有其存在甚至推廣之價值。

何慧玲（1999）曾調查全國大專應用外語科系口譯教學概況，發現口譯教師為因應學生外語能力不足之困境，對口譯課設定之課程目標前三項分別為熟悉口譯之技巧、加強英／外文之口語表達能力、及提升英／外文之理解能力。至於口譯課程應該訓練之技巧，按重要性排列依序為視譯（sight translation）、口語表達能力（oral presentation skills）、及改說（paraphrasing）。可見一般大專口譯教師心目中仍是以培養學生語言技能為教學重點。

李翠芳（1996）亦曾調查臺灣各大專口譯課程，並指出口譯課教學內容大體上包括（1）基本訓練：如言談分析

（discourse analysis）、摘要整理（extract gist）、記憶練習和重述（retention/recall）、說換練習（paraphrasing）、和聽寫練習（transcription）；（2）逐步口譯訓練：如筆記練習（note-taking）；（3）同步口譯訓練：如單字跟述（Hendrickx）、文章跟述（shadowing）、一心兩用（multi-tasking）、高難度跟述（smart-shadowing）、和落後跟述（declage）。

　　另一方面，針對一般口語訓練課的教學內容，可以臺灣目前蔚為主流的溝通式語言教學法（CLT）為例。老師常使用實物 透過角色扮演、語言遊戲和問題解決等教學活動來培養學生的溝通能力，達到能在不同的社會情境下適切地理解和表達各種語言功能的學習目標（Larsen-Freeman，2000）。然而上述的口譯課和口語課的課程活動及訓練技巧顯然是大相逕庭，不禁令人質疑口譯課的訓練成效是否真能轉移到增進學生的口語技能上？

　　目前探討以口譯教學增進外語教學和語言技能的文獻為數不多，大部分是教師個人口譯教學經驗的總結或教學過程的報告。如劉敏華（2002）認為口譯教學能帶給外語教學上的啟示包括：（1）重視培養溝通能力，（2）聽和說兩種能力緊密結合，（3）強調真實溝通情境。而Parnell（1989）主張在課堂使用對話口譯（liaison interpreting）培養大學生的外語流暢度和溝通能力，以有別於訓練專業譯員所使用的逐步和同步口譯。她心目中典型的對話口譯課通常不會超過六名學生，上課時則有兩位教師使用外語和母語對話，再由學生居間擔任口譯，其

中角色扮演是最主要的教學活動，小班制更是實施口譯教學成功與否的關鍵。

Levenston（1985）也提倡口譯是種有效的教學技巧和評量工具，他建議教師可以在課堂上使用口譯來做角色扮演的活動，例如有同學可以扮作外籍觀光客，假裝到了郵局碰到不會說英語的職員時，可以由另一位同學居間擔任口譯的工作；或讓同學扮成外籍人士在車站時不知如何是好，而其他同學就可以英語口譯來幫助這位「外國友人」，達到溝通的目的。這些都是日常生活可能遇見的情境，當然活動也可以再引申到其他的公共場合如餐廳、機場、或百貨公司等。而英文程度不同的學生也可以根據語言需求和場合功能扮演不同的角色，使每個人都有揮灑的空間。

另外，以實驗研究方法來證實口譯教學在外語學習成效的文獻則更為罕見，其中Yagi（2002）的實徵研究證明了口譯可有效增進學生的口語表現，也是診斷學生學習文法和字彙能力的最佳工具。Yagi是在以英語為外語（English as a Foreign Language, EFL）的情境下從事英語教學，他在課堂上發現學生總是喜歡使用母語來討論，若強迫學生以使用英語溝通的效果又很差，所以他決定使用口譯教英語，一方面可提升學生學習動機，另方面學生也可使用英語從事有目的性的實際溝通行為。

Yagi認為使用口譯教英語的效益在於口譯時學生無需費神去建構外語的內容和組織，也不用擔心下一句該講些什麼，而

可以把較多心思放在翻譯外語的意義編碼機制上，例如用字遣詞以及造出合乎文法的句子。具體做法是由教師在上課前先準備好一篇英文文章，並將該文口譯成學生的母語錄在錄音帶上。在上課時教師請同學先將該篇文章讀熟，理解該文的字彙、表達方式、和文法句型；接著讓同學多聽幾遍已口譯成其母語的錄音帶；最後再讓同學聆聽該錄音帶並口譯成英語，並錄下其口譯成果。Yagi的實驗結果證實接受口譯練習的實驗組同學在口語流暢度和文法結構複雜性上，都比只使用分組練習英語的控制組同學為佳。

有鑑於國內對於口譯教學之實徵研究的文獻相當缺乏，因此本文亦意在拋磚引玉，經由教學實驗探討大專口譯教學是否能提升學生口語能力，期能彰顯使用量性實驗方法研究口譯教學的可能性。

參、研究方法

一、研究對象

本研究採用實驗法，參與研究對象為中部某技術學院應用英語系學生兩班共42人，包括四技部四年級「同步口譯」課學生20人，及四技部二年級「英語口語訓練」課學生22人。其中口譯課設為實驗組（experimental group），而口語訓練課則訂為控制組（control group）。兩門課皆為期一學年，每週上課各兩小時，均由同一位教師授課，該教師亦為研究者之一。

二、實驗設計

　　所謂實驗設計是指研究中對自變項的安排，與對依變項之測量所構成的實驗處理模式（周文欽，2002）。本計畫依研究問題需要採對照組前測後測設計（counter-group pretest-posttest design），另因口譯課和口語訓練課為現存班級（intact classes），無法隨機分配參與實驗學生，而為避免實驗前不同班級學生英語口語程度差異之中介變項（intervening variable）干擾實驗結果，統計分析方法需使用共變數分析（analysis of covariance, ACOVA），藉由統計控制方法（statistical control）以彌補實驗控制（experimental control）之不足。

　　因此本實驗之自變項為口譯課和口語訓練課兩門課程；依變項為學生之英語口語成就表現，亦即實驗的後測成績（posttest）；而共變項（covariate）則為實驗前學生所具之英語口語能力，亦即實驗的前測成績（pretest）。另外因為教師的教學可能影響依變項結果，因此設計由同一位教師同時教導實驗組和控制組兩班學生，藉以控制教師教學此一外擾變項（extraneous variable）。

三、實驗過程

　　教師在上學期開始分別於兩班教授中英口譯和英語口語訓練，接著於下學期期初於兩班實施英語口語能力的前測，評量工具為全民英檢中級口說能力測驗之模擬試題。待所有課程結

束後，於下學期期末再使用另一份全民英檢中級口說能力測驗模擬試題實施後測。兩次施測均於語言教室舉行，學生的口語表現經由錄音器材記錄後，由任課教師依據「全民英檢口說能力測驗分數說明」評定學生的分數。最後將兩班學生前後測之口語表現成績以共變數分析法處理，得到統計數據以說明口譯課和口語訓練課學生英語口語能力是否具顯著性之差異。

期末除實施英語口語測驗外，教師也於實驗組的口譯班上施以「期末教學反應問卷調查」，用以了解學生對修習口譯課的所得、感受、態度、和動機，問卷所收集資料可進一步佐證說明實驗之結果。

四、口課教學過程

該口譯課之課程名稱為「同步口譯」，是一學年的選修課程。因該系課程規畫並未開設「口譯入門」或「逐步口譯」等基礎課程，故本課程以口譯技巧訓練、逐步口譯為主、及進行三週的同步口譯練習以符合課程名稱。上學期授課重點為口譯基本訓練，為銜接下學期的逐步及同步口譯做準備。練習重點包含跟述（shadowing）、重述（paraphrasing）、聽力、聽力預測（anticipation）及筆記（note-taking）。同時為加強同學的視譯能力（sight translation），教師常要求同學回家先做筆譯作業，之後在課堂上再比較筆譯與視譯句子的差異，並進行同儕評論（peer critique）。

當同學對上述過程較熟悉、不具恐懼感時，教師於下學期

開始每週選一主題作為逐步口譯的練習題材，主題涵蓋個性、旅遊、飯店、約會、音樂、及天氣。首先，教師收集整理該主題出現頻率較高之字彙，並請美籍教師錄音；在課堂上同學先跟述所有單字，隨後教師便發講義給同學以確認字彙定義，並在隔週進行單字小考；當同學掌握相關字彙後，開始練習短句跟述，最後是段落聽力及重述。另外，教師編輯有關日常生活慣用語等共十回，每回約三十五句，在每節上課前十分鐘小考，讓同學練習表達能力。截至上述階段為止皆是使用英文練習，經過兩週後將原本跟述的練習改為口譯中文，亦即來源語（source language）為英文、而目標語（target language）為中文；緊接著，將來源語及目標語對換，把來源語中文譯成目標語英文。口譯的過程皆循序漸進先譯單字、短句、段落、最後口譯短篇文章。同時，教師小指定三篇段落及文章作為課後練習，評估方式以錄音練習作為評分依據。

在下學期最後二週進入同步口譯練習，以不同主題練習單字的跟述，接著延遲時間（lag time），當聽到第三個單字時跟述之前第一個出現的單字；由於該練習需有極高的專注力，故當學生逐漸適應注意力分散練習及準確度提高後，隨將跟述改為口譯中文，並加入短句練習。另外，課堂上以美國知名影集「六人行」（Friends）作為同步口譯練習教材，練習前教師將劇中的俚語、慣用語、單字等編成講義及錄音，並做延遲時間的口譯練習。待同學較熟悉內容後，隨即讓同學兩人一組進入口譯間練習口譯。教室內共有三間口譯間，一次可有三組共六

人進入練習，而在座位上的同學則可透過耳機聆聽任何一組的口譯，並填寫評估表，以評估其他同學口譯的優缺點。練習結果亦作為期末評分依據。

五、口語訓練課教學過程

本課程為一學年選修課程，分為四大主題進行：第一項為個人演講技巧。同學必須學習如何克服上台恐懼、如何做開場白、結尾、及使用肢體語言等層面，以提升英文演講能力。當相關章節結束後作第一次個人口頭報告，題目由教師指定。報告時，教師會指定其他同學填寫同儕評量表（peer-evaluation form），以利彼此相互觀摩學習，截長補短，並提出建議。

第二項為口語溝通技巧。除了增進演說能力外，課程另針對同學日常口語表達做設計。任課教師於每堂課發給同學常用片語講義、及使用與同步口譯課相同之慣用語講義共十回，並於上課前十分鐘小考，督促同學累積字彙量。另外為了協助同學使用新學的字彙、俚語、慣用語等，凡課堂發言時有使用到任一句子即加分鼓勵。該措施效果十分顯著及有趣，不但增加同學自願發言次數，同學為了加分而刻意說出的慣用語也加深其他同學對該句子的印象，並提高語言表達的能力。期中作業是分組進行廣播節目製作，題目自訂，時間共十二分鐘至十五分鐘並包含兩個自創廣告、及使用講義裡至少十句以上的俚語。該作業以錄音帶或CD方式繳交，由教師於課堂上播放。同學將使用的新字彙、及俚語等寫在大海報上以便提示

台下同學。小組播放成果時，尤其他組同學及教師進行評分及評論。

　　第三項為日常會話能力訓練。教師介紹適合與他人對話的主題、及應注意之談話禁忌，並進行小組討論。該訓練以男女關係為深入探討的題目，鼓勵同學表達看法，最後以分組即席表演作成果驗收。題目在表演當天於課堂上宣布，各組將問題以戲劇方式呈現；當全班五組同學表演結束後，教師要求各組對指定組別所呈現的問題提出解決方案，且以話劇方式演出。

　　第四項為文化差異認識。為了加深同學認識文化差異對語言表達的影響，任課教師將部分國家文化的特性作為主題，討論不同文化的相異處，加深同學對文化差異的警覺與認識。期末以分組方式由同學自選一部電影，探討劇中人物因文化差異而導致衝突等的情節，分析文化差異所產生的問題，並提出化解之道。

肆、研究結果

一、研究假設

　　本研究進行之初即預期研究結果將有以下三種可能性：

(1) 口譯班學生英語口語表現優於口語訓練班學生，則表示口譯教學對於培養學生口語能力之成效高於一般口語訓練課程，值得大專院校應外系繼續推廣深化口譯課之教學。

(2) 口譯班學生英語口語表現與口語訓練班學生無顯著性差異，則顯示口譯課和口語訓練課之教學成效並無二致，大專應外系口譯課之價值仍受肯定。

(3) 若口譯班學生之英語口語表現低於口語訓練課學生，則透露口譯課的教學成效可能不如口語訓練課，大專應外系口譯課之教學目標和教材教法也許有再加檢討修訂之必要。

二、實驗結果

課程結束後實施口語能力測驗之後測成績結果如表一。口譯班學生全班平均成績為78分（SD = 17），高於口語班同學平均之69.1分（SD = 16）。但我們仍不能確定這兩個不同的平均數究竟是屬實質的差異，還是由抽樣變異誤差所造成，因此必須繼續執行共變數分析。

表一：學生口語能力後測成績之描述性統計

班別	平均成績（M）	標準差（SD）	學生人數（N）
口譯班	78.0	17.0	20
口語班	69.1	16.0	22
總和	76.3	16.9	42

在執行共變數分析前，應先作變異數同質性的檢定，其結果如表二。其F值未達顯著水準（F = 2.26, P = .14），因此滿足變異數同質性的假定，可接著進行共變數分析。

表二：誤差變異量的Levene檢定等式

F檢定	分子自由度	分母自由度	顯著性
2.26	1	40	.14

P > .05

　　而由以下共變數分析摘要表（表三）可得知，F = .30，P = .59，未達顯著水準，亦即兩個不同班別（口譯班與口語班）在英語口語後測的成績上其實並未具有顯著性的差異。

表三：共變數分析摘要表

來源	型III平方和	自由度	平均平方和	F檢定	顯著性
班別	36.71	1	36.71	.30	.59
誤差	4744.89	39	121.66		

P > .05

三、問卷調查結果

　　除了以口譯和口語兩班學生前後測英語口語成績為比較基礎的實驗研究之外，任課教師於學期末還針對口譯班學生實施教學反應問卷調查，以五點李克特式量表（5-point Likert scale）為選項，5代表「非常同意」、4代表「同意」、3代表「沒有意見」、2代表「不同意」、1代表「非常不同意」。結果顯示在修完這門口譯課後，有75%的同學同意或非常同意自己的英語聽力有進步，60%的同學則認為英語口語表達能力比以前進步，表示大多數學生肯定口譯訓練在個人聽說技能發展上的助益。另有90%的同學表示往後會持續加強英語聽力和口語的練習，可能是在修過口譯課後，體會到自己的所學不足或

嚮往口譯技能的專業性而增強了學習動機，這未嘗不是一種正向的學習刺激。不過，在面對外籍人士和上台說英語的情況時，都只有45%的同學同意或非常同意比較不會感到緊張或恐懼（詳細數據見附錄表一）。

　　另外，當問及同學在修習完口譯課的收穫時，以五點李克特式量表為選項，5代表「滿載而歸」、4代表「收穫良多」、3代表「有些收穫」、2代表「只有一點收穫」、1代表「無收穫」。結果顯示，同學對於所有問題反應的平均值（M）是3.7，亦即同學自我評估修完這門課，整體而言已接近收穫良多的程度。其中收穫最大的項目為「堅定努力學習英文的決心」（M＝4），收穫排序第三則為「增進學習英文興趣」（M＝3.9），說明口譯課能讓學生在學習情意層面上（affective domain）受到鼓舞進而提高興趣繼續努力學習英文；收穫排序第二和第四則為「增進字彙量」（M＝3.9）和「增進聽力技巧」（M＝3.7），屬於語言技能的提升。相對而言，學生認為收穫最少的項目是「增進筆記技巧」（M＝3.1），可能是因為筆記技巧偏屬於口譯技能的訓練，學生第一次接觸較覺陌生，而且筆記技巧也比較難以轉移成學生常用的外語技能（詳細數據見附錄表二）。

　　最後，由學生的學習背景資料調查可以看出，也是在五點李克特式量表中，學生普遍覺得自己的中英口譯程度欠佳（M＝2.75）、平時練習口譯的時間亦不長（M＝1.45）；但是他們卻認為學好口譯相當重要（M＝4.15），而且其學習動機（M＝3.65）和學習興趣（M＝4.25）都相當高（詳細數據見附錄表三）。

伍、討論

　　本研究結果希望能對大專口譯課向來所標榜增進外語溝通能力之教學目標提供實徵之研究證據，用以說明外語系開設口譯課程的實質效用。經實驗組和對照組兩個班級學生一年來的學習成果相較，證實口譯課所訓練之技巧如視譯、口譯、筆記、跟述等練習的整體效果確實可輔助學生學習外語，其成效與口語訓練課並無實質差異。另外透過學生自評的問卷結果得知，口譯課亦有助於提升其外語聽說及字彙等技能、增進其學習興趣和動機，這樣的結果也與何慧玲（2001）的發現相當一致。

　　由於參與此次研究的學生樣本數有限，加上無法隨機分配至兩個不同班級，因此所得統計量化結果難以完全推論至其他不同地區和不同教學情境的大專學生。但是僅就目前所得結論而言，已相當符合多數學者對大專口譯課教學成效的預期，應該具備相當程度的外在效度和參考意義。

　　歸結而論，大專口譯課之教學的效益主要在於提升學生外語技能、增強學習動機、擴展知識領域，亦可為有意繼續深造專業口譯課程或學位之學生奠定基礎。因此口譯課在大專外語系課程規劃中有一定的正面角色和積極功能。但我們也不能因此對口譯課抱以不切實際的期待，畢竟其他外語課程例如口語訓練課也能達到相近的教學成效，因此耗資興建口譯教室或爭相開設口譯課程，有時反而會排擠其他外語課程可利用的資

源。目前大專外語系開設口譯課的目標應是在考量教學資源合理分配及兼顧學生程度和興趣的前提下，提供學生多樣的課程選擇，從不同面向培訓學生多元的外語技能，甚至發展出口譯課的專業特色。

　　具體言之，大專口譯課在確定能增進學生的外語技能的基礎上，應該還可有更多元層次技能的發展空間。傳統對於口譯工作者的印象通常都聚焦在從事會議口譯的專業口譯員，其語言能力、口譯技巧、和相關專業知識的要求條件都相當高，因此專業口譯員多是在研究所的階段才施以嚴格的訓練。然而實際在職場上對於口譯的需求卻是非常多元的，每種口譯工作的技術門檻也不見得都很高，部分簡易的口譯工作就可能由大專口譯課培訓的學生來勝任。

　　例如前述Parnell（1989）在大學實施的對話口譯訓練即可為借鏡。常用的對話口譯基本上是由譯者親至口譯場所提供小型、面對面、兩種語言雙向口譯的服務，常需對話口譯的場合為醫院、法庭、移民服務處所、社會服務處所、或工商企業等，常見的口譯情境為訪談和會議，常用的口譯形式則為逐步口譯（Gentile, Ozolins, & Vasilakakos, 2001; Hsieh, 2003）。一般而言，從事簡單對話口譯者只要精通兩種語言，並不一定需要受過專業訓練，在歐、美、澳、紐等外來移民眾多的國家，也常請雙語人士擔任簡易口譯工作。目前國內大專口譯課程若非以培訓專業譯員為目的，或許可在課堂教學中加入對話口譯的觀念和活動，一方面提供實際情境讓學生練習中英語的對譯轉

換，提升語言技能；另一方面也培養學生的實務口譯技能和意識，進而增強他們未來在職場中的競爭力。

另外，楊承淑（2000）在口譯的職業分類與技術分級上，曾提出導覽口譯和工商口譯兩種類別，其訓練在語言能力上是以雙語的聽說能力為主，在口譯技巧上則最多僅需要逐步口譯的能力。其分類中只有會議口議才真正要求訓練學生達到爐火純青的專業技巧。如上的分類方式亦有助於大專口譯課程找到自己的定位。雖然大專口譯課的教學條件和學生素質難以造就會議口譯員，但其口譯課若確能提升學生的口語技能，再輔以配套的相關課程，各外語系應能發展出其口譯教學的重點和特色。楊承淑（2000）和何慧玲（2001）都主張各校系可依據其專業背景和所在地域來設計口譯課的訓練內容，例如以觀光餐飲為重心的學校，其口譯教學可與觀光旅遊、藝術欣賞等學科聯繫以培訓導覽口譯人才；而以工商科技為主軸的大專則可結合國際貿易、行銷管理、生產製造等知識領域來培育工商口譯員。因此導覽和工商兩種口譯型式皆值得大專外語系思考如何搭配學校其他實務課程和專業資源來進行口譯教學。

以上研究結論或許能為國內現時口譯教學風潮奠立初步的實徵研究基礎，並希望大專外語系以肯定口譯課確能增進學生外語技能之前提出發，進一步規劃發展口譯課的多元面向。未來的後續研究亦可探討在口譯課中整合對話口譯、導覽口譯、工商口譯等實務技能的可能性和教學方法，諸如此類的努力當更有助於擴展大專口譯教學的功能和釐清其定位。

附錄

表一：口譯課期末教學反應調查結果（1）

學生自我評估修課後的感受	1	2	3	4	5
1.我的英語聽力比未修口譯課前進步了。	0	0	25%	70%	5%
2.做聽力練習時，我會努力理解重點。	0	0	15%	60%	25%
3.我對英文數字的口譯速度更有信心。	0	5%	35%	55%	5%
4.當我看外語片，若聽到學過的俚語、慣用語、及片語時，會有一種成就感。	0	0	5%	50%	45%
5.我現在講英語時，會運用課堂學到的俚語、片語、句型來表達我的想法。	0	10%	25%	50%	15%
6.我現在較能克服上台說英語的恐懼。	0	5%	50%	35%	10%
7.我現在用英語和外籍人士交談時，比較不會緊張。	0	10%	45%	30%	15%
8.上過口譯課後，覺得自己英語口語表達能力有進步。	0	10%	30%	40%	20%
9.往後我會加強聽力及口語表達練習，以提升自己的實力。	0	0	10%	45%	45%

註：本調查以五點李克特式量表（5-point Likert scale）進行，各點數值說明如下：
　　5：非常同意、4：同意、3：沒有意見、2：不同意、1：非常不同意

表二：口譯課期末教學反應調查結果（2）

學生自我評估修課後的收穫	M	SD
1.增進聽力技巧	3.70	.57
2.增進記筆記技巧	3.10	.97
3.增進組織與表達能力	3.50	.76
4.增進口譯技巧	3.60	.88
5.增進學習英文興趣	3.90	.79
6.堅定努力學習英文的決心	4.00	.65
7.增進字彙量	3.95	.76

註：本調查以五點李克特式量表（5-point Likert scale）進行，各點數值說明如下：
　　5：滿載而歸、4：收穫良多、3：有些收穫、2：只有一點收穫、1：無收穫

表三：口譯課期末教學反應調查結果（3）

個人學習背景問題	M	SD
1.與班上其他同學比較，你覺得自己中英口譯的程度如何？ 　1.太差　2.不好　3.中等　4.良好　5.優異	2.75	.72
2.你學習中英口譯的動機有多強？ 　1.完成沒有　2.不強　3.普通　4.強　5.非常強	3.65	.75
3.學好中英口譯對你有多重要？ 　1.完全不重要　2.不重要　3.普通　4.重要 　5.非常重要	4.15	.67
4.你學習中英口譯的努力程度如何？ 1.完全沒有　2.不高　3.普通　4.高　5.非常高	3.50	.76
5.除了上課時間以外，平均而言，你每週花多少時間練習中英口譯？ 　1.少於二小時　2.二至四小時　3.四至六小時 　4.六至八小時　5.超過八小時	1.45	.76
6.你喜歡學習中英口譯嗎？ 　1.完全不喜歡.　2.不喜歡　3.普通　4.喜歡 　5.非常喜歡	4.25	.55

口譯課程使用國際模擬會議之成效探討

林宜瑾、胡家榮、廖柏森

壹、緒論

　　隨著臺灣日趨國際化，企業界對於專業外語人才的需求不斷提高，各大專院校之英外文相關系所便肩負起培育優秀外語人才的重責大任，而在各種外語課程中，口譯課程明顯受到諸多學生的歡迎。自1980年代由國立臺灣師範大學英語系開辦第一個大學部口譯班算起，大專口譯教學迄今已有超過二十年的歷史（何慧玲，2001）。在這期間，口譯課程廣受好評，不但各大學英、外文系和應用外語系將口譯課程列為發展重點，作為提升學生外語能力的工具。在教育部廣設大專院校的政策之下，國內翻譯系所大增，而開設口譯課程的學校更是多不勝數，其蓬勃發展趨勢可見一斑。

　　國內學界亦對翻譯研究有相當濃厚的興趣，此點可由臺灣每年所發表相關論文和專書中看出端倪，口譯課程的教學設計，更是國內大專教師關注的焦點。綜觀國內的翻譯教學研究，其探討重點不外乎集中在課程和教案設計（如李根芳，

2011；盧慧娟、羅雪，1998；廖柏森等，2011）、教學現況的分析（如李翠芳，1996；何慧玲，1999；戴碧珠；2003）、以及翻譯教學方法和評量（如張嘉倩，2009；張秀珍，2000；賴慈芸，2009），但這些研究的重心多以筆譯為主，口譯課堂教學活動相關的研究則是較為缺乏。而相關研究多傾向探討課程中應該涵蓋的口譯重點（如張梵，2009；吳敏嘉，2001；何慧玲，2001），此點對於新手口譯教師有相當助益，為口譯教學提供清楚面向，但少有研究提出適切實用的課堂口譯教學活動，供在第一線口譯教師作為教學指引。

因此本文旨在提出適用於大專口譯課程的教學活動，以國際模擬會議（international mock conference）為例，介紹其概念、實施步驟、注意事項等細則，並闡述國際模擬會議如何能與大專口譯課程教學重點互相搭配，並藉此探討在大學部的口譯課程中，使用國際模擬會議的適切性及其成效，藉以提出教學建議。本文期望為國內的大專口譯教師提供有別於傳統的教學模式，以有效實踐口譯教學目標及提升學生學習口譯的熱忱。

本文分為五節。第一節簡述研究動機與章節架構；第二節回顧口譯教學與外語教學相關文獻；第三節詳述本研究的方法與步驟；第四節呈現研究結果，並評估實施國際模擬會議之成效性與適切性；第五節進行討論及結論，同時指出本研究對大專口譯課程的貢獻並建議未來相關研究。

貳、文獻探討

　　近年來由於一些學者的提倡（何慧玲，2001；劉敏華，2002），大學部的口譯教師不再以培育專業口譯員為己任，而是以口譯作為提升學生語言能力的方法與訓練的手段，畢竟在教學時數有限的情況下，訂定難度如此之高的教學目標顯得不符實際。不如在翻譯研究所進行「專業翻譯教學」（teaching translation as a professional skill），大學部則以「語言翻譯教學」（teaching translation as a language skill）為主軸，分工各司其職（廖柏森，2014）。雖是如此，但大學課程名稱既明定為「口譯課」，上課內容則應與口譯所需技巧有所關聯，除了介紹口譯基本形式、概念以及演練之外，更可作為與研究所專業口譯課程的銜接點，讓有意想在口譯這一專業領域進一步深造者，提供一窺堂奧的機會。

　　口譯是強調不斷練習的技能與學科，因此在課堂上教師應多給學生機會磨練。但在傳統的口譯教學中，學生雖然有許多機會練習，卻多半屬於被動的學習者，戰戰兢兢地口譯聽入耳中的訊息後，接著便是膽戰心驚地等待教師的指正。傳統課程設計亦多半以教師為中心（teacher-centered），老師具有無上權威，學生能做的只是盡力消化老師傳授的知識。在這樣的情況下，往往造成學生學習被動以及學習動機低落，以大專口譯課程為例，最常見的便是學生在口譯老師不斷指正中，感受到

挫敗與喪失自信心，更可能對口譯這門課產生排斥。

　　自廿世紀中葉以降，外語教學界提出以學生為中心（student-centered）的教學理念，老師則擔任輔助的角色，協助學生學習。近年來由於人本教學理念及建構論的興起，開始強調以學習者的立場為出發點，藉此關注學生的個別發展、滿足其學習需求、及鼓勵其自主學習和知識建構。因此，以學生為中心的教學觀逐漸成為目前教學研究和實務的重心。在翻譯教學中，Kiraly（1995, 2000）便認為，最有效的方法即在於讓學生擔任學習主體，教學重點不在於指正學生的錯誤，而是協助學生發展翻譯相關知識及技能，培養學生自主學習（learning autonomy）的能力。

　　近幾年的臺灣英語教學界，溝通式語言教學法（CLT）獲得極大重視，根據Richards與Rodgers（2001）的觀點，CLT具有三項重要的原則可促進學生學習：（1）溝通原則（the communication principle）：以溝通為目的的活動、（2）任務原則（the task principle）：學生以語言達成有意義的任務、（3）意義原則（the meaningfulness principle）：教導對學習者有意義的語言。Richards與Rodgers（2001）認為，教師若能設立有意義的語言任務讓學生完成，可以有效達到上述三項原則，此即為任務導向語言教學（task-based language teaching）。本研究中學生主動參與舉辦模擬會議，即符合CLT所提的三項原則，在此理論架構下能收到一定的教學成效。

　　若細思前述三項原則，會發現口譯教學和CLT有一定程度

的關聯，劉敏華（2002）便認為兩者本質上十分接近，口譯教學帶給外語教學上的啟示包括：（1）重視培養溝通能力、（2）聽、說兩種能力的結合、（3）強調真實的溝通情境。在國內外譯研所的課程設計中，常要求學生舉辦小型會議，由學生擔任講者與譯者，其目的便是為了讓學生提前體驗踏入職場的真切感受，並從中培養口譯技巧，靈活運用同時聽說的能力。楊承淑（2000）指出從事實務訓練的一項方法，就在於讓學生口譯員從模擬實務中體會失敗與成功的經驗，藉以累積經驗法則。然而缺點則在於，不論如何模擬，畢竟都是在教室中建構出來的活動，與真實的會議情況仍有差異。因此本文研究中所採用的國際模擬會議形式，除了讓學生擔任講者及譯者，更開放外賓參訪，讓與會觀眾親自評分，使模擬會議達到真實性的需求。

在外語教學領域，有學者致力於互助式語言學習（cooperative language learning）及應用作業項目（project work）的相關研究，以下分別探討之。

一、互助式語言學習

培養溝通能力一直是外語教師關注焦點，而互助式語言學習則為提升學生溝通能力及獲得社交技能的一種可行方式。Kagan（1995）認為學生的語言學習潛力，可以在社交情境下藉由同學間的互動而得以激發。在實際的語言應用當中，學生能因此習得溝通能力。互助式學習證明了在同儕的互動

下，更能誘發學生的學習動機及在學業上得到更好的學習成就
（Baloche, 1998; Dörnyei, 1997）。

二、應用作業項目

將project整合至課堂教學，學生會變得更加積極、從事更深層的思考、並培養對自己學習負責的態度。教師不再以權威自居，而是以輔助性的角色協助學生。使用project能激發學生的學習動機，並建立學生的自信心及增進學生的語言能力（Stoller, 2002）。

研究者身為會議口譯員和口譯教師，一直思索如何能在大學部與研究所的口譯課程設計中取得平衡，除了希望能讓學生以口譯形式提升本身的語言素養，更希望能讓他們一窺會議口譯的真實面貌，基於以上各點，決定採用國際模擬會議（international mock conference）為教學活動。使用國際模擬會議的意涵，在於讓學生親自主導籌備會議，在互助式語言學習的理念下，除了讓他們了解會議籌劃過程中環環相扣的細節，更賦了其自主學習及展現學習成果的機會，以突顯口譯學習的目標及符合實作導向與內容導向的教學理念。

在大專口譯課程實施模擬會議的教學成效相關文獻在國內並不多見，因此本文旨在探討其實用性、適切性及其成效，並透過實際教學的經驗分享，為國內的大專口譯教師提供有別於傳統的教學形式。

參、研究方法

一、研究對象

本研究採取個案研究（case study），研究對象為北部某大學英文系同步口譯班共十三名學生，每週上課兩小時，在歷時一年的課程中，觀察其能力進展與舉辦國際模擬會議的效果。研究者之一曾參與本班課程，作為參與觀察者（participant observer），並提出實施國際模擬會議的看法與建議。此外，任課教師亦為研究者。本文研究對象所屬英文系在大學部口譯課程的規劃設有擋修的門檻，需在選修同步口譯課之前先修過逐步口譯一整年的課程，修逐步口譯之前亦須先通過篩選考試（screening test），因此研究對象的學生在筆記技巧、短逐步與長逐步等技能上已紮下基礎。

二、實施過程與活動步驟

任課教師在學期初即告知學生，在為期一年的課程中，每學期期末都要舉辦國際模擬會議作為口譯學習的成果展現，期末評分方式包含課堂參與、平時作業、期中考、期末考以及模擬會議成果。在平時課堂中則以同步口譯的訓練為主軸，加強學生的語言彈性，以及密集性的練習為期末的模擬會議做準備。本文參照吳敏嘉（1999）所提循序漸進的同步口譯教學法進行教學，並在課堂中練習逐步口譯、隨行口譯等技巧。課堂

中多以學生為中心，培養其自主學習的能力，在主題的選擇上不加以限制，上課教材以學生自行選用或改寫的演說稿為主，內容涵蓋政治、經濟、旅遊、科學、時尚等議題。

由於期末是以舉辦模擬會議為成果發表，因此任課教師平時即在課堂中安排機會讓學生演練講者、司儀與譯者等多種角色。此外，任課教師安排兩次會議訪視（field trip visits），一為由中華信用評等公司所主辦之「臺灣金融重建問題研討會」，二為由國立臺灣師範大學翻譯研究所舉辦之「文化研究研討會」，兩會皆安排同步口譯的服務。訪視的目的在於讓學生觀察口譯員的表現、會議流程、會議規劃，使學生對於如何辦理期末的成果展有大致的認知。而在活動實習方面，則是積極鼓勵學生擔任各種國際教育展及寶健盃東吳國際超級馬拉松賽的口譯工作，利用工作機會培養台風、磨練技巧。

學期中教師便開始和學生討論期末成果展事宜。國際模擬會議參照Stoller（2002）所建議的步驟施行，以下分述之。

（一）師生同意會議主題

會議主題以學生的意見為主。在上學期時同學主動反應，對同步口譯的技巧還不能完全掌握，為維護會議品質，故以逐步口譯為成果表現重點，同步口譯則由較有把握的同學擔任。上學期的成果發表主題為「『臥虎藏龍』新片首映與記者發表會」，由同學擔任司儀、主持人、電影主角、口譯員、特派記者。由於這是同學第一次主辦模擬會議，壓力較大，因此評分

重點在於會議整體規劃、流程順暢與演說技巧，算是為下學期作準備的暖身會議。下學期的畢業成果發表主題為「東吳大學國際青年會議——文化意涵」，會中邀請來自南非、美國及日本的外賓現身說法，探討各國文化有趣的內容。全場以同步口譯為主，並設計有問答的節目，讓與會來賓與外國講者互動。

（二）師生決定會議呈現方式

在此階段學生與老師一起討論，決定會議所要達成的目標及最終呈現的方式。經由雙方的共識，兩場期末成果展都開放給對會議主題有興趣的來賓、觀眾，並由現場觀眾為口譯班在會議籌劃與口譯表現兩大方面進行評分。

（三）師生決定會議分工架構

在會議主題決定之後，學生便開始分工合作，有的負責蒐集資訊、有的負責後勤管理，除了當天角色扮演之外，同學亦學習如何規劃會議流程，任課教師則提供協助及觀察同學間合作情況及人際關係進展。（相關議程請詳見附錄一）

（四）就所蒐集到的資訊加強語文訓練

任課教師此時針對同學口譯技巧進行加強，利用所蒐集到的相關資訊作為練習工具，並盡量補齊同學在專業字彙上的不足，亦提供親身口譯經驗，分享在口譯廂中如何與口譯搭檔有默契地合作及會議中可能的突發狀況讓同學們作為參考。

（五）學生蒐集會議主題資訊

　　身為專業口譯員，對所進行的會議主題務必有詳盡了解，因此任課教師亦特別強調同學蒐集背景知識的重要性。學生分組對指定的資訊進行蒐尋，包含網路、書本或講者所能提供的訊息，同學在此方面的表現十分認真積極，所蒐集到的資訊則作為課堂上演練的教材。

（六）學生練習和分析資料

　　與前兩項步驟相似，學生相約在課後利用蒐集到的資料做口譯練習並進行分析，若有不懂的地方則與任課教師討論；資訊蒐集若不盡完善，同學便再重新分工，蒐集更多資訊。此目的是讓同學能對自己將口譯的內容有一定程度的掌握。以下學期的「東吳大學國際青年會議-文化意涵」為例，同學除了多方面研讀文化相關書籍，藉以培養對相關字彙的熟稔程度，並多次與二位外國講者會面，希望能對其談話風格與口音有一定的了解。

（七）預演排練

　　隨著發表時間逼近，同學間愈見其緊張氣氛，因此在課堂上空出許多時間讓同學排練，並檢測議程順序有無不流暢之處，俾能及早修改。

（八）成果發表

在會議發表之前，除了英文系系辦協助宣傳，全體口譯班同學亦分工合作，製作海報張貼於學校公布欄，亦分組至英文系各班宣傳，歡迎大家踴躍參與。會議參與人員並無限制，只要對主題有興趣的觀眾都可參加。當天兩場會議皆順利如期舉行，下學期的口譯畢業成果展則因時值SARS肆虐，與會人數較少，同學在當天也有提供口罩及量體溫的服務。

（九）成果展評估

在每場會譯結束之後，同學便立即發放問卷（詳見附件二與三）給觀眾，請與會來賓為整場會議及同學的口譯表現給予評分。此外，所有會議皆全場錄影，方便事後同學進行討論與檢討。

肆、研究結果

從教師任課一年的課堂觀察中發現，與傳統式的口譯教學相較，可以明顯地觀察到學生學習態度的不同。傳統以教師為中心的口譯教學，學生多處於被動的角色，上課時多膽顫心驚，羞於抬頭見人。而以舉辦國際模擬會議為教學主軸的方式，則可見同學間主動積極的學習態度。雖然在學期一開始公布同學須舉辦會議作為成果發表時，課堂氣氛凝重，同學多感

不安；但待會議一結束，則可見同學雀躍神情。由於整體會議是在同學互助下所展現出的學習成果，因此對於此項作業有相當的向心力，同學之間也由陌生轉變為熟識的好友，印證了諸多學者（Kagan, 1995; Baloche, 1998; Dörnyei, 1997）所提，在互助式語言學習的理念下，藉由同儕互動更能誘發學生的學習動機，學生的語言學習潛力也在社交情境下得以激發。為了在期末獲得高分，各組組員更是全力以赴，認真負責。

本文將分別依照在課堂上所取得的資料進行分析，探討在大學部口譯課程實施國際模擬會議的成效性及適切性，在成效性方面以（1）同儕回饋（peer response）及（2）學期回顧（semester review）加以探討；適切性方面則以（3）觀眾問卷（questionnaire）的結果進行分析。

一、同儕回饋

同學在課堂中每次從口譯廂做完口譯練習，任課教師會請同學作學習回饋，除了表達自己做口譯的感覺、反省自我的表現，亦可以針對同學間的口譯表現給予建設性的回饋，觀察並指出整體口譯的優缺點，培養其批判能力和語言敏感度。隨著每學期期末的模擬會議日期逼近，可觀察出同學在聽、說能力的大幅躍進。同學間的意見也由一開始負面評論逐漸變為正面讚美，可能是因即將舉辦成果發表會，為了讓與會觀眾滿意會議品質，同學對於自身的口譯表現要求嚴格，舉辦國際模擬會議成為同學督促口譯表現的原動力。

二、學期回顧

　　學期回顧為每學期的期末報告，學生須於報告中回顧一整個學期自身所學收穫，並作深入檢討。報告中亦可針對上課方式或教學活動給予任課教師教學意見。報告中同學多半對於舉辦國際模擬會議持相當正面的回應，認為舉辦會議讓他們體會到籌備會議的辛苦，明白一場成功的會議除了譯者本身的口譯功力外，還需要整體團隊的同心協力，以應付會議中可能出現的突發狀況。以下為學生學期回顧的部分內容：

〈學生一〉

　　口譯一和口譯二的課程，除了一些制式的口譯技巧差別之外，最大的不同就在於我們多了更多的自主權來決定課程內容，更特別的是我們有機會籌辦自己心目中的會議。

〈學生二〉

　　幾次籌備會議的經驗下來，讓我學習到如何有效規劃一個會議，從主題的設計、呈現的形式、相關的宣傳，到當天流程的掌控、突發狀況的應變、當然最重要的是口譯技巧的實際運用，對我來說，每一個環節都是經過仔細的評估與討論後的結果，或許最後的結果並非百分之百完美，但是我們都知道，在過程中我們都盡了力，更重要的是，大家也都學到很多從前不會的事。

〈學生三〉

　　猶記得第一堂課連發表演說都會緊張，到現在隨時都可
能上台當moderator，對於突如其來的壓力已見怪不怪。
透過一連串緊密的訓練過程，不但學到口譯技巧，也提
升上台面對觀眾的膽量。最重要的是，藉由舉辦國際模
擬會議，全體同學培養出互相加油打氣的共患難精神，
我認為每一位口譯班同學都是優秀的合作夥伴。

〈學生四〉

　　舉辦國際模擬會議有一個最意外的收穫，就是大家都變
成感情很好的朋友，除了課堂上一起練習之外，我們也
會一起參加相關活動，能在畢業前又結交這麼一群好朋
友，真是一件幸福的事！

　　由以上內容可發現，同學間的人際關係藉由團體合作變得
更和諧，也在實作中學習如何應用口譯技巧從事有意義的溝通
活動，協助會議順利進行。不過也有同學指出，舉辦國際模擬
會議的壓力過大，且修課期間時值大四畢業季，正忙於研究所
入學考試，兩方面很難同時兼顧，也認為只有兩學分的課並不
需要花費如此浩大的人力與心神。但整體上多給予此教學形式
十分正面的評價，在本班實施舉辦模擬會議的要求並沒有遭遇
太多阻礙與反彈，實施結果十分適合，也收到良好成效。

三、觀眾問卷

　　每場會議結束之後皆發予問卷讓與會觀眾評分，以五點李克特式量表（5-point Likert scale）作答（1：非常差，2：差，3：普通，4：好，5：非常好），以下分別為上、下學期兩場會議表現作量化分析及質化探討。

表一：上學期「『臥虎藏龍』新片首映與記者發表會」問卷分析

問卷題目	1	2	3	4	5	M
1.會議是否準時進行	3.4%	13.8%	24.1%	37.9%	20.7%	3.59
2.會議進行流暢度	3.4%	8.6%	20.7%	32.8%	34.5%	3.86
3.會議主題引起您的興趣	3.4%	5.2%	10.3%	32.8%	48.3%	4.17
4.接收器收訊良好程度	5.2%	10.3%	34.5%	31.0%	19.0%	3.48
5.同步口譯員表現（翻譯講者）	0%	10.3%	41.4%	39.7%	8.6%	3.47
6.同步口譯員表現（Q&A Session）	0%	6.9%	25.9%	58.6%	8.6%	3.69
7.會議整體表現	1.7%	5.2%	6.9%	60.3%	25.9%	4.03

　　由上表可發現，由於這是同學第一次舉辦會議並上場展現初學不久的口譯能力，因此表現持平，不算優異。但以常理而論，只修一學期的同步口譯，在技巧、忠實度等方面還在紮根階段，對於同學表現不應太過苛求。反倒在會議整體表現上，觀眾所給平均值有4.3之多，顯現與會者頗認同同學籌劃會議的能力，在同學整體表現給予不錯的評價。學生選擇影片發表與記者招待的形式亦獲得觀眾青睞，可見學生自行發揮的

實力值得肯定。雖是如此，這一場成果發表仍有相當的進步空間。

表二：下學期「東吳大學國際青年會議—文化意涵」問卷分析

問卷題目	1	2	3	4	5	M
1.會議是否準時進行	0%	25.0%	31.3%	25.0%	18.8%	3.38
2.會議進行流暢度	0%	3.1%	25.0%	40.6%	31.3%	4.00
3.會議主題引起您的興趣	0%	0%	9.4%	28.1%	62.5%	4.53
4.接收器收訊良好程度	15.6%	15.6%	34.4%	12.5%	21.9%	3.09
5.同步口譯員表現 （翻譯講者）	0%	0%	9.4%	68.8%	21.9%	4.13
6.同步口譯員表現 （Q&A Session）	0%	0%	6.3%	62.5%	31.3%	4.25
7.主持人和與會者之間的互動	0%	0%	6.3%	46.9%	46.9%	4.41
8.講者和與會者之間的互動	0%	0%	18.8%	37.5%	43.8%	4.25
9.會議整體表現	0%	0%	3.1%	65.6%	31.3%	4.28

　　由於上學期期末的會議並沒有規劃讓參與的來賓與台上講者作互動，便有觀眾提出希望能設計互動的節目，此點更可測驗出學生同步口譯的真正實力，於是下學期的畢業成果展，同學便額外增加主持人、講者和來賓間的問答活動。

　　從下學期的問卷中可明顯看出，觀眾一致認為同學在下學期的口譯能力大幅增長，達到4.13及4.25的高分，可見來賓滿意程度，更看出由於第一次會議的經驗，讓同學在舉辦第二場正式的國際模擬會議時沒有生疏之感，在各方面更為上手，會議整體表現由上學期的4.03進步到4.28。唯一美中不足的是硬

體設備，因接收器收訊不良而影響了會議品質。藉由觀眾的客觀評分，則直接反應實施國際模擬會議的適切性，同學在這兩場會議的表現證明了他們擁有獨立自主學習的能力。

以上探討的各點，印證了大學部的口譯課程設計讓學生舉辦會議實為可行，同學不僅能將課堂所學口譯技能應用在會議場合，增強教學的實用性，更培養學生獨立自主的學習精神，除了訓練口譯技能，更可加強會議規劃、主持會議、公眾演說等多方面的能力。

伍、討論與結論

在研究所的專業口譯課程中，多會要求學生定期舉辦小型會議，訓練重點在於提高學生同步口譯的能力並加深同學的背景知識。這樣的教學理念和作法在大學部的口譯課程亦能有一定成效，教學重點則是放在訓練同學的基礎口譯技巧、演說、主持及舉辦會議等多方面實用性質的能力。一場由英文系學生主導成功的國際模擬會議，提供了同學們四年來在英文聽、說、讀、寫、譯五大方面一個成果驗收的最好機會。

在傳統的口譯教室內，學生多為被動的學習者：包括狂查字典，等待教師點名並指定口譯的段落，接著戰戰兢兢地譯完演說內容，便回到座位等候教師的指正。這樣的學習情況除了讓學生飽嚐壓力之苦，常常無法激勵學生主動學習，同學也在無數次的挫敗下對自己喪失信心，因而抹煞了同學們想學好口

譯的心意，教師更無法體會教學成就。口譯原是一門需要花費時間多方深入練習的技巧性學科，只要方法得當，應能在大學語言輔助課程中扮演重要角色，達到促進學生語言能力大幅進展的期望。

本文研究旨在以國際模擬會議為例，探討如何運用外語教學活動讓同學達到主動學習與增進基本口譯技巧等教學目標，並檢驗是否有其成效。在為期一年的觀察當中，任課教師很明顯地看到同學的轉變，從一開始的膽顫羞澀到最後的果敢向前，差別實為迥異。同學除了在課堂上積極練習，更主動於課外時間邀約彼此討論議程及練習口譯，令人頗感欣慰。同學間也在彼此互助扶持下，於兩場會議中展現絕佳的成果，可見同儕間相互激勵較教師主導更有成效與意義。

研究者之一為參與觀察者，則感受到舉辦會議除了能讓自身課堂所學應用在有意義的活動上，藉以檢視自我能力缺失，讓自己更想學習之外，隨著同儕間的鼓勵與互助合作，其回沖效應（backwash effect）強大，引發同學學習口譯的強烈興趣，甚而深入探究其奧秘。教師的角色亦由原先的主導漸次轉為協助學生學習的促進者及共同參與者，不再以傳統權威性的角色自居。教師亦可藉由同學在會議上的整體表現，作為教學修正的參考，看看同學在哪些方面有待修正或值得嘉許，進而反思自己的教學方法與內容是否有修改的必要。

總體來說，本研究運用國際模擬會議作為教學活動頗為成功，然而本研究對象的十三位學生皆是在通過層層篩選考試

後所汰選過的菁英，若是將此教學活動讓未經過篩選的學生進行，是否仍有相同成效，則有待進一步的研究。此外，學生人數亦是一項變數，只有十三名學生在教學上能維護一定的品質，若人數一多，舉辦會議是否會出現分工不均及藉機偷懶等負面效應則不得而知，有賴後續探究，未來亦可以實驗研究探討使用國際模擬會議對於學生口譯能力有何種助益。

　　雖然本研究僅侷限在個案探討，不具任何推論性，也無以類推每個使用模擬會議的口譯班皆能收到滿意的成效，本文依然希望提供國內大專口譯教師不同的教學思維，提供有別於傳統的教學模式，得以有效實踐口譯教學目標及提升學生學習口譯的熱忱。一般人學習口譯也許不乏興趣，但能不畏挫敗、勇往直前者則幾希，仍有賴學界與第一線執教的教師共同努力，以口譯提升學生語言與其他相關技能，培育優秀外語人才。

附錄一
2003口譯班畢業成果展　5月15日細部流程表

時間	活動內容	器材使用	備註
9:00~9:15	1.所有同學集合、報到 2.推細流 3.準備最後排練 4.發放工作人員名牌	細流×13 名牌×13	簽到：
9:15~9:45	★文宣組： 1.確定手冊份數並放置會場 2.確定回饋量表印製完成並放置現場 3.確定時間鈴已放置現場	手冊×120 回饋表×150 時間鈴×4	

	★美宣組： 1.會場海報就緒、貼上 2.桌牌就緒 3.會場布條就緒 4.狀況牌就緒 ★公關器材組： 1.借接收器＆耳機、測試 2.報到桌場布置（桌椅、桌 　巾、說明海報） 3.電腦（powerpoint）、入 　場音樂、短片測試 4.麥克風測試（電池）、錄 　音空白帶測試 5.確認來賓到場時間	海報×4 桌牌× 布條×1 剪刀×2 膠帶×2 狀況牌× 接收器＆耳 機×70 P.C×1 電池× 空白帶×	總場控：
9:45~10:45	正式排練、各角色就位模擬、 ＊口譯員換手走位	相關器材＆ 道具	
10:45~11:15	排練檢討、回饋、討論		
11:15~12:00	用餐時間（輪流）	食物×n	＊尚未輪到的 同學負責看好 器材還有C.R
12:00~12:15	★確認所有細流內容 ★所有人員standby		
12:15~12:30	★開放觀眾入場 1.報到台人員發放書面資料 2.為入場來賓量體溫 3.接收器＆耳機相借 4入場音樂、燈控 5.PHOTO手 6.司儀standby		好戲登場！
12:30~12:33	1.司儀開場，致歡迎詞，接 　收器使用說明 2.第一階段口譯員進booth， 　standby 3.上半場主持人standby → 　課程分享同學standby →	開場音樂×1 示範接收器 ×1	燈音控： PHOTO手： 錄影：助教
12:33~12:36	老師時間（致歡迎詞、介紹 與會師長）		燈音控：

12:36~12:40	主持人開場 課程分享同學standby → ★口譯廂人員配置：	powerpoint	投影片撥放： PHOTO手：
12:40~1:00	1.口譯班課程回顧與心得分享 ＊12:50：出場standby ＊12:55~12:58：主持人串場、第二階段口譯員就定位 ＊12:58~1:00：主持人介紹相關同學上台		投影片撥放： PHOTO手：
1:00~1:20	各國文化介紹 ★美國→南非→紐西蘭→ ★日本→ 口譯廂人員配置：	powerpoint	投影片撥放： PHOTO手：
1:20~1:30	主持人宣佈中場休息時間 ★中場休息音樂： ★中場flash： ★提醒時間人員： ★下半場主持人standby： ★接收器租借處負責人： ★PHOTO手：	中場音樂 flash	
1:30~1:35	主持人為綜合座談開場 介紹現場國際青年上台 ★口譯廂人員配置：		投影片撥放： PHOTO手：
1:35~2:20	文化議題雙向交流 （現場同學vs.國際青年）	powerpoint 短片	投影片撥放： PHOTO手：
2:20~2:25	主持人為文化討論部分結尾 並請國際青年下台休息		
2:25~2:30	幕後花序回顧──籌備NG篇 主持人為整場會議作總結 放散場音樂 回收接收器：	powerpoint 短片 散場音樂	投影片撥放： PHOTO手： 音　控　： Peggy
2:30~3:00	回饋時間、場復		

附錄二

2003英文系口譯班　『臥虎藏龍』新片首映與記者發表會

謝謝您來參加這次會議，為使下次會議籌辦更順利，請幫助我們完成下列問卷。（1是最差，5是最好。請勾選）

Thank you for your presence in this conference. To hold a better conference in the future, please help us with the following questions. (1-worst, 5-best. Please check.)

1. 會議是否準時進行　　　　　　　　　□1 □2 □3 □4 □5

   if we start on time

2. 會議進行流暢度　　　　　　　　　　□1 □2 □3 □4 □5

   the flow of the conference

3. 會議主題引起您的興趣　　　　　　　□1 □2 □3 □4 □5

   The topic of this conference interests you.

4. 接收器收訊良好程度　　　　　　　　□1 □2 □3 □4 □5

   the sound quality of headsets

5. 同步口譯員表現（翻譯講者）　　　　□1 □2 □3 □4 □5

   the evaluation of simultaneous interpretation

   （Interpretation Service for the speaker）

6. 同步口譯員表現（Q&A Session）　　　□1 □2 □3 □4 □5

   the evaluation of simultaneous interpretation

   （Q&A Session）

7. 會議整體表現　　　　　　　　　　　　□1 □2 □3 □4 □5

  your overall evaluation of the meeting

8. 今天參與，您最大的收穫是？　　　　　_____

  What did you learn from today's meeting?　_____

9. 我們將籌辦更大型的會議，您的建議是_____

  We'll hold a bigger conference this term　　_____

  and we welcome your advice　　　　　　_____

附錄三

2003英文系口譯II畢業班
Class of Interpretation II, 2003 Department of English

謝謝您來參加這次會議，為使下次會議籌辦更順利，請幫助我們完成下列問卷。（1是最差，5是最好。請勾選）

Thank you for your presence in this conference. To hold a better conference in the future, please help us with the following questions. (1-worst, 5-best. Please check.)

1. 會議是否準時進行 　　　　　　　□1 □2 □3 □4 □5

   if we start on time

2. 會議進行流暢度 　　　　　　　　□1 □2 □3 □4 □5

   the flow of the conference

3. 會議主題引起您的興趣 　　　　　□1 □2 □3 □4 □5

   The topic of this conference interests you.

4. 接收器收訊良好程度 　　　　　　□1 □2 □3 □4 □5

   the sound quality of headsets

5. 同步口譯員表現（翻譯講者） 　　□1 □2 □3 □4 □5

   the evaluation of simultaneous interpretation

   （Interpretation Service for the speaker）

6. 同步口譯員表現（Q&A Session） □1 □2 □3 □4 □5

   the evaluation of simultaneous interpretation

   （Q&A Session）

7. 會議整體表現 □1 □2 □3 □4 □5

   your overall evaluation of the meeting

8. 主持人和與會者之間的互動 □1 □2 □3 □4 □5

   the interaction between the MCs and participants

9. 講者和與會者之間的互動 □1 □2 □3 □4 □5

   the interaction between the speakers and participants

10.今天參與，您最大的收穫是？

   What did you learn from today's meeting?

_____

11.今天會議，哪一個部分最吸引你？

   In today's meeting, which part is your favorite?

_____

12.對於今天的會議，您建議可以改進或覺得不錯的地方是：

   What is your suggestion for today's meeting?

_____

13.是否有建議未來籌辦會議的主題？

   Please give us advice on the topic that you are interested in.

_____

使用檔案翻譯教學初探

廖柏森、江美燕

壹、前言

　　國內的翻譯教學在近年內有突顯蓬勃發展之勢，主要肇因於翻譯系所數量於短短幾年間劇增，一般外文系和應用外語系也都必開翻譯相關課程，可見翻譯在外語課程規畫中和對學生整體外語能力培養上皆佔有相當重要的地位。

　　但是國內現時在翻譯教學相關議題的研究上卻呈顯嚴重質量均不足的窘況，實有推廣深化以及創新之需要。傳統的翻譯教學思維大多是以教師為中心（teacher-centered），預設翻譯活動具有一套既定的規則，教師的工作就是將翻譯規則的知識轉移給學生。一般而言，教師在課堂上先講解各式的翻譯技巧，接著提供翻譯作業由學生隨堂或回家練習，待學生繳交作業後再批改，指出學生在翻譯技巧上的缺失並改正其譯語文法結構上的錯誤，有時教師也會提供模範譯文（model translation）供學生比較，以期學生未來能避免重蹈相同的錯誤。在此種翻譯教學理念下，學生的學習往往顯得被動、甚至充滿挫折感。

Kiraly（1995, 2000）認為有效的翻譯教學應是以學生為中心（student-centered），教學重點不在指正學生的錯誤，而是協助學生發展翻譯的知識和技能。他主張翻譯教學的主要目標在培養學生自主學習的能力。教師的責任則在於誘發學生學習翻譯的興趣，設計良好的學習活動和環境，並幫助學生了解翻譯作品的各種可能性，而非只提供一種標準的翻譯版本。因此為提升學生學習翻譯動機，增進其學習成效，發展以學生為中心的翻譯教學法實有其重要性。

　　而自廿世紀80年代以來，語言教學界強調以學生為中心的教學法相繼推陳出新，其中檔案（portfolios）在教學上的應用愈來愈受重視。檔案教學一般係指有系統收集學生學習成果以及學習過程的紀錄，並作為教學和評量的重要依據。檔案使用在國內外英語教學研究上已建立相當的成效，但國內的翻譯課仍缺乏使用檔案教學的經驗。因此本研究之目的即在探討在課堂上使用檔案翻譯教學的可能性，包括教材教法的設計、評量表格的編製、教學流程的實施、最後於學期末再以問卷調查學生接受檔案翻譯教學的感想與收獲，期望為國內的翻譯教學提供有別於傳統的另類教學模式所需之實證研究。

貳、相關文獻探討

　　Harmer（2001）曾提出所謂教師心中的兩難，教學究竟應該是知識的傳輸（transmission of knowledge），由教師傳授給

學生？還是情境的創造（creating conditions），由教師建立優質的環境方便學生自主學習？這些問題的答案一直難有定論。基本上，教師將知識轉移給學生的模式屬於以教師為中心的教學觀，例如O'Neill（1991）認為這種傳統教法向來著有成效，而且學生上課時覺得較為自在。但教師若放任學生自行學習，反而容易忽略學生的學習成效。另一方面，創造學習情境的教學則是以學生為中心，如Lewis（2000）主張學生並不一定會學到老師所教的東西，因為學習是複雜、非線性的過程。教師其實無法控制學生習得的內容、次序及速率，只能從旁輔導協助學生達到學習目標。尤其近年來由於人本教學理念和建構論的興起，強調以學習者的立場出發來關注其個別發展、滿足其學習需求、及鼓勵其自主學習和知識建構。以學習者為中心的教學，根據Brown（2001）的分析，具有以下幾種特點：

(1) 重視學生的學習需求、學習風格、和學習目標。

(2) 上課時給予學生部分的主導權，例如實施分組活動或學習策略訓練。

(3) 課程設計採納學生的意見。

(4) 鼓勵學生的創意表現。

(5) 增進學生學習的成就和自我價值感。

上述以學生為中心的教學觀已逐漸為各級教師所接受，成為目前教學研究和實務的重心。

但現行翻譯課的實施，如張培基等（1993）所言，往往離不開三個環節：（1）教師定期布置作業供學生習做、（2）

教師批改作業、（3）教師課堂講評。根據穆雷（1999）的觀察，翻譯課堂傳統的教學方法亦是以練習和講評為主。有教師先布置練習作業，之後再作技巧或理論的講解；有些教師則是先講解翻譯技巧、布置作業、最後再講評。劉宓慶（1997）更歸納討論國內外常用的幾種翻譯教學法如下：（1）對比分析法、（2）點評法、（3）討論法、（4）回譯法、（5）講評法、（6）譯作考查。以上對翻譯教學法現況的描述，大體上皆未脫以教師為中心教學觀的窠臼，實有改變之需要。

以教師為中心的翻譯教學強調以教師的翻譯知識權威來主導和校正學生的學習過程。教師的職責基本上是將語言的結構和翻譯的規則傳輸給學生，並防範學生翻譯上的錯誤。這樣的教學作法雖已行之久遠，但在課堂施行上可能產生的限制包括：（1）教師施教的內容不見得能符合所有學生的語言程度和學習需求，部分同學在受挫之餘也許會放棄學習；（2）教師選用的翻譯教材或教學活動有時無法引發學生的學習興趣，進而導致內在學習動機（intrinsic learning motivation）低落；（3）同學容易養成被動學習的慣性，教師若未指定學習進度或待學期結束後，學生就缺乏主動求知練習翻譯的意願；（4）學習翻譯若淪為只是應付教師的規定和通過考試，學生就難以體會在不同語言間悠遊轉換的樂趣，甚至對學習翻譯產生負面觀感。

更進一步而言，翻譯教師間對於創新或另類翻譯教法的呼聲也愈來愈高。何慧玲（1999）曾針對國內大專應用外語科系

口筆譯教學現況作過調查，發現新進筆譯教師在教學上遇到的最大困難除教材難覓位居榜首外，其次就是教法無法創新。可見傳統的翻譯教學方法已不敷新世代教師的需求，他們已有求新求變的急迫感。而近年來廣受教學界歡迎的教學和評量的新趨勢之一就是檔案教學，現已被廣泛應用於各種學科領域。

檔案的使用最早始於教育以外之專業領域，如藝術家、建築師、或攝影師就常用檔案來讓顧客了解他們的作品。但美國教育界直到1990年代初期才開始深入探究使用檔案作為教學及評量工具之潛力（Danielson & Abrutyn, 1997）。檔案教學的興起主要在對治傳統標準化測驗（standardized tests）引導學習零碎知識和忽視個別學生發展的流弊。目的是希望讓學生成為主動的參與者，鼓勵他們獨立思考如何有效學習，並為自己的學習行為負責。

Genesee和Upshur（1996）定義教學檔案為：「學生的作品集，經過有目的地收集，以展示學生在特定領域學習的努力、進步、和成就。」（頁99）許多研究者指出檔案可以有效協助教師改進教學和增進學生學習成效（Lynch & Shaw, 2005; Wolf, Lichtenstein, & Stevenson, 1997；Zubizarreta, 2009）。Brown和Abeywickrama（2010）綜合過去多位學者研究結果（Brown & Hudson, 1998; Danielson & Abrutyn, 1997; Genesee & Upshur, 1996），將使用檔案教學的優點列舉如下：

(1) 培養學生學習的內在動機、責任感、和擁有權（ownership）。

(2)促進師生之間的互動，而教師是扮演協助學習的角色。

(3)強調個人化學習，彰顯每位學習者的特殊性。

(4)提供學生具體的學習成果。

(5)協助學生進行批判性思考、自我評量、和不斷修正的過程。

(6)提供與同儕合作學習的機會。

(7)評量語言學習的多元層面。

至於在課堂中使用檔案教學通常包含下列四個步驟（Danielson & Abrutyn, 1997）：（1）收集：根據教學的目標收集並儲存學生的作品，方便學生檢閱，有別過去學生常將老師發還的作業丟棄一旁或置之不理的情形；（2）選擇：學生檢視所收集的成果，挑選其中適當的作品作為評量或展示之用；（3）省思：學生反思自己在完成每份作品的心路歷程，並對成品作自我評量，通常是用書寫方式紀錄下來，再置入檔案中；（4）規劃：學生在審視完自己的檔案並了解作品的長處和缺失後，再設定或計劃自己未來學習的目標。

上述檔案教學著重實作（performance-based）和過程（process-oriented）的特性，非常契合外語課在語言實務技能訓練上的需求。國內的英語教學界也已逐漸使用檔案來教導英語技能如寫作（Chen, 1999; Yang, 2003）和閱讀（Kuo, 2003），皆獲致正面的成果。翻譯學習注重實踐練習的特質，亦非常適合學生使用檔案培育自主學習的態度，但是在翻譯教學上使用檔案的研究文獻尚不多見。其中Colina（2003）曾建

議在翻譯教學上使用翻譯檔案（translation portfolio），將學生的翻譯作業、同儕和教師對其作業的評論皆放入翻譯檔案中。而且為了讓學生體認翻譯過程（process）的重要性，學生必須對個人的翻譯作品加以註釋（annotated），內容包括對自己翻譯作品的反思和感想，如此則有助矯治學生以往僅注重翻譯成品（product），而輕忽翻譯過程的學習慣性。但因實施檔案翻譯教學的文獻仍相當缺乏，故本研究亦意在拋磚引玉，期望能在教學上發展學生自主學習翻譯知識和技能的精神，另一方面也透過實地教學經驗的分享，引發國內對另類翻譯教學模式的討論和重視。

參、研究方法

一、研究對象

參與此次研究計畫的對象為中部某技術學院應用外語系二技部二年級學生25人，所修課程名稱為「影視翻譯」，每週上課二小時，任課教師則為研究者之一。

二、檔案內容

班上每位同學都發放一份資料夾作為檔案妥為保存，舉凡學生在這門課的翻譯教材、翻譯作業、自我評量、同儕評量和教師評量的表格、及其他針對完成翻譯作業所需而收集的資料，皆可置入檔案中，讓學生學習翻譯的成果和過程都能具體

展現在檔案中，是一項持續性累積的翻譯學習發展紀錄，呈現學生學習的進步和成果。

三、實施過程

　　任課教師於學期初便向學生說明檔案教學的特性和實施方式，並介紹整學期之授課大綱。教材主要為教師自編之英翻中長句練習以及挑選熱門英語電影之對白。翻譯長句練習是訓練學生處理複雜英文句型並譯成流暢中文之能力，除讓學生注意到翻譯的理解問題這個關鍵環節外，也進一步利用此練習加強學生翻譯表達技能的訓練。電影對白翻譯則是讓學生利用實際教材將所學作實務上的應用，由教師從兩部熱門電影「魔戒首部曲（The Lord of the Rings： The Fellowship of the Ring）」、「哈利波特：神祕的魔法石（Harry Potter and the Sorcerer's Stone）」中選出部分對白作為翻譯素材，讓學生能經由實作來實際運用翻譯之知識和能力。

　　學生在完成上述翻譯作業後，必需再校對一遍後填寫「自我評量表（Self-Report Form，見附錄表一）」，讓他們有機會反思自己的翻譯過程和學習所得。接著由任課教師隨機將同學的作品分發給其他學生閱讀並填寫「同儕評量表（Peer-Evaluation Form，見附錄表二）」以評量別人的譯作，讓學生互相校正，評估作品的優點和待改進之處，進而提供建議和評論。然後教師將學生的翻譯作業、「自我評量表」及「同儕評量表」收回批閱後，在翻譯作業中錯誤處註記，但不加以訂

正，而是交還學生讓他們自行使用「自我改正表（Correction Chart，見附錄表三）」訂正錯誤並紀錄錯誤類型和改正方式，幫助學生了解自己常犯之翻譯錯誤，以及提供他們自主學習之機會。等所有學生都完成訂正工作後，教師會於課堂中就學生之不同譯作做講評，以協助學生體認翻譯作品之多元性。整學期共計有四次翻譯作業，每份作業皆循上述過程實施。

期末則由同學分組做電影對白翻譯及配音之成果展示，由學生自主挑選他們感興趣的翻譯材料。共有三組學生於學期中挑選三部電影，分別是「莎翁情史（Shakespeare in Love）」、「神鬼願望（Bedazzled）」、與「門當戶不對（Meet the Parents）」，再從中選擇部分對白進行翻譯，譯完後並填寫「期末翻譯作業自評表（Self-Report Form for Final Translation Project，見附錄表四）」。此作業之目的在加強同儕間之合作學習與促進學生自主學習之習慣。期末時每組展示其電影對白翻譯作品並為影片配上口白發表，其他同學則根據「小組報告同儕評量表（Peer Evaluation on Group Presentation，見附錄表五）」對各組發表之成果加以評論。教師也以「期末翻譯作業評分表（Grading Sheet for Final Translation Project，見附錄表六）」評量各組電影對白書面翻譯之表現。期末待各組發表完後，教師請同學填寫教學反應調查的問卷，最後則以電影欣賞為這門課劃下圓滿句點。

肆、研究結果

　　根據教師在授課中觀察，學生使用檔案學習翻譯的過程大體上經歷以下四個階段：

　　第一階段：「新鮮期」

　　學期初，學生對於此項與傳統教學迥然不同的授課和學習方式產生好奇，絕大部分學生都具有高度興趣，而且很樂意配合檔案教學之實施，呈現出高度的參與感。

　　第二階段：「衝擊期」

　　經過一段時間之後，學生開始對於從未經歷過的教學方式產生不安及無所適從的感受，各式表格的填寫使得學生不知該如何適切表達自我的學習狀態，也不知該如何評斷同儕作品之優劣。這種現象顯示出學生缺乏自主學習的精神以及同儕評量的經驗，甚至於有些學生對於繁瑣的表格填寫感到無聊乏味而流於敷衍了事。

　　第三階段：「調適期」

　　到了學期中，大部分學生開始習慣此教學方式，漸漸表現出學習翻譯的主動性。學生在教師設計的活動中嘗試如何自評、互評和省思，試圖培養自主學習的習慣。

　　第四階段：「接受期」

　　學生經由調適學習行為而引發學習的自覺，進而為自己的學習負責，從中體會到本身的學習歷程和進步情形，此時學生

開始接受並認同新的學習方式，也能從此檔案教學中獲益。

整個授課過程中，學生經歷了對全新學習方式所產生的新鮮感及興趣，之後馬上面對了不熟悉的事物所引發的衝擊，對於描述自我評量及同儕評量之狀況都充滿許多未知、不安及無所適從的感受。經過一段時間後，有些學生從習慣、認同進而漸漸接受此種自主學習方式；但也有少數學生在長期傳統以教師為中心之教學方式浸淫下，無法調適此新的學習方式，因而難以接受檔案教學模式。

除了質性的課堂觀察外，本研究於期末還實施量化的問卷調查，結果顯示學生對於檔案翻譯教學抱持極為肯定的態度。同學對使用檔案教學的看法，以5點李克特式量表（5-point Likert scale）作答（1：非常不同意，2：不同意，3：沒意見，4：同意，5：非常同意），全班反應的平均值是4.16，顯示同學傾向同意這種教學法所帶來的正面效應。另就個別題目的反應而言，92%的同學都同意或非常同意使用檔案翻譯教學對他們是有幫助的。而且所有同學（100%）都認為此種教學法可以提升他們的英文理解能力，90%以上的同學認為可以提升他們的翻譯能力、了解翻譯過程、及有助與同學互動。80%以上的同學認為檔案教學可以提升他們的中文表達能力和改進翻譯作品品質。76%的同學則認為檔案教學可幫助他們的學習更加自主（詳細統計數據見附錄表七）。

在調查各項教學活動對學習翻譯的幫助程度時，同學認為對他們幫助最大的是教師評量，其次依序是翻譯作業、期末作

業、同儕評量、自我改正、和自我評量。不過在5點李克特式量表上（1：沒有幫助，2：很少幫助，3：有些幫助，4：蠻多幫助，5：極大幫助），就算數值最低的自我評量也達到3.44，可見所有的活動都對學生學習有所助益（詳細統計數據見附錄表八）。

除了上述的量化數據，問卷最後也設計開放性問題，詢問學生在使用檔案學習翻譯有何困難？以及其他在此次問卷未調查到的想法？結果有學生於問卷上提及不習慣自我評量，也不知如何找出自己翻譯作品的長處和短處。部分學生則對同儕評量結果缺乏信心，還是希望老師能提供參考答案。另外也有人覺得小組合作翻譯時，同學聚會討論的時間不易配合。這些學生對於檔案教學的負面感受往往源自於尚未適應自主學習與合作學習的教學模式，需要教師繼續耐心引導，逐步培養同學主動參與的學習態度和互動建構的學習行為。

伍、結論

一、討論

簡言之，此次檔案翻譯教學的實施，在教學觀的層次上嘗試顛覆教師在傳統翻譯課堂中的權威地位，教師的角色主要轉變為協助學生學習的促進者（facilitator），以及學習資源的提供者和整合者。學生的角色亦由過去的被動吸收者，轉化為主動求知的參與者。而在授課活動的層次上，由於檔案翻譯教學

強調師生和同儕間的互動，教師最重要的工作是創造一個有利學生自主學習翻譯的情境，在各種翻譯作業和活動中，教師盡量鼓勵並監督學生的自我以及與同儕的學習和評量，只有在學生的知識明顯不足或有迫切需求時才加以補充和講評。在製作期末成果報告的過程中，教師雖也引導各個小組作討論，不過主要還是由學生自身負責最後作品的成敗。

　　本研究並於期末調查學生修課的反應，結果證明學生接受檔案翻譯的程度相當高，回饋意見大部分都很正面。此種教學方式一方面可讓學生更深入了解自己翻譯的過程、成果和困難所在；另方面也可提供教師檢驗自己的教學成效，作為調整教學內容和進度的依據。其中最大的特色就是同時包含自我、同儕、和教師對翻譯作品的評量。傳統的翻譯教學幾乎只有教師是唯一的評量者，並提供所謂正確的翻譯答案。但在檔案教學中，教師和學生都可以共同參與評論翻譯的內容結構以及翻譯的心理過程。學生在接受教師和其他同學的意見後，也可一再地修改譯作直到滿意為止。不像傳統的翻譯作業，一旦譯完就交給老師打分數，缺乏讓學生對譯作再反省修訂的空間。

　　研究者也在課堂中觀察發現，由於學生成為評量者，他們必須對原文和譯文有更深刻的分析和理解，才能進行提問、建議或修正別人的譯文。而經由小組的觀摩和譯作討論也能激發同學較高層次的批判思考能力，以提供他人作品更深入的評論。而且從比較自己和其他同學的譯作過程中，也可了解自己翻譯策略使用上的優缺點，進而調整自己的翻譯方法。總體來

說，檔案翻譯教學應有利於提升學生翻譯的學習成效，其諸多優點值得國內翻譯教師參酌的使用。

不過實施檔案翻譯教學的同時也伴隨各種困難，例如Brown和Hudson（1998）指出實施檔案教學前教師需要訓練，而實施時教師也要花費較多的時間和資源來幫助學生建立檔案，另外檔案的評分標準（grading criteria）難以建立，會有效度和信度上的問題。學者Hanrahan和Isaacs（2001）、Orsmaond等（1996）也曾討論同儕互評和自我評量所可能產生的問題，包括（1）學生同時扮演評量與被評量的角色，可能學習壓力較重；（2）評量分數有時未能客觀反映同學學習成果；（3）為求同儕和諧，評量的意見較缺乏建設性；（4）學生評量的專業知識不足，容易受到質疑。此次檔案教學也不乏上述現象，導致部分同學難以完全認同此種教學模式，有勞任課教師思考解決之道。

由於學生是第一次接受檔案翻譯教學，在從事自評和同儕評量時常有難以客觀評議的情形，為補救此項缺陷，教師所提供的評量表格可加入評定量表（rating scale）並界定具體的評量準則由評量者圈選，較容易呈現客觀檢核結果，亦可減輕同學評量的負擔。其次是學生的反思能力不足，國內同學長期接受填鴨式教育養成被動接受教師灌輸知識的習性，一旦被教師要求寫下個人學習歷程的省思，部分同學因而無所適從而不知所云。可見教師亦需有計畫循序培養同學的後設認知（metacognition）能力以利其反省學習過程。另外，學生製作

檔案需花費相當時間和心力，但因為教師的介入不深，雖然認真的同學可以藉以豐富所學，有些低成就學生則因疏懶而流於草草應付，似乎可趁機混水摸魚過關。不過畢竟檔案教學強調個性化和適性化的評量方式，重在啟發而非結果，教師對低成就學生勢必更加用心引導。

二、研究限制及建議未來相關研究

此次的檔案教學研究雖獲致同學熱烈的迴響，在問卷調查的反應上許多都是超過90%的正面意見。但是身為研究者卻要審慎看待這種樂觀結果是否由於所謂霍桑效應（Hawthorne effect）所導致，亦即教學成效也有可能不是來自於檔案翻譯教學本身的優點，而只是因為它是由任課教師引介的一種創新教學法，因而吸引同學的注意，並有意識地力求表現或給予良好回饋。為避免任何教育研究產生霍桑效應，Mousavi（2002）建議要持續進行實驗，讓學生習慣新的教材教法後再來檢視其學習結果。因此，本研究僅能視為使用檔案翻譯教學的初探，儘管成效令人滿意，但仍需後續類似的教學研究來證實其最終的成果。本文發表後，張瓊瑩（2010）也曾以學生反思個人翻譯學習的週記作為檔案主要內容，進行後續研究，增益檔案翻譯教學研究的成果。

再者，未來相關研究亦可探討在翻譯教學上使用電子檔案（electronic portfolios）教學的可能性。教師除在課堂上課之外，還可在網路教學平台上製作班級網路課程，例如目前日

趨受到教師注意的網路教學平台Moodle（林敏慧、陳慶帆，2004）就可置入課程進度、翻譯教材和講義、翻譯作業等課程相關資料，以及討論區、意見調查、測驗成績管理等線上資源。學生在上課之餘，也能從網路上取得課程資訊以從事課前預習和課後複習。更重要的是要讓每位學生在網站上建立個人的電子檔案，並將整學期歷次的翻譯作業、自評和錯誤訂正表格、及其他學習資料上傳至網站上。這樣既可紀錄個人學習翻譯的歷程，觀察自己進步的情形；另方面教師和其他同學也能欣賞自己翻譯的作品，提供同儕互評和教師評量的園地。如此一來，同學因為有彼此公開互動交流的機會，學習翻譯的動機相對提高，不但會較為認真翻譯，也可從教師和其他同學對於自己作品的回饋中提升翻譯的技能。而學生上線後的所有活動紀錄也都會保存下來，供教師作學生學習過程的追蹤和評量。到了學期結束，同學再把整個電子檔案列印出來置於實體檔案夾中，就成為一份內容豐富的學習檔案。電子檔案翻譯教學相當符合E化數位世代學子習於使用電腦和網際網路的風潮，值得有心的教師持續深入探究。

附錄

表一：自我評量表

Self-Report Form for Student *

Name: Date:

1.What makes this a good translation project?

2.What is the best part of this project? Why?

3.What is the weakest part f this project? Why?

4.What was the most difficult part of this project?

5.What skills did you practice when doing this project?

6.What assistance or resources did you use to complete this project?

7.What did you learn from doing this project?

8.How would you make this project better?

*adopted from Genesee and Upshur (1999). *Classroom-based evaluation in second language education*. Cambridge: Cambridge University Press.

表二：同儕評量表

同儕評量表

姓名：   同儕姓名：

1.翻譯作品中哪一部分最佳？哪裡需要改進？

2.請在以下表格各項評量中打「∨」

評分標準	優	良	可	差
文法結構				
字彙修辭				
原文理解				
譯文表達				
整體流暢性				

3.就整體而論，請給予建議與評論。

表三：自我改正表

Correction Chart
Student's name:
Text title:
Date:

Source Language	Mistakes	Possible Correction	Source	Types of mistake

表四：期末翻譯作業自評表

期末翻譯作業自評表

姓名：　　　　　　　　　　　　　　　同儕姓名：

以下幾個有關翻譯方面之問題，請以中文詳述作答：

一、譯期末報告自我評量：為何認為你的期末報告是一份好的翻譯
　　報告？哪一部分是最好的？（請選自報告譯文中哪幾句）為什
　　麼？哪一部分是最不好的？為什麼？

二、翻譯的過程：有何準備階段？實際翻譯時所使用的技巧為何
　　（如增譯、直譯、減譯）？以及譯完後有何檢查和校對？

三、翻譯的困難：翻譯時容易碰到何種困難（如理解上、表達上、
　　文法上、字彙上的困難）？如何解決困難？利用何種資源？

四、對翻譯的看法：翻譯對學習英語的影響（是否對閱讀、文法結
　　構、字彙能力有所提升）？翻譯的技能有何用處？學翻譯是否
　　重要？喜不喜歡翻譯？

表五：小組報告同儕評量表

Name: Student No:

Group Presentation

Peer Evaluation on Group_____

Answer the following questions as objectively as you can.
Complete sentences are not necessary.

1. What was the main focus of the group presentation?

2. Name one thing that you learned or found interesting.

3. Comment on the organization of the group presentation.

4. What was the best part/aspect of the group presentation?
   Explain.

5. What part/aspect could be improved upon? Explain.

6. Other comments:

Name:

GRADING SHEET FOR FINAL TRANSLATION PROJECT

_____ Meaning (30%)
- ➤The translation accurately reflects the meaning contained in the original. Slight nuances and shades of meaning have been correctly rendered   30~28
- ➤Minor alterations in meaning, additions, or omissions   25~23
- ➤Some unjustified changes in meaning, omissions, or/ and additions; some misunderstanding of original   20~18
- ➤Inaccurate renditions and/or important omissions and additions; very defective comprehension of the original text   15

_____ The Target Language (30%)
- ➤The translation flows naturally and reads like an original text written in the target language   30~38
- ➤A few minor inelegancies and awkward expressions   25~23
- ➤The structure of the source language shows up in the translation   20~28
- ➤Too much of the source language has been transferred to the target text   15

_____ Vocabulary (15%)
- ➤Accurate and appropriate renditions of the terminology   15
- ➤Some mistakes involving translation of terminology and special terms   10
- ➤Reveals unawareness of special terminology   5

_____ Functional and Textual Equivalence (15%)

➢The translated text accurately recaptures the goals, purpose(function), and intended audience contemplated in the original   15~13

➢The translated text approximates the goals, purpose (function), and intended audience of the original 10~8

➢Total disregard for the goals, purpose, function, and audience of the original text   5

_____ Revision Process (10%)

➢Adequate process of revision and polishing   10~8

➢Minimal reversion involved; first draft with a few changes   5

_____ =Total

*adopted from Colina, S.(2003), Translation teaching, from research to the classroom; a handbook for teachers. Boston: McGraw-Hill

表七：同學對實施檔案翻譯教學的看法

問卷題目	1	2	3	4	5	M
1.整體而言，這門檔案翻譯教學課對我有幫助。	0	8%	0	56%	36%	4.2
2.檔案翻譯教學幫助我提升翻譯的能力。	0	0	8%	64%	28%	4.2
3.檔案翻譯教學幫助我提升英語理解的能力。	0	0	0	64%	36%	4.36
4.檔案翻譯教學幫助我提升中文表達的能力。	0	0	16%	68%	16%	4
5.檔案翻譯教學能幫助我了解自己翻譯的過程。	0	0	8%	60%	32%	4.24
6.檔案翻譯教學能幫助我和同學互動，共同練習翻譯。	0	0	4%	64%	32%	4.28
7.檔案翻譯教學能幫助我改進翻譯作品的品質。	4%	0	8%	60%	28%	4.08
8.檔案翻譯教學能幫助我學習更加自主自發。	4%	0	20%	60%	16%	3.88

註：以5點李克特式量表（5-point Likert scale）作答──
　　1：非常不同意，2：不同意，3：沒意見，4：同意，5：非常同意

表八：同學對各項檔案教學活動的反應

問卷題目	1	2	3	4	5	M
同儕評量（peer-evaluation）	0	4%	16%	60%	20%	3.96
自我評量（self-report form）	0	8%	56%	20%	16%	3.44
自我改正（correction chart）	0	4%	52%	20%	24%	3.64
教師評量（instructor evaluation）	0	0	4%	56%	40%	4.36
翻譯作業（translation assignments）	0	0	4%	68%	28%	4.24
期末作業（final project）	0	0	20%	40%	40%	4.2

註：以5點李克特式量表（5-point Likert scale）作答──
　　1：沒有幫助，2：很少幫助，3：有些幫助，4：蠻多幫助，5：極大幫助

使用Moodle網路平台
實施筆譯教學之探討

壹、前言

翻譯研究（translation studies）成為一門獨立學科是晚至廿世紀下半期才蓬勃發展，雖然過去幾十年來全球在翻譯研究議題的深度和廣度上都有顯著成長，但對於翻譯教學的研究探討仍是屬於相對邊陲的領域。臺灣近年來由於國際化呼聲高漲，帶動翻譯意識的提升和專業人才的需求，國內的翻譯教學有突顯大興之勢。翻譯系所於短短幾年間劇增，使翻譯躋身專業技能行列，亦直接提高翻譯教學的地位。但是不可諱言，現時國內的翻譯課在實務教學上常有陷於窠臼，難見創新的窘況。

翻譯在過去常被視為學習外語的輔助科目，並未受到重視，且因翻譯作為一門專業學科在課堂上教授的期間並不長，教師對翻譯教學的目標、方法、教材和評量方式都尚未形成共識，而其中最大的困難就是教學方法和學習資源不夠多元。目前國內一般的翻譯教學方法仍是沿襲傳統知識傳輸（transmission of knowledge）的教學模式，由教師在課堂講解翻譯技巧和提供

模範譯文，並修改學生的翻譯作業及提供評語。

　　而相對地在外語教學領域，自廿世紀80年代以來各種教學法相繼推陳出新，近年來又以電腦輔助語言學習（CALL, Computer-Assisted Language Learning）、語料庫（corpus）和數位學習（e-learning）在教學上的應用蔚為一股風潮，值得翻譯教學工作者注意。數位學習一般係指學習者透過電腦、衛星廣播、互動式電視、光碟、網際網路等數位化電子媒介來進行學習的方式，並藉尤其所提供之數位內容及教學方法來創造有意義的學習經驗，以便達成學習目的（徐新逸，2003）。數位化電子媒介的應用在國內外英語教學研究上已有相當的成效（Levy, 1997; Zhao, 2003），尤其是不受時空限制的網路學習通常可建立互動的學習環境和應用模式，能增進學生的課堂參與以及相互合作，以產生有意義的學習，相當符合建構學習理論所提倡透過社會互動共同建構知識的原則（Warschauer, 1997, 1998）。國內學者劉顯親、楊中玉（2001）也認為網路學習最能體現學生的「潛在發展區」（ZPD， Zone of Proximal Development）（Vygotsky, 1962, 1978），亦即學習者目前的發展階段與未來潛在發展之間的距離，而教學就是引發學習者潛能的歷程，並發展成一語言社群（discourse community），讓教師和能力較高的同儕可以共同協助引導能力較低的學生學習。

　　但是國內的翻譯課仍缺乏利用數位教學媒介的經驗。因此本研究之目的在探討在翻譯課堂上使用網路教學（web-based instruction）的可能性，教師除在課堂授課之外，另外在電腦

上製作網路教學平台，使用目前受到全球教師注意的Moodle網路教學平台置入址級網路課程，內容包括課程相關資料如課程進度、翻譯教材和講義、以及翻譯作業等。此外，此網路教學平台亦建置輔助翻譯的軟體如雙語字典、機器翻譯（machine translation, MT）、和語料庫供學生查詢使用。期望為國內的翻譯教學提供有別於傳統的另類教學模式，以發展更有效能的翻譯教學方法。

貳、相關文獻探討

國內迄今在翻譯教學相關議題的研究上針對使用數位電子媒介輔助翻譯教學的討論仍屬相對少數。較具體的教學案例為張秀珍（2000）所實施非同步網路翻譯課程虛擬教室，但因未要求學生到實體課堂上課，學生只透過網路來研讀教材和傳送翻譯作業，師生間缺乏互動討論，學生的學習動機也不佳。因此研究者最後建議雖然多數學生可以接受網路翻譯教學，但若能加強傳統實體教室與網路教學的搭配，應更能提升教學效果。

而在機器翻譯和翻譯記憶的研究領域中，史宗玲（2002, 2003, 2004）、Shih（2015）大力提倡使用機器翻譯教學，不僅提出機器翻譯教學的理論和課程架構，更介紹學生使用機器翻譯編輯的訓練模式。她認為目前翻譯軟體的技術雖未十分成熟，但仍適合用來處理資訊類和技術類的文本，而學生在編修機器譯文之錯誤的同時，也能增進對兩種語言的敏感度，了解

來源語和目的語的特性與知識，進而提升其語言技能。解志強（2002，2010）則認為學習翻譯的學生應該認識機器翻譯的用途和學會使用翻譯記憶軟體，才能符合大型翻譯公司求才的需要。另外將網路網頁當成一個巨大語料庫，針對特定用語用Google搜尋引擎查索出豐富的前後語境和精確的使用數據，亦有助個人翻譯效率的提高。

　　另外，從語料庫翻譯研究（corpus-based translation studies）的觀點出發探討如何輔助翻譯教學，Bowker（2001）認為語料庫能提供大量真實的雙語平行文本（parallel text），加上其文本檢索工具如文內詞頻統計（word frequency list）、關鍵詞索引（key word in context, KWIC）、和關鍵詞檢索（concordancer）等所具備的功能都能大幅增進學生學習翻譯的效能。Bowker還建議建立評量語料庫（evaluation corpus）協助教師評量學生的譯作。她認為教師應該使用大量的真實語料作為基準（benchmark）來證明學生譯作中概念性和語言性的錯誤並提供正確的改譯方式，不能只依賴教師一人的主觀語言使用經驗。而國內對於使用語料庫輔助翻譯教學的研究則有史宗玲、沈志安（2004），他們利用語料庫比較專業譯者和學生譯者作品的差異，並建議在教學上可利用此種語料庫讓學生注意到自己和專業譯者的不同，而不只是注意自己在翻譯上的錯誤。此外，陳瑞清（2003, 2004, 2011）以其自建的英漢平行語料庫（English-Chinese Parallel Corpus）作過許多中英語料的對比分析，他也認為語料庫的使用將可幫助學生認識語際之間的

異同、翻譯風格、翻譯過程中的必要與次要轉換手段、翻譯文本的普遍特徵、不同文類的語篇規律、雙語對應關係等議題。

　　以上分別從網際網路、機器翻譯、和語料庫三個領域來探討翻譯教學的各種可能性，而且皆具一定的教學成效，但目前這三者的研究在國內仍是方興未艾，尚未統整成一有系統的課堂教學模式，有待進一步的研究加以整合，才能普遍實施於大專的翻譯課中。而Moodle網路教學平台就提供一整合各種教學資源的新方案。

　　Moodle（Modular Object-Oriented Dynamic Learning Environment）或可譯為模組化物件導向動態學習環境，是奠基於社會建構論的網路課程，不但易於操作，而且是免費和開放性的軟體，人人都可自行下載至自己的電腦裡[8]，隱然成為線上學習課程系統的主流（歐展嘉，2008）。過去翻譯教師對於網路教學平台的使用並不普遍，一方面是因網路技術門檻過高，並有維護和變更上的限制；另一方面則是研發一個網路教學平台需要眾多經費和人力資源，開發出來後不見得有流通分享的機制或者需要付費使用。如今Moodle問世後，大幅降低教學平台的技術門檻，個別教師即可安裝架設，並自行設計課程的內容和版面的特色。於2015年時全球已有214個國家，49,222個團體或個人在Moodle的官方網站上註冊，臺灣則佔有431個[9]，

---

[8]　Moodle官方網站為http://moodle.org/，可以免費下載和取得如何操作Moodle的技術文件。

[9]　詳請見Moodle官方網站http://moodle.org/sites/的統計數據。

而且有愈來愈多教師加入使用Moodle的行列，並獲致正面的教學成效（如林敏慧、陳慶帆，2004；Brandl, 2005; Su, 2006; Hsieh, Tsai, Lin & Liou, 2006等）。

　　而現代的專業譯者也愈來愈倚重資訊科技來完成繁多的翻譯工作（Austermühl, 2001），如Colina（2003）就主張在學校訓練的階段就應該讓學生嫻熟電腦輔助翻譯（CAT, Computer-Aided Translation）各種工具的應用，並成為翻譯課程的重要組成部分。因此本研究擬探究網路翻譯教學的可能性，亦希望能同時培養學生面對未來職場實務譯事時使用電腦科技的翻譯能力和作業意識。綜合以上所言之研究背景和文獻探討，本文之主要目在於探討如何使用Moodle建置大專筆譯課所需之網路教學架構，包括網路課程、機器翻譯、和語料庫之有效整合於一網路教學平台，以形成一學習社群，並提升翻譯教學成效。

參、研究方法

一、研究對象

　　研究對象為北部某國立大學應用外語系修習翻譯學程學生26名，以筆譯課一學年四學分的班級為研究個案。由同時身為教師的研究者建構Moodle網路翻譯教學平台，同時使用實體教室和網路授課（a hybrid course）。在課程結束後，研究者隨機選取7位同學作為訪談的對象。

二、研究過程

（一）建置翻譯網路教學平台

採用Moodle之軟體封包來製作翻譯網路教學平台，此平台的架構可分為網站管理區、學習管理區、和課程設計區。而課程設計區中所包括的翻譯教學活動計有課程模組提供上課教材和課程內容。作業模組讓學生上傳翻譯作業，聊天室（同步）和討論區（非同步）讓同學提問和回應翻譯問題，測驗區評量學生學習翻譯成就，意見調查可讓同學共同決定意見和調查學習反應，線上資源區則可整合翻譯網站、語料庫、機器翻譯等線上軟體供學生查詢參考。而且學生上線的所有活動都可紀錄保存在電腦中，供研究者追蹤評量學生學習情況。

（二）實施網路翻譯教學

學生在實體教室上課之餘，也能從網路教學平台上取得課程資訊以從事課前預習、課後複習和翻譯練習上的協助。每位學生在網站上可以將整學期歷次的翻譯作業以及其他學習資料上傳至網站上。學生既可紀錄個人學習翻譯的歷程，觀察自己進步的情形；另方面教師和其他同學也能欣賞彼此翻譯的作品，提供同儕互評和教師評量的園地。

（三）研究資料收集方法

研究者採取較能了解學生內在想法和態度的質性研究方

法，以期取得較為深入的資料作為研究佐證。研究方法包括參與觀察（participant observation）、訪談（interview）和文件分析（document analysis）。研究者亦是此課程之授課教師，得以在授課過程中觀察學生對於在網路上實施筆譯教學的反應和態度，以及訪談同學以了解其想法和需求。而學生在這門課的筆譯作品和網路上的討論內容、留言等資料也都作為文件分析的資料。透過這三種不同研究資料收集方法，希望達到質性研究所要求的三角檢證（triangulation），並提高研究的內在效度（internal validity），進而能深入了解學生利用網路教學平台學習翻譯的經驗和成效。

肆、Moodle翻譯教學平台操作實例

本課程以北部某國立大學應用外語學系筆譯課為例，教學目標是透過網路教學平台所建構的線上學習社群（online learning community），讓學生熟悉各種文體之特色、培訓其翻譯技巧以及檢索資訊的能力。以下乃簡述本課程如何操作Moodle教學平台以符合筆譯教學上的需求：

一、登入課程

首先，學生申請帳號登入網路課程，其資料將自動輸入到系統中，教師日後只要點選「課程參與者」一欄，即可瀏覽學生的個人資料和最後使用此平台的時間紀錄（如圖一）。點

選每位學生的姓名後還可管理學生的帳戶、用e-mail和學生聯絡、以及追蹤學生曾經上線使用此教學平台上所有資源和教材所留下的日期和時間紀錄（如圖二），可供教師評量學生在此課程的學習歷程和參與程度之依據。

圖一：「課程參與者」可瀏覽所有師生的個人資料

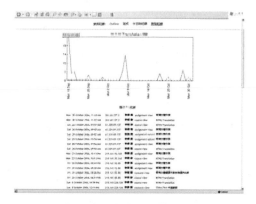

圖二：學生使用網路教學平台的紀錄

二、課程教學

　　進入課程首頁後就可看到整個頁面是劃分成數個區塊（blocks）（如圖三）。在頁面兩邊的區塊可按教師的需求意願而自由移動或增刪，而本課程採用的模式是以右邊的區塊公布最新的課程訊息或網路上的活動，例如繳交作業的時限。左邊則包括課程參與者的資料、進行過的課程和活動、搜尋討論區、管理和設定系統等區塊。而教學課程區是位於中間的區塊，主要是提供同學在翻譯時所需的學習資源和互動的場所，並呈現每週上課的教學主題和教材內容。

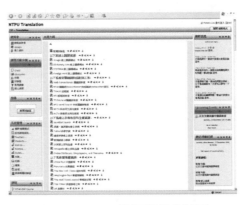

圖三：Moodle筆譯課程的首頁

　　為了輔助同學翻譯的過程和擴大同學的語言知識領域，此教學平台置入許多線上資源，包括線上翻譯、語料庫所提供之關鍵字和搭配詞索引、英漢雙向線上字典、英文百科全書和新

聞媒體。同學只要點選後就可進入該網站使用，主要線上資源的網址如下：

（一）線上翻譯網站

Google: http://www.google.com.tw/translate_t

Dictionary.com: http://dictionary.reference.com/translate/text.html

SYSTRAN: http://www.systranet.com/translate

Foreign word: http://www.foreignword.com/

Babylon: http://www.babylon.com/

Babel Fish: http://www.babelfish.com/

WorldLingo: http://www.worldlingo.com/

（二）語料庫關鍵字和搭配詞檢索

TANGO: http://candle.cs.nthu.edu.tw/collocation/webform2.aspx?funcID=9

TOTALrecall: http://candle.cs.nthu.edu.tw/totalrecall/totalrecall/totalrecall.aspx

Collocation Checker: http://miscollocation-richtrf.rhcloud.com/

Web Concordancer: http://ec-concord.ied.edu.hk/paraconc/index.htm

Corpus of Contemporary American English: http://corpus.byu.edu/coca/

Lextutor: http://www.lextutor.ca/

AntConc: http://www.antlab.sci.waseda.ac.jp/software.html

Micase: http://quod.lib.umich.edu/m/micase/

（三）漢英雙向線上字典

TigerNT: http://www.tigernt.com/

Yahoo!: http://tw.dictionary.yahoo.com/

Merriam-Webster Online Dictionary: http://www.merriam-webster.com/

MDBG Dictionary: http://www.mdbg.net/chindict/chindict.php

Cambridge Dictionaries Online: http://dictionary.cambridge.org/

Urban Dictionary: http://www.urbandictionary.com/

thesaurus.com: http://thesaurus.com/

（四）百科全書和新聞媒體

Encyclopedia Britannica Online: http://www.britannica.com/

Wikipedia: http://www.wikipedia.org/

Reference.com: http://www.reference.com/

The China Post: http://www.chinapost.com.tw/

Taiwan Panorama: http://www.taiwan-panorama.com/en/

The New York Times: http://www.times.com/

Washington Post: https://www.washingtonpost.com/

The Wall Street Journal: http://online.wsj.com/public/us

The Associated Press: http://www.ap.org/

United Press International: http://www.upi.com/

CNN: http://www.cnn.com/

課程設計區中的核心是每週上課所探討的主題和教材內容，教師在線上的課程模組啟動編輯系統後，可以選擇（1）編寫文字頁面（Compose a text page）、（2）編寫網頁（Compose a web page）、（3）超連結檔案或網站（Link to a file or web page）或（4）張貼標語（Insert a label）等功能來編製上課教材或公布重要訊息。教師於實體教室上課時，可用電腦或投影機將教材的頁面傳送到學生端的螢幕，再利用遊標指示授課內容的所在。尤其在比較不同學生的譯文時，可以清楚讓全班同學看到他們的差異並討論翻譯的技巧（如圖四）。

圖四：筆譯教學時可以在頁面上清楚比較同學不同的譯文

　　此外，教師也可在教學平台上加入許多教學的活動，其中適合筆譯課使用的有（1）同步（synchronous）的聊天室（Chat)和（2）非同步（asynchronous）的討論區（Forum)可供同學討論翻譯的作業或提出翻譯問題（如圖五）；（3）共筆

系統（Wiki）可供不同學生針對同一文本進行筆譯，每個人也有權限修改此網頁上既有的譯作，最後形成集體的共同創作；以及（4）小辭典（Glossary）則可讓同學快速查詢常用的詞彙及其定義（如圖六）。例如本課程就編製了一個「新聞詞語小辭典」，收錄新聞中常見詞語的中英對照譯名，提供同學在翻譯新聞文體乃至其他文體時可以參考正確統一的譯法；而同學也被賦予權限可以加入編製辭典的行列，因此教師可以鼓勵同學平日在閱讀英文新聞報章雜誌時把常見的詞語譯成中文，再加入到此網路課程的辭典中，供全班同學討論譯名的正確性和分享翻譯的成果。而老師也要檢視譯名的正確性，同學如有錯譯處也需修訂和了解犯錯原因。以上各種教學活動可形成合作學習的氛圍，展現社會建構學習的精神。

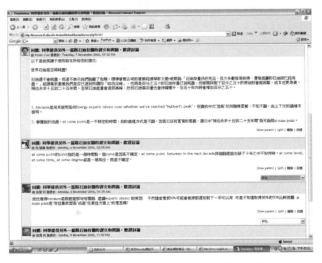

圖五：本課程「討論區」上同學的討論

圖六：本課程使用的「新聞詞語小辭典」

三、課程評量

　　使用Moodle從事筆譯教學的另一特色，在於對學生筆譯表現的評量亦符合社會建構學習的原則。教師可以加入的評量活動包括：（1）作業（Assignment）可將每週的筆譯作業內容和繳交時間公布在網頁上，學生則可將譯好的作業上傳至Moodle，供老師在線上批閱並給予回饋（如圖七）；（2）測驗卷（Quiz）可在線上進行選擇或簡答等型式的測驗，並可自動閱卷和評分，不過筆譯課用到有標準答案測驗卷的機會似乎並不多；（3）工作坊（Workshop）則是提供同儕互評（peer assessment）的園地，教師可以在此放上某個翻譯版本讓全班同學發表個人評論或甚至給予分數；（4）意見調查（Survey）

以事先設定好的問卷來調查學生對這門課的反應或意見，可幫助教師了解學生想法和作為改進教學的參考。

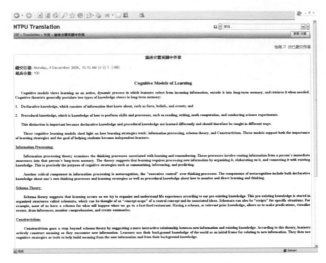

圖七：網路上的筆譯作業

伍、討論

在經過一整年的課程教學，研究者收集到的資料主要包括教師觀察上課情形的記錄、訪談學生的逐字稿（transcripts）、以及學生上載至教學平台的筆譯作業和討論內容。經閱讀過所有資料後，研究者的整理分析可歸納出以下幾個重要主題（themes）：

一、使用網路教學平台的整體感覺

研究者在課堂授課過程觀察學生使用網路教學平台的情形，整體而言相當便利。除了免費和易用之外，使用Moodle不

僅對於學生的學習歷程和作業寫作掌握地更為明確，也可以儲存課程中所進行過的每項活動和討論過的問題，使教材內容的編排和學習資源的組織更有條理，而且在教室中利用電腦螢幕評析比較網頁上同學的譯作亦極為方便。而因減少講義紙張的大量複印，對資源節省和環境保護也有助益。

尤其E世代學子在網路世界遨遊的經驗豐富，對於Moodle的界面使用很快就能上手，幾乎無需多作說明或指導。受訪學生對於使用網路教學平台的大部分反應都為「不錯」，最常提到的形容詞為「方便」，整體架構可以有系統地供學生瀏覽上課所需教材。因此有同學提到：

> 還不錯，很新鮮，所有資料都很清楚的放在上面，不用擔心漏聽，而且事後還可以再次查閱。
>
> 還不錯，翹課沒關係，可以上網看到老師在幹嘛，作業也可以自己印。
>
> 我覺得這樣上課很有系統，也很便利。可以大大推行！

從學習者的角度來看，網路教學平台可以形成一個便捷的學習和溝通環境，解除時空上的限制，例如學生碰到學習困難或缺課漏聽時，仍有及時補救的機會，在自己方便的時間和地點進行學習。另外從教師立場出發，過去使用網路教學的技術門檻偏高，也需要大量的經費和資源配合，許多缺乏電腦背景知識的筆譯教師只能望之卻步，但Moodle的操作相當人性化和

直覺化，個別教師即可自行架設和製作課程內容，方便教學資訊的流通。

二、與傳統筆譯課堂的差別

　　傳統筆譯課的教學方式不脫由教師在黑板上講解，或發放紙本講義提供筆譯練習再加以評論，對某些同學而言可能比較枯燥，教師在講解上也比較費時費力。而加上網路教學平台後，因為在電腦螢幕上有較多畫面的切換，也可以動手操作，同學的反應比較不會無聊。而且筆譯課需針對不同學生的譯文作解析和對照，只用紙本並不方便；但是用電腦就可以一直開新的視窗，容納各種譯文，讓同學對同一文本的不同譯法能夠一目瞭然。例如以下同學說到：

> 一般筆譯課大都是紙上作業，老師必須印一堆講義，如果講義太多，攜帶上就很麻煩，上課講什麼要自己用筆記下來。但Moodle平台可以讓我不用動筆、不用整理一堆紙就看到很多資料。
>
> 在螢幕上可以看到老師作句子的解析，視覺上比較好作對照，電腦游標有指示的功能，快又方便。

　　傳統教學主要是以教師為中心，教師被視為課堂裡的權威，教學活動大部分都是由老師來教導學生的單向學習；但在網路教學平台上，不論是課內或課外時間，教師都可加入學生

的學習社群提供協助，其角色成為學習上的輔導者。學生與教師、同學和教材之間也能產生傳統教學所難以達到的*互動性和即時性*。例如在傳統課堂中不好意思舉手發問的同學就可以透過網路提問，以降低學習焦慮和增加參與感，而其他同學或教師都可提供解答或參與討論。教師也可儲存學生的筆譯作品和討論過的問題來了解學生學習的狀況，或可作為未來教學的教材或參考依據。

三、使用網路教學平台的優點

明顯的優點在於網路上的教學資源豐富，語料庫和線上字典、百科全書和新聞網站等都能提供同學翻譯上的即時需求。而且整學期的上課教材內容和作業都置放在網站上，方便同學存取。根據同學登入教學平台的次數和時間以及他們所上傳的翻譯作業，教師也可體會到學生參與課程和利用網站的程度相當熱烈。就使用網路教學平台的優點，有同學提到以下感想：

> 所有上過的課以及沒上過的東西都很清楚的在網頁上、可用的線上資料多，不怕漏聽老師上課講的東西、查用方便而且交作業時間很清楚，不怕忘記交。
>
> 我覺得用電腦輔助翻譯相當方便。一來網路資源相當豐富，增加了收集相關資料的廣度和深度，而且翻譯的正確度也提高。二來讓同學之間互相評改更加便利和快速，增加了翻譯的效率。

可見同學是有能力和自覺針對網路資源進行主動的篩選和處理，進而建構自己學習上的意義並完成筆譯作業的需求，並不需完全依賴教師在課堂上的教導，形成「老師有教的才會，沒教的就不會」那種被動學習的心態。相對地，教師可利用網路教學平台提供豐富與方便擷取的學習資源，學生之間就容易產生合作和共享的自主學習氣氛，進而提高學習動機。

四、使用網路教學平台的缺點

不可否認，網路教學平台也有其限制，教師在使用過程中就遇到數次學校網路或電腦硬體設施故障，導致上課時無法開啟網路教學平台，而同學在家也會發生無法上傳作業或下載上課教材的情況。諸如此類技術上的問題，往往讓課程難以順利進行。另外，同學在受訪時也提到長時間看電腦對眼睛有影響，以及Moodle版面過於單調，與目前市面上的商業網站相比，顯然不夠花俏。例如同學說道：

> 很怕網頁壞掉，尤其這學期壞掉太多次，交作業查東西都非常麻煩。
>
> 如果有作業的話，希望老師能發紙本，對學生來說比較方便好翻譯，也不會因為一直要看電腦螢幕而覺得眼睛不舒服。
>
> Moodle版面很單調、死板，可改變一些設計讓它活潑有朝氣一點，就像現在很多blog的設計，有很多新花

樣，這樣我用的時候心情會好一點，也會比較想要常常瀏覽。

在教師與同學的使用經驗中，以網路或電腦設備的突發故障最令人困擾，但這是所有網路教學平台的致命傷，有賴於校方致力修繕維護設備，以提供穩定的網路學習環境。另外，學生對於Moodle設計風格的批評則似乎過於苛求，畢竟這是免費的非商業用軟體，除非有新版本的問世或者教師本身有技術能力修改軟體程式，否則也只能沿用目前既有的版面設計。

五、其他意見

教師在授課過程中觀察到同學在教學平台上聊天室和討論區的使用頻率相當低，不符合本課程強調在翻譯過程中多和同儕討論的要求。在訪談時同學針對此問題的回應竟是同學間已習慣使用其他電腦溝通或社交平台如MSN來作線上交談，其功能比Moodle更加方便快速，同學說：

> 因為MSN已經很方便，可以跟很熟的人討論。用Moodle就不知道別人什麼時候在網上，只能一個人在網上等。用MSN看到不熟的人就下來。而且可以兩個人或很多人一起討論都可以。

對於這門課程使用網路教學平台，同學還建議可以加強某些功能，但這些軟體程式設計的技術問題並非任課教師的能力所能及，不過仍可利用其他網路資源或不同方式來改善。例如同學建議：

> 在Chatroom等不到人，希望能post上問題，等其他人來回答，類似Yahoo或BBS的功能。以後還可以把這些問題收集起來，當作上課的教材。
>
> 類似Newsletter註冊會員那樣，然後它會寄e-mail給你說有什麼新消息，畢竟我們瀏覽自己的信箱的頻率一定高過主動去瀏覽網站，也不是說對網站沒有興趣，只是習慣一坐到電腦前就會先打開e-mail，而不是先打開Moodle，所以如果有e-mail告訴你有新消息就會去看。

在其他意見中可發現其實Moodle的有些功能是可被其他線上平台或工具取代的，尤其現在更有手機簡訊和臉書等線上社群平台，溝通討論非常方便。也就是說同學不一定要使用上課用的Moodle網路教學平台，也能達到溝通討論的目的。另外，Moodle現有功能中仍有部分未能滿足學生溝通上的需求。因此只要是在主動建構知識和合作學習的原則下，教師也可鼓勵學生使用其他線上學習資源或電腦軟體來輔助翻譯，當更能增進學生的學習效能。

陸、結論

　　網路教學平台採用社會建構的學習理論作為基礎，鼓勵師生在課程中形成一個學習社群，因此許多功能和活動都是讓學習者在線上與他人互動傳達訊息，包括同步與非同步的方式，以分享彼此習得的成果和資訊。如此的設計理念和教學環境其實相當適合實施筆譯的教學，畢竟筆譯的學習不在於追求客觀標準的知識，而是強調學習翻譯的各種不同可能性。透過Moodle網路教學平台能促進學生與教師以及與同儕互動，學生因為有彼此公開交流的機會，學習翻譯的動機相對提高，不但會更認真翻譯，也可從教師和其他同學對於自己的譯作得到回饋，進而建構並提升翻譯的技能和意識。雖然從教師的課堂觀察和學生使用經驗中發現，Moodle網路教學平台在筆譯教學上仍有一些限制和改善空間，但較之於傳統課堂筆譯教學已有相當進展，值得進一步深化其應用的可能性。

　　其實Moodle網路教學平台上的應用項目還相當繁多，可用於各種不同學科領域，而且使用者還可針對課程需求加以變化，全球使用Moodle的人士也常在官方網站上（http://moodle.org/）各種不同群組中分享他們課程設計的巧思和收穫。以上僅介紹筆譯教學上使用Moodle所嘗試的部分功能，該教學平台的潛力應該還有更多發揮的空間，但研究者自覺已獲致不錯的教學效果。

本文簡介如何使用Moodle從事筆譯教學的眾多資源、工具和活動，並探討研究者的授課經驗和學生的學習反應。筆譯教師可參考本研究使用Moodle網路教學平台的架構，也可在課堂上直接利用此教學平台上已設定好的網路資源和工具，並審酌本研究中學生學習後的回饋和建議來設計筆譯課程。期望透過更多筆譯教師的努力，並藉助日新月異的電腦科技，能持續為國內的翻譯教育開創嶄新的教學模式。未來亦可研究學生使用實體教室和Moodle網路教學的差異，並討論其學習角色和教學成效。蒐集資料的過程還可包括問卷調查或實驗等量性方法。未來研究也可再詳細審視學生的電子學習檔案（e-portfolio），包括其上課出席狀況、考試作業成績、譯文品質、軼事評註等更多元的方式收集資料，使我們對學生學習翻譯的過程和現象之了解更為周全。

第三篇　英語與翻譯教學

探討翻譯在外語教學上之應用

壹、緒論

翻譯與外語教學的關係極為密切。眾所周知,要成為譯者,優異的外語能力是不可或缺的條件;不過要學好外語,使用翻譯是否有助益則是人言言殊,甚至不同的外語教學方法對於翻譯所扮演的角色也有截然不同的看法。有的教學法視翻譯為外語教學上重要的練習活動和評量工具,但也有些教學法對翻譯敬而遠之,甚至禁止學生在課堂上使用母語或翻譯。正如 Malmkjær(1998)所言:「多數老師在語言教學上使用翻譯一事都會有自己的看法。」然而自廿世紀以降許多的語言教學理論和實務教學活動都傾向於在課堂上避免使用翻譯,以免學生的外語學習受到母語的干擾,產生外語錯誤或降低學習成效。

舉例而言,廿世紀初盛行的文法翻譯法(Grammar-Translation Method)中,翻譯是很重要的寫作練習,用以確保學生對外文理解的正確性。但其後發展出來的直接教學法(Direct Method)和六十年代的聽說教學法(Audio-Lingual Method)就將翻譯排除在課堂教學活動之外,直至目前最廣為

施行的溝通式語言教學法（Communicative Language Teaching）也鼓勵教師在教學上只使用外語來從事真實性和功能性的溝通活動，重視學生外語的流暢性，翻譯在此種教學法上沒有特別地位。許多外語老師仍認為學習外語最佳的方式就是直接用外語來思考，而無須再經過由母語轉化成外語的翻譯過程。

　　但如Zohrevandi（1992）指出，如果學生在練習外語時急需知道某些字的意義，而外語教師卻只是執意拒絕他們使用翻譯或母語，那學生在受挫之餘可能會對外語或對教學法產生負面的感受，甚至因而學習成就低落。而事實上，近年來因為認知學習理論和社會建構論等學習理論的興起，愈來愈多的研究也重新評估翻譯在外語教學上的角色，證實翻譯在外語教學上也能有許多正面的貢獻，並提高教師教學和學生學習的成效（Cook, 2010; Laviosa, 2014; Witt, Harden, & Harden, 2009）。可惜翻譯活動在國內外語教學上的定位一直未能釐清，因此本文旨在探討翻譯在各種外語教學法中所扮演的不同角色、翻譯在外語教學中所可能產生正面和負面的效應、以及如何有效地使用翻譯來增進外語教學的成效，俾便外語教師能對翻譯抱持比較客觀持平的態度，進而將翻譯整合至其授課內容，實施多元教學活動，以培植學子多方的語言技能。

貳、翻譯在各種外語教學方法上的角色

一、文法翻譯法

　　利用翻譯來學習外語可以回溯到羅馬帝國時期，而在歐洲中世紀時已相當盛行。原本古典的拉丁文是行政、教育、貿易、和宗教各領域的主要使用語言，到了十六世紀因為政治體制的改變，英文、法文、義大利文等地方語文逐漸受到重視而普遍使用，拉丁文的學習遂轉化成為學校課程的一部分，用以增進學生的心智和人格修養，以及研讀拉丁文典籍的能力。當時學習拉丁文最基本的方法就是背誦單字、修習文法、和翻譯的寫作練習，口語能力的訓練則付之闕如。直到十九世紀，此種方式已經成為一種標準的外語教學方法，並被稱之為文法翻譯法（Howatt, 1984）。

　　可是對許多外語學習者而言，文法翻譯法中卻是充斥無趣的文法規則以及嚴肅的文學性翻譯，鮮少顧及到日常生活中所需的用語，Catford（1965）曾直言文法翻譯法最主要的弊病就是教授「不良的文法和不良的翻譯（bad grammar and bad translation）」，亦即教授隱晦無用的文法規則和翻譯脫離文境的片斷語句，難怪文法翻譯法逐漸沒落。到了1940年代，由於國際間的交流溝通日益頻繁，強調外語聽說的能力比起讀寫能力日漸受到重視，而導致直接教學法和聽說教學法的興起。

二、直接教學法

　　直接教法學於廿世紀初於美國興起，當時的語言研究興趣集中在兒童如何學習母語的行為上，外語教育者有鑑於兒童學習母語的驚人成效，就套用母語的學習模式引為外語的教學方法。其基本原則就是禁止在課堂上使用翻譯，教師用外語教導日常生活用語以及解釋文法單字，學生只能像學母語般直接了解外語的語義和語法，不能經由翻譯的過程。

　　但是直接教學法無法說明語言具有規則的特性，也難以向學生解釋語言的結構，而禁止使用翻譯的規定也產生反效果，課堂上許多原本可以用翻譯有效率解決問題的情境，但教師必須浪費寶貴時間和精神使用外語講解，而學生卻仍一頭霧水、不得其解。尤其這些教學法必須倚重外籍教師或口語能力極佳的本國籍老師，師資來源是一大困難。

三、聽說教學法（Audio-Lingual Method）

　　聽說教學法源起於第二次世界大戰期間，由於美國在短期內亟需大量外語人才供作戰所需而快速發展，在1960年代達到最高峰。它是奠基於當時的結構語言學（structural linguistics）和行為主義心理學（behaviorist psychology）的學習理論，認為語言行為主要是經由仿效外界的語言刺激所培養成的一套習慣。其特點就是在教學上注入許多句型練習（pattern drills），要求學生重複模仿對話的範例，並透過視聽設備，強調發音的

正確性，增強（reinforce）學生接觸練習外語的機會，希望讓聽說外語成為一種自動的反應，無需經過思考。

聽說教學法與直接教學法一樣，認為母語容易干擾外語學習，因此不鼓勵在教學上使用翻譯，教師只使用外語，期使學生的母語干擾能降至最低程度。然而聽說教學法在編製教科書或教材時，主要仍是以學生的母語和外語間所做的對比分析（contrastive analysis）為依據，比較兩種語言結構的異同，相同的地方也許可以促進學生的語言轉移（language transfer），而迥異之處就可能是語言干擾的來源，因此聽說教學法雖然在課堂上施教時不使用翻譯，但翻譯對其教材的編製其實有很大貢獻。

可是聽說教學法的成效並不如預期理想，學生在課堂上重複所練習的機械性對話在實際生活中根本不敷所需，難以達到溝通的目的。在70年代其他的教學技巧也就應運而生。

四、社群語言學習（Community Language Learning）和暗示教學法（Desuggestopedia）

在1970年代，翻譯在兩種頗受歡迎的教學法中佔有重要地位，那就是社群語言學習和暗示教學法。社群語言學習體認到在外語學習時心理和情意層面的重要性，希望能消弭學習環境帶給個人的焦慮、競爭和衝突。典型的教學方式是請每位學生先用母語發言，再由老師翻譯成外語，接著學生複述外語。這些師生對話都會錄在錄音帶中，之後師生再一起檢視他們的語

言學習成果。過去許多學生在純粹外語的學習環境中常感到不安並遭受挫敗，甚至退縮而放棄學習；然而在社群語言學習課堂上使用母語，可以讓學生在學習上提高信心和安全感，老師幫學生翻譯他們不懂的詞彙，讓學生重複練習，漸次培養出直接說外語的能力。因此社群語言學習是藉由翻譯來降低學生在學習外語上的負面情緒，並照顧每位學生特定的學習需求，有助於創造一個安心和合作的學習外語環境。

暗示教學法則更強調學習外語時應保持輕鬆心態，主張可以使用大量的母語和翻譯，消除學生上外語課的恐懼感，進而建立自信心。最常用的教學技巧就是在舒適的課堂環境中，播放輕柔的背景音樂，老師使用本國語和外語對譯的教材，讓學生能容易理解教材內容的意義，並在需要時可以用母語來講解，讓外語學習成為快樂的經驗。換言之，社群語言學習和暗示教學法都是主張翻譯能幫助學習者利用母語的知識來克服學習外語的心理障礙，並減輕他們的學習焦慮。

五、默示教學法（Silent Way）和肢體動作回應法（Total Physical Response）

1970年代也有幾種教學法忽視翻譯在外語教學上的功能，例如默示教學法和肢體動作回應法都認為學生在學習上應該儘可能直接用外語思考，尤其是在初學的階段更應避免使用翻譯。

默示教學法使用特製的木棒和掛圖來引導學生學習外語，老師將單字寫在圖表上，用不同顏色的木棒代表不同的句型和

結構，至於意義的掌握主要是靠學生自己的覺察和推理能力，而非依賴翻譯。而在肢體動作回應法上，外語是透過肢體的活動來學習，學生必須注意傾聽老師的外語口頭指令，再以肢體反應出動作，很少有用到母語的機會。在上述的兩種教學法裡，教師都是有意阻止學生使用母語，因此翻譯也被視為不利於外語的學習。

六、溝通式語言教學法

由1970年代迄今，溝通式語言教學法蔚為外語教學主流，該教學法的目的是培養學生用外語溝通表達的能力，能在不同的社會情境下適切地使用外語。老師常使用實物透過角色扮演和解決問題等溝通性教學活動來達到學習目標。老師在教學活動中通常只使用外語，學生的母語翻譯在此教學法中並未佔有任何重要地位。

然而溝通式教學法也不是萬靈丹，由於它偏重於口語技巧的訓練，較適合學習第二語言（second language）的學生，可是對於學習外語（foreign language）的學生而言，可能閱讀和寫作的需求更加重要，溝通式教學法對此就較缺乏著力處。而且在外語學習的情境中不使用翻譯同樣會引發某些問題，Swan（1985a, 1985b）就批評溝通式教學法完全忽略學生所具有的母語技能和背景知識。畢竟學生在學習階段，外語能力仍屬有限，教師一昧要求學生在課堂上只能用外語去做角色扮演或小組討論，不但浪費時間，而且學生常常只是一知半

解，並且被迫只用外語表達反而會與他人溝通不良而備受挫折。因此Swan和Walter（1984）提出「後溝通式教學法（post-communicative）」的觀念，以認知學習理論的觀點強調母語並非學習外語的障礙，反而是學習上的一種可貴資源，學生能以他們學習母語的經驗和知識為基礎，發展使用外語溝通的知識和技巧。

參、翻譯在外語教學中的效應

一、翻譯在外語教學上的負面效應

　　廿世紀之交，所謂外語教學的「改革運動」（Reform Movement）開始對文法翻譯法發難，批評它忽視口語技能、教導片斷零碎的句子、鼓勵母語和外語間錯誤的對應（Howatt, 1984），之後才有直接教學法取而代之。廿世紀中葉之後，因為文法翻譯法在外語教學上迭遭致學界攻伐，翻譯活動本身也遭池魚之殃而被污名化，許多學者和外語教師都反對或誤解翻譯在外語學習上的效能（Bloomfield, 1961; Hartmann & Stork, 1964; Lado, 1964; Huebener, 1965; Gatenby, 1967）。如Bloomfield（1961）就批判：「翻譯註定會誤導學習者，不但因為不同語言間的意義單位是不相符應的，也因為學生在練習時受到母語形式的刺激，幾乎都會遺忘外語的形式。」Hartmann和Stork（1964）也指出用翻譯來教外語有個錯誤的基本假設，亦即認為若能在兩種語言間自由出入就會自動提高理解和使用外語的

能力，如此一來把翻譯僅視為一種語言輸入和產出的固定模式，容易造成字面翻譯（literal translation），而且學生為了懂得字義動輒必須翻查字典，學習外語的興趣很快就被扼殺，所以他們結論出翻譯的教學應該只限用於訓練譯者。筆者總結Danchev（1983）、Malmkjær（1998）和Zojer（2009）所提外語教師反對使用翻譯的立場如下：

(1) 翻譯使學生不願用外語思考，延遲其流利度和創造性語言的習得過程。

(2) 翻譯誤導學生以為兩種語言間呈顯簡單的字對字之對應關係。

(3) 翻譯剝奪老師和學生可以使用外語上課的寶貴時間和機會。

(4) 翻譯可能產生來自母語負面轉移的干擾錯誤。

(5) 翻譯是獨立於說聽讀寫四種語言技能之外的技能，僅適合用來訓練專業譯者。若過度使用翻譯，對教導其他四種語言技能會有負面影響。

(6) 翻譯是種不自然的語言，而且不適合當作外語測驗的題目。

(7) 強迫學生翻譯特定文本，會阻礙學生自由表達。

(8) 相對於循序漸進的外語學習活動，學生在從事翻譯時會面對更多難以應付的困難，可能導致缺乏系統性知識轉移、挫折感，乃致於最後令人失望的學習成果。

(9) 翻譯與理解文本有兩種完全不同的目的，翻譯並不重
　　視了解文本，因為其焦點不在外文上，而是在解決翻
　　譯問題上。

(10) 譯入母語是缺乏效率的習作，學生被迫將外語譯成母
　　語的作品通常相當拙劣。

　　從以上這些批評可見翻譯時常為主流的外語教學法所忽視
或甚而詬病，尤其一旦和文法翻譯法結合後，學生容易流於背
誦記憶孤立的單字翻譯，並用在句子上從事生硬的逐字翻譯，
導致句意不清或理解錯誤。證諸以往經驗，在外語教學上不當
地使用翻譯確實為師生帶來許多困擾，難怪有人望而卻步，提
倡直接用外語教學，鼓勵學生跳過用母語思考的認知階段。

二、翻譯在外語教學上的正面效應

　　但是從學習者的觀點來看，翻譯本是外語學習過程中難
以避免的一種認知活動，翻譯不但可以幫助學生理解、記憶、
和使用外語，也可降低他們的外語學習焦慮和挫折感，所以事
實上學生使用翻譯當作一種學習策略（learning strategy）來學
習外語的情況非常普遍。例如Naiman et al.（1978）在從事所
謂「優秀語言學習者（Good Language Learners）」的研究時發
現，這些成功的學習者常用的學習策略之一就是審慎地將外語
翻譯成母語，並有效地比較兩種語言間的異同。而O'Malley et
al.（1985）則是調查英語學習者學習策略的使用頻率，結果在
11種認知策略中，翻譯的使用就佔了11.3%，名列第四位，比

例相當高。另外Marti Viano和Orquin（1982）也報告西班牙兒童學習英文字彙時，翻譯是了解字義最有效的工具。可見學生使用翻譯學習外語的頻率相當高。

在外語教學上，翻譯也常作為外語練習和測驗的方式，幫助學生釐清語義和認清自己學習上的弱點，還可以體會到兩種語言文化間的差異。所以Catford（1965）主張翻譯只要使用得宜，而且若老師能了解它的本質，翻譯其實是很好的教學技巧。而Danchev（1983）和Zojer（2009）指出翻譯對於外語教學能有以下的正面貢獻：

(1) 母語和外語間自然清楚的比較，有助於學習者解譯困難的外語結構和元素，亦可增進母語程度。

(2) 快速而有效的理解和控制，並除了不必要的語義曲解錯誤外，翻譯可滿足學習者以母語語義再現的內在需求。

(3) 翻譯可作為一種認知工具來提高學生對於語言對比的覺知，對治學生從母語結構直接轉移全外語的傾向，進而克服母語轉移之干擾。

(4) 翻譯可評量學生對於文本、句法和語義的理解程度，是評估語言產出技能的有效工具，包括文法的細部理解和複雜文本的整體理解。

(5) 翻譯不僅提升學生的第二語言能力，亦能增益對語言的反思，了解語言的功能、語言與思想和文化等關係。

(6) 翻譯有助學生系統地習得重要轉換技巧，適切使用單語和雙語辭典或其他資源。

(7) 翻譯或詮釋技能在許多專業或個人語言使用情境中都很重要。

可見翻譯作為母語和外語轉化間的中介活動，對學習外語而言亦有很大貢獻。再者由於近廿年來認知主義和社會建構主義學習理論的興起，外語老師也較能跳脫以往以行為主義視外語學習為習慣養成的窠臼。認知學習理論認為外語學習不是外在語言行為的模仿複製，而是學習者內在心智能力有意識的創造，所以外語教學應該要設計有意義的語言使用情境，鼓勵學生本著語言規則去發揮語言的創造力。而Chellappan（1991）指出翻譯是外語認知的一種基本模式，只要涉及第二語言的習得，就經常會發生從第一語言到第二語言的翻譯，學習者必須重新組織原文的意義，再用譯文表現，其實這是個複雜的認知過程，包括學習者必須先提出假設性的翻譯、測試這些假設的對錯、再修訂原有的假設，整個解決翻譯問題的工作可以增加學生對外語學習的敏感度。

社會建構主義則主張知識學習不是靠被動的灌輸，而是學習者主動和他人共同建構而成。Vygotsky（1978）提出學習就是引發學習者潛能的歷程，初學者能獲得知識較豐富者的引導和支持，透過互動而幫助彼此的認知發展。例如在課堂上使用母語和翻譯來完成外語的練習，極大程度是依賴學生和老師彼此間利用他們的背景文化知識及既有的語言技巧共同建構出來的成果，Donato（1984）的研究就描述了美國大學生在上法文課時，程度不同的同學透過翻譯和團體鷹架支持

（collective scaffolding）共同學習，過程中每位同學對問題的理解和處理能力不同而都有各自的貢獻，進而促進彼此的學習成效。

如今愈來愈多的外語教育者已逐步接受翻譯究其實是一項相當複雜的認知行為和社會活動，近年來肯定翻譯在外語教學上具正面貢獻的論文和研究更有日增的趨勢，值得外語教師捐棄傳統對翻譯的成見，深入探究在課堂上使用翻譯的可能效益（Chen 2000; Cook, 2010; Laviosa, 2014; Perkins, 1985; Tudor, 1987; Zohrevandi, 1992）。

肆、翻譯如何增進外語教學成效

一、整合翻譯和溝通式教學法

很多外語老師不喜歡在教學中使用翻譯，是因為不想重蹈傳統文法翻譯法的覆轍，只是讓學生背單字文法和做翻譯練習，何況文法翻譯法也無助於提升學生的口語溝通能力。但是翻譯作為一種教學技巧（technique）或活動（activity）並不等同於文法翻譯的教學法（method），其實翻譯也可以應用在其他的教學方法，目前已經有許多學者建議將翻譯整合到溝通式語言教學法中。例如Tudor（1987）論道：「翻譯傳達跨語言和跨文化的訊息，是種最佳的溝通活動，應該比現行的教學情況更為廣泛使用。」他認為翻譯練習不僅要「以意義為中心（meaning-centered）」，也要「以接收者為中心

（receptor-centered）」，所傳達的訊息才能跨越語言和文化的界限。另外Titford（1985）認為學生在經過基本的溝通性語言的訓練後，翻譯是種最佳的後溝通式活動（post-communicative activities），可用以鞏固學生之前所學過的語言技能。傳統的翻譯活動中，學生通常是記憶個別的外文單字和對應的翻譯，再以母語去理解外語的文法解釋，而課堂的練習往往是就片段的句子逐字翻譯。然而現在我們若欲將翻譯整合到溝通式語言教學法中，就必須視翻譯為語言溝通的工具，用翻譯來照顧溝通的需求。而且Husain（1994）也主張在「後溝通式教學法」中應該注入像翻譯這種歷久彌新的教學技巧，他提出幾個在溝通性外語教學法中使用翻譯的原則：

(1) 學生應該大量接觸外語，而且在教學中可以審慎地使用母語。

(2) 教學活動同時注重語言表達的正確性和流暢性。

(3) 老師要為翻譯活動提供適切的上下文（context），不能再像傳統的文法翻譯法般只以單句為翻譯的單位。

(4) 以溝通能力為教學目標，聽說讀寫四項技能都不能偏廢。

(5) 以歸納法教授文法，有別於文法翻譯法所用的演繹法教學。

(6) 翻譯的材料必須實際而且配合時宜，避免使用過時和生硬的教材。

(7) 用翻譯來突顯母語和外語間的同異。

足證翻譯和現行最受歡迎的溝通式語言教學並非相互排斥，而是相輔相成。近來外語教學理論已將翻譯視為一種實務的溝通技能，而非只是傳統觀念上的逐字直譯，落實在教學上更能配合不同語言技能和教材主題作彈性使用。所以翻譯可以彌補溝通式教學法在語言結構和讀寫技能上教學的不足，而溝通式教學更可協助翻譯在跨越語言文化障礙上扮演更靈活的角色。

二、國外外語教學使用翻譯的研究

翻譯並不必然是外語學習的最終目標，但翻譯卻可以是絕佳的外語學習資源和工具，學生可以據以了解外語文法、增進字彙、理解篇章、甚至有助於培養聽說技能。例如Zohrevand（1992）把學生分組，每組都分配幾個母語的單字和片語，學生必須在規定的時間內將這些單字片語翻譯成英文，並據以寫成一篇簡短的英文會話，每組同學都要經過腦力激盪式的討論才能解決語言、語境、和文化差異上的困難，最後每組都要口頭演示他們的會話，表現最優秀的一組會給予獎勵。Zohrevandi還建議其他的翻譯活動，包括請學生用錄下英語會話和母語的翻譯，再請其他同學作語義、語法、和語用上的分析；或讓學生翻譯英文影片或戲劇，之後再請學生用英語演出這部戲；或分組讓學生扮演逐步口譯員的練習。這些整合性的教學活動不但可以增進學生讀寫聽說的溝通性技能，同時也能訓練學生根據語境和語用來找出恰當的翻譯。

Levenston（1985）也認為在溝通式教學法中，翻譯是種有效的教學技巧和語言評量工具。他建議教師可以在課堂上使用口譯來做角色扮演的活動，例如有同學可以扮作外籍觀光客，到了郵局碰到不會說英語的職員時，可以由另一位同學居間擔任口譯的工作；或讓同學扮成外籍人士在車站時不知如何搭車，而其他同學就可以英語口譯來幫助這位「外國友人」，達到溝通的目的。這些都是日常可能遇見的自然情境，當然活動也可以再擴充到其他的公共場合如街頭、餐廳、機場、或百貨公司等。而英文程度不同的學生也可以根據語言需求和場合功能扮演不同角色，使每個人都有揮灑能力的空間。

另外，Kramsch（2009）主張語言是種符號系統，學習多種語言就可發展符號自我（symbolic self）、增進符號能力（symbolic competence），有意識地認清自己在這多元文化社會裡的定位。會說外語並不僅只代表會使用某一標準的國家語言系統，而是能夠以全新方式看待自己的符號自我。Kramsch建議在高階外語班使用翻譯，因為翻譯可有效探索不同符號系統間的關係以及它們在發送者與接收者心目中所引發的聯想。不過Kramsch也澄清她所謂的翻譯不是文本（text）與文本的轉移，而是思考以某情境（context）取代另一情境的可能性。而情境即是整全的生態（ecology），文本只是此生態的一部分。翻譯在Kramsch的教學法中可用以提升符號能力，對於語言的客觀指涉和主觀建構意義皆可有深層了解，角色相當重要。

至於在翻譯的教材上，Tudor（1987）建議不要再侷限於傳統的文學翻譯，可以配合語言課程的教學目標和學生的專業需求，舉凡新聞、商業、法律、社會、科技甚至廣告都可作為翻譯的題材，重點是需要多元化和生活化的教材，使同學得以練習翻譯不同專業的實際用語，同時開拓更寬闊的知識領域。

三、臺灣外語教學使用翻譯的研究

　　國內的英語教師也曾從事在教學中使用翻譯的實證研究，皆獲致正面的效果。例如Hsieh（2000）在英文「字彙與閱讀」課中請同學分組將英文文章翻譯成中文，接著以口頭報告方式解釋他們是如何翻譯特定的關鍵字彙和句型結構。期末的問卷調查和學習成就後測（post-test）證實翻譯不但可增進學生的英文閱讀理解能力、閱讀策略、字彙量和文化背景知識，同時也讓同學意識到中文表達的重要性。

　　在英語的閱讀和文化教學上，Chan（2000）認為平行研讀原文和譯文是種有效的教學策略，學生對原文若有理解困難時，閱讀譯文會比翻查字典更有幫助。她建議在教導高階學生時，可以使用中國文學作品的英文翻譯，讓學生能夠學習使用英文來表達他們已經很熟悉的文化概念，學生在讀英文譯本時甚至會發現原先讀中文時所忽略的意義。

　　另外從中英兩種語言的對比分析出發，Huang（2003）認為使用交叉翻譯（cross-translation）的練習可以加強學生對於英語慣用語的認知。Huang請學生將中英雙語童書的中文翻譯

成英文，再把其譯文與書中的原文作比較分析，遇有不同或困難的譯文就劃線標記，如此學生可有意識地注意到其譯文和原文的異同。比較完後再進行小組討論和教師指導，以解決同學翻譯上的疑難和中式英文（Chinglish）的寫作傾向，進而增益其跨語言意識。

而Liao（2002）在調查臺灣大專生使用翻譯的學習策略時也發現，在英文課堂上的小組討論時，若老師強迫學生只能用英文討論，同學因為英文表達能力不足，顯得非常缺乏信心且沉默寡言；但若老師允許同學同時使用中英文來討論，氣氛頓時熱絡起來，同學如果有英文表達上的困難，其他人也會主動幫忙翻譯，使得意見的交流更為順暢持久，足見翻譯也能增進團體成員間外語溝通的目的。

另外，沈耿立（2014）探討臺灣的國中師生在英語課堂的各種翻譯行為，以及他們對於翻譯抱持何種態度。研究者先利用課堂觀察和訪談了解英語教師在教學上使用翻譯的行為和態度。再利用問卷了解國中生學習英文時使用翻譯的行為和態度。結果發現教師在課堂上有多種翻譯的教學行為，但是對於全英語教學仍抱有憧憬，其態度和行為有些矛盾。而學生多數相當依賴翻譯學習英文，不過也呈現心態與行為矛盾的現象，例如英文成績越好的學生在學習行為上越常使用翻譯，但是在心態上卻越排斥翻譯，值得我們注意。

國內外的研究皆已證明翻譯只要運用得宜，無論是在說、聽、讀、寫、字彙、閱讀、文化教學、專業英語和溝通技能上

都可以增進外語教學效果，以上所舉國內外課堂上的教學例證也都可作為教師施教的參考。總結言之，翻譯原本就是學習外語的一種自然認知過程，應該可以和其他外語教學法整合，尤其是運用在目前最流行的溝通式教學法中，成為一種有目的和有意義的教學活動，舉凡選用實際的材料如報紙、雜誌、甚至影視節目讓同學翻譯，同學譯完後可以作角色扮演或幫影視節目配上外語發音；或者在教室中設定場所和情境讓同學練習擔任口譯員解決外語溝通問題等，這些活動都能讓學生覺得實用和有趣，當然最重要的是需要教師施教前的充分準備，而且師生對於翻譯的矛盾心態也要調整，才能達到預期的成效。

伍、結語

　　許多臺灣的外語教師相信學生只有在學習的初期才需要依賴翻譯，到了大專院校應該直接使用外語來思考學習。但學習者在外語能力有限的情況下，往往必須訴諸於他們的母語來做兩種語言間的意義轉換，只是課堂上學生需要翻譯的學習需求卻常常和教師對於翻譯的負面信念相互抵觸，造成學生不必要的學習焦慮和壓力，但這種抵觸其實在學習理論和教學實務上是可以消解的。

　　本文想要闡釋，從認知主義和社會建構論觀點來看，學生在外語學習的過程中使用翻譯實是難以避免的心智認知和社會交流活動。另外根據國內外許多的實證研究報告，在外語教學

上使用翻譯是種頗具價值的資源和工具，可以提高教學成效。但要注意的是，在教學上使用翻譯並非是要重返過去文法翻譯法的老路，也不是要鼓勵學生多用翻譯來學習外文，而是特別指出翻譯活動可與目前盛行的溝通式語言教學法結合，增進學生外語的溝通能力。事實上，許多學生未來在職場上很有可能會碰到需要翻譯的情況，例如跨國企業經常會要求員工從事筆譯或口譯的工作，而且臺灣追求國際化的過程也需要能在兩種語言出入自如的外語人才。所以外語教師無須完全避免在課堂使用翻譯教學或禁止學生使用翻譯學習外語，反而應該多加留意學生對於翻譯的策略性使用，並將有助教學的翻譯活動納入教學內容，同時也提醒同學注意使用翻譯的負面效果如母語干擾和字面直譯等，如此一來學生的外語能力不僅能夠提升，也可得到多元的發展。

論翻譯在外語學習上之角色

壹、緒論

　　臺灣為順應全球化的洪流、追求與國際社會接軌，學習英語早已形成一種全民運動，從政府到民間莫不戮力強調英語教育的重要性。但是在學習英語的過程中，學習者往往被鼓勵不要使用中文思考或藉助翻譯學習，從教育部引進大批英語母語之外籍師資至國內中小學任教，到兒童英語補習班的家長偏好山金髮碧眼的老外教英語等現象，在在透顯出目前多數國人對於英語教學的思考仍是奠基於廿世紀60年代盛行之行為主義的學習理論，認為學習外語無異於養成一種行為習慣，學習者只要仿效外國人提供的大量語言輸入即可竟全功。所以只有外籍教師使用全外語的教學才能提供學生最理想的學習環境，學生學習外語就要如同學習母語般直接地理解和創造，最好不要經由翻譯的過程。而老師在課堂上也常常灌輸學生不要透過翻譯學習外語的觀念，擔心學生會受母語習慣的干擾而無法學到標準的外語。因此翻譯在外語學習上向來似乎被視為是種「原罪」，若是想要學好外語就得以該外語思考，使用翻譯只會拖

延學習的時程，甚至造成學習的障礙和錯誤。

但自廿世紀70年代以降，認知主義和社會建構論等學習理論興起，許多語言教學研究者已經發現學習者學習外語並不僅僅是模仿外界提供的語言刺激，而是在接受語言刺激後利用他們的先備知識（prior knowledge）主動思考來歸納語言的規則，以及與他人互動來共同建構使用外語的知識和能力。另外從第二語言習得領域中的研究證實，學習者的母語並非造成外語學習困難和錯誤的主要因素，反而母語能力愈好的人往往在外語學習上會善用母語的知識技能，因而外語也有較佳的表現。

上述語言學習的觀點為翻譯在外語學習過程中提供全新的詮釋與定位，例如House（1980）把翻譯提升為學習外語說、聽、讀、寫四種技能之外的第五種技能，劉宓慶（1997）主張翻譯是一種利用其他四種基本語言技能的綜合性專門技能，而Eppert（1977）也主張學習者一旦習得第二語言，他們就成為潛在的翻譯者，可知翻譯與外語學習間的關係極為密切。可惜許多外語教師在教學上仍抱持傳統迴避翻譯唯恐不及的態度，導致學生間也充斥翻譯為不良學習方法的信念。因此本文希望能釐清翻譯與外語學習的關係，探討翻譯在外語學習上所能扮演的正面角色，特別是將翻譯視為一種外語學習策略，並援引國內外學者的實證研究成果，探討學習者如何使用翻譯來增進外語學習的成效，以強調說明翻譯在實質上也是種有效的外語學習資源和工具。

貳、翻譯與外語學習

一、翻譯與外語學習的關係

　　就翻譯與外語學習的關係而言，根據Wilss（1982）對翻譯能力（translation competence）的描述，必須具備（1）來源語的接收理解能力（source language receptive competence），（2）目標語的再製表達能力（target language reproductive competence），和（3）兩種語言訊息的轉換能力（a supercompetence reflecting the ability to transfer messages between the two languages）。可知優異的外語能力是培養翻譯能力的必備基礎，亦可說外語能力是翻譯能力的必要條件，但並非充份條件，因為要成為一位傑出的譯者除外語能力外仍需倚重其母語和跨語言溝通的能力，這也能解釋為何精通外語的人士不見得就能勝任專業翻譯的工作。

　　另外從相對的面向來檢視翻譯與外語學習的關係時，可先了解所謂外語能力的內涵。Canale和Swain（1980）將外語溝通能力（communicative competence）分析為四種能力：（1）文法能力（grammatical competence），（2）語篇能力（discourse competence），（3）社會語言能力（sociolinguistic competence），和（4）策略能力（strategic competence）。這個定義並未包含翻譯的能力在內，可見翻譯的能力雖是外語能力的充份條件，但卻非必要條件。也就是說，具備傑出翻譯能

力的人士應該同時也擁有優秀的外語能力，但是為培養外語能力並不是非依賴翻譯能力不為功，而是仍有其他學習的管道和方式來發展外語能力，所以許多教師向來忽略翻譯在外語學習過程中所能扮演的角色。但以上的論述並不能引申為翻譯會妨礙外語學習，甚至即否定翻譯在提升外語學習上的地位。雖然翻譯未被視為組成外語溝通能力的指標，可是透過翻譯卻能有效增進上述的四種能力，而對外語學習提供正面的成效。

二、翻譯在外語學習上的定義

要探討翻譯在外語學習上的地位，首先應對翻譯有一基本的界定。事實上，翻譯活動在不同情境下會有特定的定義和內涵，例如Jakobson（1959）認為文字符號的詮釋有三種方式而將翻譯區分為（1）語內翻譯（intralingual translation）：使用同一種語言中的符號來解釋其他符號；（2）語際翻譯（interlingual translation）：使用某種語言來解釋另外一種語言的符號；（3）符號翻譯（intersemiotic translation）：使用非語言的符號來解釋某種語言的符號。這是種廣義的定義，一般還是以語際翻譯作為討論的範圍。再如Catford（1965）以語言對比分析的觀點視翻譯為：「以另一種語言的對等語料取代原文的語料（the replacement of textual material in one language by equivalent material in another language）。」而提出動態等值翻譯觀的Nida 和Taber（1969）則定義翻譯為：「在譯文中再製出與原文訊息最貼近的自然對等語，首務是譯出其意義，其

次是風格（reproducing in the receptor language the closest natural equivalent of the source-language message, first in terms of meaning and secondly in terms of style）。」並以譯文讀者應獲致與原文讀者相似的反應或效果作為翻譯的標準，稱之為「功能對等」（functional equivalence）。另外，德國翻譯學者Vermeer（2004）則提出翻譯目的論（skopos theory），主張以譯作的目的來決定翻譯的方法，達到譯文所設定的功能。綜言之，翻譯活動基本上是種母語與外語間意義的轉換工作，在考慮讀者對譯文閱讀需求和文本功能的前提下，把一種文字的思想內容用另一種文字的形式儘可能準確完整地表達出來。

然而當翻譯作為一種學習外語的技巧（technique）時，其定義與作為轉換意義和傳達訊息的翻譯即有極大的區別（Newmark, 1988）。從外語學習的角度出發，與上述從翻譯研究的立場來檢視翻譯活動相較，就會有不同側重的觀點。例如Oxford（1990）把翻譯視為：「在語文的各種層次包括單字片語直到整篇文本，將目標語的表達方式轉化為母語，或將母語轉化為目標語（converting the target language expression into the native language at various levels, from words and phrases all the way up to whole texts; or converting the native language into the target language）。」另外Chamot 等人（1987）描述翻譯行為是：「使用第一語言為基礎以理解和／或表達第二語言（using the first language as a base for understanding and/or producing the second language）。」筆者則嘗試對翻譯作為一種外語學習策略作出

如下的定義：「在語彙與語法的層次上，使用一種語言作為理解、記憶、或表達另外一種語言的基礎，並且可在目標語和原文之間雙向進行（using one language as a basis for understanding, remembering, or producing another language, both at the lexical level and the syntactic level, and also in either direction from the target or the source language into the other language）。」

三、翻譯是否會干擾外語學習

　　翻譯活動基本上是種母語與外語間意義的轉換工作，通常需要藉助大量的母語先備知識才能完成外語的翻譯。許多外語教師反對學生在學習上使用翻譯，最大的隱憂即是來自於母語的干擾，擔心學生的中文習慣會轉移到外語的理解和表達上。然而第二語言習得的理論和研究證實，許多外語學習上的困難和錯誤不能完全歸咎於學習者的母語，例如Dulay和Burt（1973）的研究指出以西班牙為母語的兒童在學習英語所犯的錯誤中，僅有3%是源自於母語的干擾，而其餘85%是屬於發展性的錯誤（developmental errors）。因此在外語學習上使用翻譯確實會帶來某種程度的母語干擾，但情況並不如一般人想像中的嚴重。

　　而且近數十年來第二語言習得理論的發展，已經由早期完全拒斥母語的使用、演進至目前重新評估母語在第二語習得過程中所扮演的角色。例如Ellis（1985）認為外語學習者往往在有意識或無意識間都會使用母語作為知識來源以篩選第二語

言的語料，有助於第二語言的發展。在過去，母語常被視為會干擾第二語言的習得，但Corder（1981）卻主張母語具備調解（intercession）的功能，可進而形成一種外語溝通的策略。由這些觀點來看，學習者的母語對其第二語言習得發展其實有其正面貢獻。另外McLaughlin（1978）和Taylor（1975）皆認為在外語學習上使用母語是很普遍的心理認知過程，學習本即是藉助先備知識以促進新知識的取得，當學習者在表達外語因欠缺足夠的目標語知識和資源而產生困難時，自然就會訴諸於其母語來彌補語言知識上的不足。這也能解釋為什麼外語程度愈低者愈需要訴諸翻譯，就是因為他們缺乏外語的知識。但是當學習者的外語能力提高，母語的影響相對也就會愈小，自然就會降低對翻譯的依賴。

更何況在翻譯過程中若能作到明確的雙語對比分析，反而可以使學習者在語言轉換中更有意識地排除母語的干擾，進而增進外語技能。劉宓慶（1997）就指出在雙語對比的翻譯中，學生可以借助母語的交流模式獲致語言轉換的直觀信息，而在目標語的學習上有更積極的疏導。吳潛誠（2011）也有相同主張，他認為學習外語本身就是一種翻譯活動，學習者總是在有意或無意間將母語的觀念轉移到外語上。但天下畢竟沒有兩種完全相同的語言，若逕自把母語轉換成外語，難免會產生錯誤，而要避免母語干擾的方法可從兩種語言的翻譯對比分析入手，由語法、詞彙、生活習慣、文化背景、思維模式等各方面體察兩種語言之間的異同。

實際上翻譯也能為外語學習提供相當的助益。翻譯時學習者必須先理解原文的意義，重新組織後再用譯文表現出來，這其中包含複雜的認知過程，可以有效培養學習者對外語的敏感度。因為翻譯是有目的地處理文本間訊息的活動，是種解決問題的工作，學習者需要利用他先前習得的語言基模（language schemata）、內容基模（content schemata）、和文本基模（textual schemata）（Rumelhart, 1980），對原文提出某些預測和假設性的翻譯（forming hypotheses），接下來必須證實這些假設是否合理，最後再加以修訂。所以Chellappan（1991）認為翻譯與認知主義的學習理論有密切關係，能讓學習者意識到兩種語言系統間的差異，尤其是在語言對比分析上使用翻譯，更有助學習者理解外語的文法結構。

　　簡言之，依照認知主義的觀點，外語學習並不是被動模仿語言刺激的習慣行為，而是學習者對於語言輸入主動的過濾，利用現有的認知結構來創造語言使用的意義。也就是說，學習新的語言必須經由學習者主動的心智過程與既有的語言結構整合，成為新的語言知識。而母語的翻譯正是學習外語時一種難以避免的心智認知活動，學生自然而然常把翻譯當作一種學習策略來學習外語，而從日益增加的國內外研究文獻看來，學習者不但使用翻譯學習外語的頻率相當高，而且在增長各種外語技能的表現上亦頗具成效（Chamot et al. 1987; Liao, 2002; Marti Viano & Orquin, 1982; Naiman et al., 1978; O'Malley et al., 1985; Politzer, 1983; Witt, Harden, & Harden, 2009）。

參、外語學習策略

一、何謂外語學習策略

　　過去外語教學的重心都集中在教學方法和教材的研發上，而較少關注於學生個人的學習發展。但自1970年代以後，外語教師和研究者逐漸體認到，沒有一種教學法能真正在課堂上帶來普遍性的成效，反而是有些學生不論在何種教學法中都能展現良好的學習成果。於是研究者開始把研究的焦點轉移到學生學習的個別差異和特質上，發現使用有效學習策略的學生往往能取得較高的學習成就，同時成功的外語學習者通常也選用各種學習策略來因應不同的學習情境，因此對外語學習策略的研究和推廣也就逐步演變為外語教學界重要的主題之一。

　　目前對於學習策略的定義相當分歧，其中較為外語教學界普遍接受的是Oxford（1990）所提供如下的定義：「學習者所採取的特定行為，使其學習過程更容易、更快速、更愉悅、更主動、更有效率、以及更易轉移到新的學習情境。」後來Cohen（1998）則更進一步說明學習策略是「學習者有意識所選擇的學習過程」，而這過程會促使學習者「採取行動來儲存、保留、回憶、和應用其所學的第二語言或外國語言知識，以提高其語言能力」。Cohen的定義強調學習者的學習意識在選用策略上的重要性，用以區別其他非策略性的學習行為，使外語學習策略的意涵更加明確。

二、外語學習策略的分類

　　學習策略的研究主要集中在學習者所使用策略的確認、分類、分析、以及策略的使用訓練，早期的研究在廿世紀70年代是由研究者觀察和記錄所謂「優良語言學習者」（good language learner）的學習行為（Rubin, 1975; Stern, 1975）。後來O'Malley和他的同僚訪談學生而確認26種英語學習策略並區分為三大類：認知（cognitive）、後設認知（metacognitive）、和社交情意（social-affective）策略。直至1990年Oxford提出更完備周詳的分類體系而受到研究者的歡迎，她把學習策略先分為兩大類：（1）與語言學習行為有直接相關的稱為直接策略，之下再分為三個範疇分別為記憶（memory）、認知（cognitive）、和補償（compensation）策略；（2）至於管理學習行為的策略就稱為間接策略，也再續分為三個範疇分別為後設認知（metacognitive）、情意（affective）、和社交（social）策略。

　　簡而言之，記憶策略係指快速儲存、檢索和提取腦中訊息的方法，可透過建立心理聯結、運用意像與語音等來輔助記憶。認知策略主要是操控或轉換語料以增進理解認知，主要的策略包括外語練習、分析、推論、和重新組織資訊。補償策略乃是學習者在外語知識不足的情況下使用特定方式來理解或表達外語，以彌補所學有限的外語文法和字彙能力，常見的策略有推論猜測、迂迴陳述、逐字翻譯、和肢體語言等。後設認知

策略是提供學習者管理認知過程的心理運作，例如計劃、監控其學習行為，並於學習活動完成後作自我評估。情意策略旨在使學習者控制調整個人的學習動機、情緒、態度、和價值觀，主要的策略包括降低學習焦慮、隨時鼓勵自己、和撰寫學習日記等。最後的社交策略則是指與他人互動以輔助學習的策略，例如請教別人問題、與人合作學習、培養對不同文化的同理心等（O'Malley et al., 1985; Oxford, 1990）。

三、外語學習策略的訓練

一位優秀的外語學習者應能配合其學習情境和語言技能發展，善用多元的學習策略，而非固著於某類策略的使用，才能有效率地提升學習成效，因此如何使學生體認到廣用學習策略的重要性，以及訓練或教導他們使用這些策略就顯得格外重要。Cohen（1998）指出學習策略的目標有二，一是明確教導學生發展個人適性的策略系統，增加其學習外語的效率，進而提高語言能力；二則是鼓勵學生的自主學習，學生得以自行選擇學習策略，並評估策略使用的效果，為自己的學習行為負責。

在外語課中也可以實施學習策略的訓練，研究者已提出許多訓練外語學習策略的架構和指導方針（Oxford et al., 1990; Chamot & O'Malley, 1994），主旨皆在訓練學生在學習外語上採取主動和承擔責任。首先教師應幫忙學生找出他們目前常用的學習策略，再由教師示範如何運用新的學習策略，最後再輔導學生發展出個人最有效的學習策略系統，而教師在訓練的過

程中只是擔任引導和提供資源的角色，學生可以自己決定要學什麼以及要如何學。而一旦外語教師體認到翻譯也是一種有效的學習策略，不妨也可將翻譯活動整合至訓練學生學習策略的課程中，以提供學生更多元的學習方法，相信也更能因應外語學習上各種不同情境的學習要求。

肆、翻譯是一種有效的外語學習策略

一、以策略類型而言

許多外語學習策略的研究者往往把翻譯歸類為一種認知策略，主要功能是運用母語作為心智處理的基礎，以接收、分析、操控、與轉換其目標語（Chamot & Kupper, 1989; Chamot et al., 1987; O'Malley et al., 1985; Oxford, 1990），這也是外語學習者普遍使用的典型策略。如Danchev（1983）就主張在外語學習上使用翻譯可快速有效地分析和理解複雜的外語結構。然而筆者認為如此的分類對翻譯在外語學習中所能提供的功能似乎稍嫌狹隘，證諸其他學者的研究成果，其實翻譯也能作為記憶、情意、社交、和補償學習策略，協助學習者更有效率、更多元化地學習外語。

例如在記憶策略的使用上，Liao（2002）和Chern（1993）指出臺灣的大專生時常在英文教科書上寫下中文翻譯和重點以幫助他們記憶英文字義和課文內容。儘管部分英文教師可能不樂於見到學生如此做，但Liao與學生的訪談後發現，多數學生

均表示使用中文翻譯協助記憶，是他們在目前英文程度有限的情況下不得不採用的方法，且事實上他們也覺得頗具學習成效。另外，Prince（1996）的研究證實使用翻譯可以讓學生更容易回想起所學過的英文字彙，記得的字彙量也較多。

　　以情意策略而言，使用翻譯可以降低學習者的外語學習焦慮，Wenden（1986）在訪談成人英語學習者的策略使用時發現，這些受訪者在開口說英語時通常都會感到緊張或害怕，而他們在此種情緒不安的情境下所採取因應的策略，就是在心中先使用母語來構思造句，接著再翻譯成英語表達出來。這項策略至少可以緩和學習者面對使用外語時的負面情緒，以求更為平穩的表現。而在外語教學方法中，社群語言學習（Community Language Learning）和暗示教學法（Desuggestopedia）的教學原理也是相信在課堂上讓學生使用母語和翻譯來學習外語可以提高其自信心和安全感，減輕學習焦慮，進而增加學習動機。

　　就社交策略言之，學習者在學習過程中互相切磋琢磨，透過母語或口頭翻譯來請教問題或與他人合作，亦有助增加個人學習所得。Donato（1994）的研究就描述了美國大學生上法文課時經由同儕間的「對話引導支持」而完成法文的翻譯，其間每位學生都分享自己具備的外語知識而讓彼此獲益。Cheng（1993）則發現臺灣大學生使用翻譯合作學習以閱讀科技原文教科書的現象，在面對大量英文閱讀作業時，同學間會分配章節閱讀並翻譯成中文討論，以利相互對課文的理解。以上兩

種學習過程中翻譯可視為一種學習外語的語言鷹架（linguistic scaffolding），外語能力是由同儕之間的互動共同建構而成，而學習遲緩者獲得學習較佳者的引導和支持，外語認知能力也因而更上一層，相當符合社會建構論的學習模式。

　　至於補償策略是指使用翻譯來輔助學習者外語能力不足之處，以達成所要求的外語工作。Kobayashi和Rinnert（1992）針對日本大學生學習英文寫作的研究指出，程度較差的學生通常會使用許多補償策略來解決英文寫作的難題，其中包括使用母語來構思和組織文章，再尋求教師、同學、或參考書籍協助將其翻譯成英文，以完成英文寫作的作業。另外在口語溝通上，Dörnyei（1995）把字面翻譯（literal translation）列為一種補償策略，外語學習者常因口說技能不足，但在和外國人溝通時又不願因詞窮而中斷，遂將其母語的字彙、成語、或句型直接翻譯成外文，即使譯得不夠精確道地，但在不妨礙詞意傳達的前提下，溝通過程往往仍能有效持續進行，最後達到溝通的目的。

二、以語言技能而言

　　學習者在學習外語技能的過程中常使用翻譯，雖然不免產生母語干擾的情況，但諸多研究證明實質的整體學習成效仍有提高。在學習英文寫作上，Friedlander（1990）發現華人在英文寫作時往往腸思枯竭無法下筆，但若允許他們先用中文構思撰寫大綱後再翻譯成英文，其作品在組織、想法、細節描述上往往比較流暢。Kobayashi和Rinnert（1992）以日本大學生為研

究對象時也有類似的結論，學生透過日文翻譯寫成的英文文章比起他們直接用英文思考寫成的文章在內容、風格、和句法複雜性上的評分都較高，學生也表示使用翻譯可以幫助他們表達抽象知性層次上的想法和意見。

翻譯亦能幫助學生學習外文字彙，Prince（1996）以學習英文的法國大學生為實驗對象，證實使用英法翻譯對照比使用英文語境來學習字彙的成效更佳。在閱讀方面，Kern（1994）發現美國大學生閱讀法文時使用大量的心譯（mental translation），其正面效果包括：（1）促進對外文語義的理解，（2）幫助學生思考處理意義單位較長或語法較複雜的句型，（3）學生閱讀時的聯想網絡（network of associations）更加豐富，（4）有助學生釐清法文句法和動詞時態，並檢查自己的理解是否正確。Kern認為心譯也有其限制，例如容易產生錯誤的字面翻譯，但整體而言：「翻譯並非總是需盡主力除之而後快的壞習慣，反而是理解第二語言的發展過程中重要的一環。」

三、以外語程度而言

過去的刻板印象可能認為只有初學者或程度欠佳的學習者才需要在外語學習上依賴翻譯，程度較好者可以直接使用外語思考，相當多研究者對此觀點也提供實徵研究的證據來表達不同看法。O'Malley等人（1985）的研究指出，初級程度學生使用翻譯的頻率高於中級程度學生，但兩種程度的學生都經常在學習過程中使用翻譯。Husain（1995）的研究發現使用翻譯對

學生的英語學習有正面效益，只是初級和中級程度學生在學習字彙和片語上受惠尤深，而高級程度學生的收獲則相對有限。Kobayashi和Rinnert（1992）在日本的英文寫作研究也展現相同趨勢，英文程度較低的學生傾向使用較多的日文翻譯來達到英文寫作的要求。

　　另一方面，Levenston（1985）和Perkins（1985）皆主張程度好的學習者可從謹慎使用的翻譯活動中受益良多，因為具備優良外語能力的學習者較易分辨母語和外語間用字、語法、語義和語言風格的細微差異，進而強化學習者的外語能力。Titford（1983）也認為翻譯是種很好的解決問題和認知活動的練習，而高級程度學生通常對語言的規則掌握較嫻熟，在翻譯時會將母語的知識延伸至外語學習上，如此對兩種語言的相同和相異處都能更進一步地闡明。簡言之，對於初學和程度較差的學習者而言，翻譯是一種有力的輔助學習工具和資源；對於程度優異的學習者，翻譯也可以幫助他們深刻認識到中外語文結構的異同和文化背景的差距，進而培養對不同語言和文化的敏銳感受。

伍、結語

　　本文旨在解構傳統行為主義思考下「翻譯會干擾外語學習」的迷思，並對翻譯在外語學習上的地位提出較周全的詮解。從第二語言習得理論和認知主義出發檢視翻譯在外語學習

過程中所扮演的角色時，母語其實是種重要的知識和資源，學習者常在自覺或不自覺情況下利用母語和翻譯來篩選第二語言的輸入以及表達第二語言的概念，這種心智認知的運作是非常自然，甚至難以避免的。更何況使用母語和翻譯並非造成外語學習困難和錯誤的主因，外語教師似乎無需過度擔心學生在課堂上使用中文和翻譯的情況。另外，本文也引用眾多實徵研究的證據支持翻譯作為一種外語學習策略有其具體成效。簡言之，翻譯在外語學習上的角色非常多元，不僅可以當作一種認知、記憶、情意、社交、和補償學習策略來增益學子的學習成效，亦能輔助閱讀、寫作、和字彙等外語技能的發展，而且針對不同程度的學習者皆有不同面向的助益。

臺灣目前英語教學的主流方法是溝通式語言教學法，注重培養學生在各種日常生活情境和語言功能上的使用，但許多學者已指出，溝通式語言教學法是在以英語為第二語言（ESL）的情境發展出來的教學法，若在以英語為外語（EFL）的國家中採用會產生不少副作用（Swan, 1985a, 1985b），其中一項就是學生的英文閱讀和寫作能力的培養受到忽略。而像臺灣此種EFL國家對外語的需求其實還是以閱讀了解外文和翻譯引介外國資訊文化為主，一般人日常生活中使用英語聽說技能的機會並不多見，因此國內英語教育除了致力加強學生口語能力外，對英文讀寫能力的訓練絕對不能偏廢。而如前所述，使用翻譯作為一種學習策略，對於提升學生英文讀寫和其他技能確有相當大的助益，而且翻譯活動作為一種教學技巧與現行的溝通教

學法相結合，更能提升學生全方位的外語能力，所以翻譯在外語學習上的角色和貢獻實值得外語教師再加深思。

參考書目

中文部分

文庭澍（2005）〈淺談大陸英語教科書的沿革〉，《敦煌英語教學電子雜誌》，擷取自http://cet.cavesbooks.com.tw/htm/m050404.htm

王珠惠（2003）〈大專口譯課程教案設計及實踐〉，《翻譯學研究集刊》，第8輯，頁181-195。

王寧（2003）《全球化與文化研究》，臺北：揚智。

史宗玲（2002）〈Materials development and task design for an MT course〉，《翻譯學研究集刊》，第7輯，頁1-28。

史宗玲（2003）〈The customized editing training in MT education〉，《翻譯學研究集刊》，第8輯，頁1-27。

史宗玲（2004）《電腦輔助翻譯》，臺北：書林。

史宗玲、沈志安（2004）〈Corpus-based diagnosis of student technical translations〉，《第九屆口筆譯教學研討會論文暨大會手冊》，頁229-248，台南，長榮大學。

永田小繪（1997）〈日中同步口譯探討〉，《翻譯學研究集刊》，第2輯，頁41-66。

汝明麗（2009）〈臺灣口譯產業專業化：Tseng模型之檢討與修正〉，《編譯論叢》，第2卷第2期，頁105-125。

汝明麗（2011）〈建構論教學觀之下的情境學習理論於大學中譯英口課程的實踐〉，《翻譯學研究集刊》，第14輯，頁235-268。

何慧玲（1999）〈臺灣大學應用外語科系口筆譯教學概況與分析〉，《翻譯學研究集刊》，第4輯，頁121-156。

何慧玲（2001）〈大學口譯課程筆記的學習與教法探討〉，《翻譯學研究集刊》，第6輯，頁53-77。

何承恩（2013）〈臺灣口譯研究現況：2004-2013趨勢與發表〉，《翻譯學研究集刊》，第16輯，頁111-144。

李光耀（2015）《李光耀回憶錄：我一生的挑戰，新加坡的雙語之路》，臺北，時報文化出版社。

李根芳（2011）〈臺灣翻譯研究碩士課程發展的回顧與前瞻〉，《翻譯教學與研究》，第2期，頁24-31。

李翠芳（1996）〈大學部口譯課程的教學規劃〉，《翻譯學研究集刊》，第1輯，頁117-140。

沈耿立（2014）《英語教學中的翻譯行為：以國民中學師生為例》，臺北：國立臺灣師範大學翻譯研究所碩士論文。

兒童福利聯盟（2002）〈學齡前兒童學習美語概況調查報告〉，http://www.children.org.tw/Public/Data/F200212181441581.pdf

周中天、徐加玲（1989）《兒童提前學習英語對其日後英語能力影響之研究》，國科會補助專題研究計劃報告。

周文欽（2002）《研究方法》，臺北，心理出版社。

吳敏嘉（1999）〈A step by step approach to the teaching of simultaneous interpretation〉，《翻譯學研究集刊》，第4輯，頁265-280。

吳敏嘉（2001）〈The importance of being strategic: A strategic approach to the teaching of simultaneous interpreting〉，《翻譯學研究集刊》，第6輯，頁79-92。

吳潛誠（2011）《中英翻譯：對比分析法》（修訂版），臺北：文鶴。

林秀慧（2008）〈由幼兒美語的迷思及政策演進省思我國幼兒美語應走的方向〉，《幼兒教育》，第289期，頁10-22。

林宜瑾、胡家榮、廖柏森（2005）〈口譯課程使用國際模擬會議之成效探討〉，《翻譯學研究集刊》，第9輯，頁81-107。

林敏慧、陳慶帆（2004）〈快速建構網路教學平台的新方案：Moodle〉，《教育研究刊》，第126期，頁85-98。

林義雄（2004）《口譯服務過程及其服務接觸之研究》，臺北：國立臺灣師範大學翻譯研究所碩士論文。

胡家榮、廖柏森（2009）〈臺灣大專中英口譯教學現況探討〉，《編譯論叢》，第2卷第1期，頁151-178。

徐新逸（2003）〈數位學習課程發展與模式初探〉，《教育研究月刊》，第116期，頁15-30。

徐郁雯（2014）《兩岸口譯研究現況：2004-2013》，臺北：國立臺灣師範大學翻譯學研究所碩士論文。

翁福元、吳毓真（2002）〈後殖民主義與教育研究〉，《教育研究月刊》，第103期，頁88-100。

張秀珍（2000）〈網路翻譯教學〉，《翻譯學研究集刊》，第5輯，頁3-22。

張培基、喻雲根、李宗杰、彭謨禹（1993）《英漢翻譯訓練手冊》，臺北：書林。

張梵（2001）《Using the "Given-New" perspectives in C-E sight translation: An initial exploration》，臺北：輔仁大學翻譯學研究所碩士論文。

張梵（2009）〈Ear-voice-span and yarget language rendition in Chinese to English simultaneous interpretatio〉，《翻譯學研究集刊》，第12輯，頁177-217。

張嘉倩（2009）〈大學外語科系的中譯英教學：翻譯教學與英語教學的交會點〉，《英語教學》，第33卷第4期，頁119-152。

張嘉倩、郝永崴（2008）〈The creation of an online learning community in interpreter training〉，《翻譯學研究集刊》，第11輯，頁119-137。

張瓊瑩（2010）〈臺灣大學生真的很被動嗎?英語系學生對於翻譯學習檔案的經驗與看法〉，《翻譯學研究集刊》，第13輯，頁293-318。

教育部（2001）《國民中小學英語教學活動設計及評量指引》，臺北：教育部。

曹逢甫、吳又熙、謝燕隆（1994）〈小學三年級英語教學追蹤輔導後續實驗教學〉，《教育研究資訊》，第2卷3期，頁111-122。

莊坤良（2002）〈在地性之政治：全球化、新興英文與英語教學的文化反思〉。《英語教學》，第27卷，頁1-16。

陳子瑋（2014）〈臺灣翻譯產學關聯研究成果報告〉，《2014臺灣翻譯研討會人文社會學術著作翻譯會議手冊》，臺北：國家教育研究院。

陳岳辰（2005）《臺灣地區自由口譯員之人格特質與工作滿意之關係》，臺北：國立臺灣師範大學翻譯研究所碩士論文。

陳瑞清（2003）〈語料庫翻譯學：英漢翻譯的研究與應用初探〉，《第八屆口筆譯教學研討會論文集》，頁7-1至7-28，臺北，國立臺灣師範大學。

陳瑞清（2004）〈漢譯文本的形合趨勢：以語料庫為本的翻譯學研究〉，《第九屆口筆譯教學研討會論文暨大會手冊》，頁189-213，台南，長榮大學。

陳瑞清（2011）〈語料庫在口筆譯教學與研究上的應用〉，《翻譯學研究集刊》，第14輯，頁115-134。

陳聖傑（1999）〈A structured decomposition model of a non-language-specific interpreter training program〉，《翻譯學研究集刊》，第4輯，頁81-119。

陶東風（2000）《後殖民主義》，臺北：揚智。

湯麗明（1996）〈大學「口譯入門」課程英譯中視譯練習之運用與建議〉，《翻譯學研究集刊》，第1輯，頁141-161。

彭致翎、林慶隆、劉寶琦、丁彥平、邱重嘉、賴韋光（2014）〈中國大陸翻譯發展策略及人才培育之研究〉。2014國際學術研討會：教育革新與學生學習，臺北：國家教育研究院。

楊英姿（2013）〈如何準備翻譯專業資格（水平）考試〉，《英語世界》，第4期，頁9。

楊承淑（1996）〈「口譯入門」課的教案設計、修正與評鑑〉，《翻譯學研究集刊》，第1輯，頁163-182。

楊承淑（1998）〈口譯「專業考試」的評鑑意義與功能〉，《翻譯學研究集刊》，第3輯，頁155-167。

楊承淑（2000）〈論口譯的價值與價格〉，《翻譯學研究集刊》，第5輯，頁197-209。

楊承淑（2002）〈口譯教學的數位化與網路化〉，《翻譯學研究集刊》，第七輯，頁273-296。

楊承淑（2004-2005）〈同步口譯的翻譯單位與訊息結構〉，《翻譯學研究集刊》，第9輯，頁235-268。

楊承淑、笹岡敦子、詹成（2011）〈逐步口譯中的非語言訊息結構〉，《編譯論叢》，第4卷第2期，頁55-78。

楊振昇（2000）〈校長證照制度與校長專業發展〉，《教育資料與研究》，第37期，頁26-31。

楊淑晴（2000）〈英文學習策略、學習類型與英文能力之相關研究〉，《國家科學委員會研究彙刊：人文及社會科學》，第10卷1期，頁35-39。

葉玉賢（2002）《語言政策與教育》，臺北：前衛。

葉連祺（2001）〈中小學校長證照相關課題之思考〉，《教育研究月刊》，第90期，頁57-71。

解志強（2002）〈Teaching machine translation and translation memory systems〉，《翻譯學研究集刊》，第7輯，頁297-322。

解志強（2010）《翻譯與網路資源：理論、標準、實務》，臺北：文景。

廖咸浩（2002）〈在巨人的陰影底下想像風車〉，《全球化與英語文教學》，戴維揚主編，（頁2-17），臺北：國立臺灣師範大學。

廖柏森（2014）《翻譯教學理論、實務與研究》，臺北：文鶴。

廖柏森、徐慧蓮（2005）〈大專口譯課是否能提升學生口語能力之探討〉，《翻譯學研究集刊》，第9輯，頁313-332。

廖柏森、胡家榮、周彥（2005）（譯）。A. U. Chamot, S. Barnhardt, P. B. El-Dnary, J. Robbins著，《英語學習策略完全教學手冊》，臺北：培生。

廖柏森、林俊宏、丘羽先、張裕敏、張淑彩、歐冠宇（2011）《翻譯教學實務指引》，臺北：眾文。

劉和平（2005）《口譯理論與教學》，北京：中國對外翻譯出版公司。

劉宓慶（1997）《英漢翻譯訓練手冊》，臺北：書林。

劉宓慶（2004）《口筆譯理論研究》，北京：中國對外翻譯出版公司。

劉建基（2003）〈從文化的觀點論臺灣的英語教學：由「全球在地化」談起〉，第四屆文山國際學術研討會，臺北：國立政治大學。

劉敏華（2002）〈口譯教學與外語教學〉，《翻譯學研究集刊》，第7輯，頁323-338。

劉敏華、張嘉倩、吳紹詮（2008）〈口譯訓練學校之評估作法：臺灣與中英美十一校之比較〉，《編譯論叢》，第1卷第1期，頁1-42。

劉顯親、楊中玉（2001）《e世代的英文教學》，臺北：敦煌。

歐展嘉（2008）《Moodle馬上會》，臺北：松崗。

盧慧娟、羅雪（1998）〈翻譯課程之設計：以西翻中為例〉，《翻譯學研究集刊》，第3輯，頁125-144。

穆雷（1999）《中國翻譯教學研究》，上海：上海外語教育出版社。

穆雷、王斌華（2009）〈國內口譯研究的發展及研究走向——基於30年期刊論文、著作和歷屆口譯大會論文的分析〉，《中國翻譯》，第4期，頁19-25。

賴慈芸（2009）。《譯者的養成：翻譯教學、評量與批評》，臺北：國立編譯館。

鮑川運（1998）〈同步口譯的過程及分神能力的訓練〉，《翻譯學研究集刊》，第3輯，頁21-36。

鮑剛（2005）《口譯理論概述》，北京：中國對外翻譯出版公司。

戴維揚（2003）英語文課程革新的三大目標：文字、文學、文化，語言與文化，戴維揚、梁耀南主編（頁23-37）。臺北：文鶴。

戴碧珠（2003）《臺灣各大學英文系及應用英文系筆譯教學現狀探討》，臺北：輔仁大學翻譯學研究所碩士論文。

謝怡玲（2002）〈Necessary changes in translation ideology〉，《翻譯學研究集刊》，第7輯，頁399-435。

顏治強（2002）《世界英語概論》，北京：外語教學與研究出版社

魏伶珈（2004）《英到中同步口譯專家與生手記憶策略之探討》，臺北：輔仁大學翻譯學研究所碩士論文。

英文部分

Anderson, J. (1993). Is a communicative approach practical for teaching English in China? Pros and cons. *System, 21*(4), 471-480.

Anthony, E. M. (1963). Approach, method, and technique. *English Language Teaching, 17*, 63-67.

Austermühl, F. (2001). *Electronic tools for translators*. Manchester, UK: St. Jerome.

Baker, L., & Brown, A. (1984). Metacognitive skills and reading. In P. D. Pearson(Ed.), *Handbook of Reading Research*. New York: Longman.

Baloche, L. A. (1998). *The cooperative classroom: Empowering learning.* Upper Saddle River, NJ: Prentice Hall.

Berko, J. (1958).The child's learning of English morphology. *Word, 14*, 150-177.

Bialystok, E. (1997). The structure of age: In search of barriers to second language acquisition. *Second Language Research, 13*, 116-137.

Bickerton, D. (1981). *Roots of Language.* Ann Arbor, MI. Karoma.

Bloomfield, L. (1961). *Language.* New York,: Holt Rinehard and Winston.

Bowker, L. (2001). Towards a methodology for a corpus-based approach to translation evaluation. *Meta, XLVI*(2), 345-364.

Brandl, K. (2005). Are you ready to "Moodle"? *Language Learning & Technology, 9*(2), 16-23.

Brown, H. D. (2001). *Teaching by principles: An interactive approach to language pedagogy* (2nd ed.). White Plain, NY: Addison Wesley Longman.

Brown, H. D., & Abeywickrama, P. (2010). *Language assessment: principles and classroom practices* (2nd ed.). White Plains, NY: Pearson Education.

Brown, J. D. (2001). *Using surveys in language programs.* Cambridge: Cambridge University Press.

Brown, J. D., & Hudson, T. (1998). The alternatives in language assessment. *TESOL Quarterly, 32*, 653-675.

Brown, K. (1995). World Englishes: To teach or not to teach. *World Englishes, 14*, 233-245.

Burnaby, B., & Sun, Y. (1989). Chinese teachers' view of Western language teaching: Context informs paradigms. *TESOL Quarterly, 23*(2), 219-238.

Canale, M., & Swain, M. (1980). Theoretical bases of communicative approaches to second language teaching and testing. *Applied Linguistics, 1*, 1-47.

Catford, J. (1965). *Linguistic theory of translation: An Essay in Applied linguistics.* London: Oxford University Press.

Chamot, A. U., & Kupper, L. (1989). Learning strategies in foreign language instruction. *Foreign Language Annals, 22*(10), 13-24.

Chamot, A. U., & O'Malley, J. M. (1994). *The CALLA Handbook: Implementing the cognitive academic language learning approach.* Reading, MA: Addison-Wesley.

Chamot, A. U., O'Malley, J. M., & Impink-Hernandez, M. V. (1987). *A study of learning strategies in foreign language instruction: first year report.* Rosslyn, VA: interstate Research Associates.

Chan, T.-h. L. (2000). *Translation and the foreign language program: Whither are we going?* Paper presented at the Ninth International Symposium on English

Teaching, Taipei, Taiwan, R.O.C.

Chellappan, K. (1991). The role of translation in learning English as a second language. *International Journal of Translation, 3*, 61-72.

Chen, D., Su, S., & Yu, T. (2011). The effective of English-only instruction on English listening course. *Journal of Chang Gung Institute of Technology, 14*, 79-104.

Chen, J.-Y. (2000). Junior high school students' English learning strategies. *Selected papers from the ninth international symposium on English teaching* (pp.198-209). Taipei: Crane Publishing Co.

Chen, Y. M. (1999). *A portfolio approach to EFL university writing instruction.* Paper presented at the 16th Conference on English Teaching and Learning in the Republic of China, Taiwan.

Cheng, T.-y. (1993). The syntactical problems Chinese college students meet in reading English technical textbooks. Indiana: ERIC Document Reproduction Service No. ED 364094.

Chern, C. L. (1993). Chinese students' word-solving strategies in reading in English. In T. Huckin & M. Haynes & J. Coady (Eds.), *Second language vocabulary learning* (pp. 67-81). Norwood, NJ: Ablex.

Chou, M.-C. (2004). Teaching EIL to English learners in Taiwan. *Hwa Kang Journal of English Language & Literature, 10*, 71-91.

Chung, Y.-T. (2000). The motivation and language learning strategies of students in high school: a site study, *Selected papers from the ninth international symposium on English teaching* (pp.284-292). Taipei: Crane Publishing Co.

Cohen, A. D. (1998). *Strategies in learning and using a second language.* New York: Addison Wesley Longman.

Cohen, A. D., & Aphek, E. (1981). Easifying second language learning. *Studies in Second language Acquisition, 3*, 221-236.

Colina, S. (2003). *Translation teaching, from research to the classroom: a handbook for teachers.* Boston: McGraw-Hill

Cook, G. (2010). *Translation in language teaching: an argument for reassessment* Oxford: Oxford University Press.

Cook, V. (1999). Going beyond the native speaker in language teaching. *TESOL Quarterly, 33*, 185-209.

Corder, S. (1981). *Error analysis and interlanguage.* Oxford: Oxford University Press.

Crowne, D. P., & Marlow, D. (1960). A new scale of social desirability independent of psychopathology. *Journal of Consulting Psychology, 24*, 349-354.

Crystal, D. (2012). *English as a global language* (2nd ed.). Cambridge: Cambridge

University Press.

Danchev, A. (1983). The controversy over translation in foreign language teaching(f. l. t. translation, Trans.), *Translation in the system of foreign languages training*(pp. 35-43). Paris: Round Table FIT-UNESCO.

Danielson, C., & Abrutyn, L. (1997). *An introduction to using portfolios in the classroom*. Alexandria, VA: Association for Supervision and Curriculum Development.

Dickinson, L. (1987). *Self-instruction in language learning*. Cambridge: Cambridge University Press.

Donato, R. (1994). Collective scaffolding in second language learning. In J. Lantolf & G. Appel (Eds.), *Vygotskian Approaches to Second Language Research*. Norwood, NJ: Ablex.

Dörnyei, Z. (1995). On the teachability of communication strategies. *TESOL Quarterly* 29, 55-84.

Dörnyei, Z. (1997). Psychological process in cooperative language learning: group dynamics and motivation. *The Modern Language Journal, 81*, 482-493.

Dulay, H., & Burt, M. (1973). Should we teach children syntax? *Language Learning, 23*(2), 245-258.

Ellis, R. (1985). *Understanding second language acquisition*. Oxford: Oxford University Press.

Eppert, F. (1977). Translation and second-language teaching. *The Canadian Modern Language Review*, 34, 50-61.

Flavell, J. H. (1979). Metacognition and cognitive monitoring: A new area of cognitive developmental inquiry. *American Psychologists, 34*(10), 906-911.

Flavell, J. H. (1981). Cognitive monitoring. In W. P. Dickson (Ed.), *Children's oral communication skills*. New York: Academic Press.

Foley, J. (1988). *New Englishes: The case of Singapore*. Singapore: Singapore University Press.

Friedlander, A. (1990). Composition in English: effects of a first language on writing in English as a second language. In B. Kroll (Ed.), *Second language writing: research insights for the classroom* (pp. 109-125). Cambridge: Cambridge University Press.

Gall, M. D., Borg, W. R., & Gall, J. P. (1996). *Educational research: an introduction*(6th ed.). White Plains, NY: Longman.

Gatenby, E. V. (1967). Translation in the classroom. In W. R. Lee (Ed.), *E.L.T. Selections 2*(pp. 65-70). London: Oxford University Press.

英語與翻譯教學：觀念與實務

Genesee, F., & Upshur, J. A. (1996). *Classroom-based evaluation in second language education*. Cambridge: Cambridge University Press.

Gentile, A., Ozolins, U., & Vasilakakos, M. (2001). *Liaison interpreting: a handbook*. Carlton South, Australia: Melbourne University Press.

Golden, S. (2001). Professional translator and interpreter training programmes. In S.-w. Chan & D. E. Pollard (Eds.), *An Encyclopaedia of Translation* (pp. 1074-1084). Hong Kong: Chinese University Press.

Graddol, D. (2006). *English Next*. London: British Council.

Green, J. M., & Oxford, R. L. (1995). A closer look at learning strategies, L2 proficiency, and gender. *TESOL Quarterly, 29*(2), 261-296.

Hanrahan, S. J. and G. Isaacs (2001). Assessing self-and peer-assessment: the students' views. *Higher Education Research & Development, 20* (1), 53-70.

Harmer, J. (2001). *The practice of English language teaching*. Essex, UK, Pearson Education.

Hartmann, R. R., & Stork, F. C. (1964). The place of grammar and translation in the teaching of modern languages. *The Incorporated Linguist, 3*(3), 73-75.

Henning, G. (1986). Quantitative methods in language acquisition research. *TESOL Quarterly, 20*(4), 701-708.

Ho, I.-P. (1998). *Relationships between motivation/attitude, effort, English proficiency, and socio-cultural educational factors and Taiwan technological university/ institute students' English learning strategy use*. Unpublished doctoral dissertation, Auburn University, Auburn.

Holec, H. (1981). *Autonomy and foreign language learning* Oxford: Pergamon Press.

Holliday, A. (1994). *Appropriate methodology and social context*. Cambridge: Cambridge University Press.

House, J. (1980). Übersetzen im Fremdsprachenunterricht. In S. O. Poulsen & W. Wilss(Eds.), *Angewandte Übersetzungswissenschaft*(pp. 7-17). Århus: Wirtschafts-universität Århus.

Howatt, A. P. R. (1984). *A history of English language teaching*. Oxford: Oxford University Press.

Hsieh, E. (2003). The importance of liaison interpreting in the theoretical development of translation studies, *Studies of Interpretation and Translation, 8*, 283-322。

Hsieh, L.-T. (2000). *The effects of translation on English vocabulary and reading learning*. Paper presented at the Ninth International Symposium on English Teaching, Taipei, Taiwan, ROC.

Hsieh, W.-H., Tsai, Y.-C., Lin, M.-C., & Liou, H.-C. (2006). *Web-based EAP course design and development: an example of MOODLE application.* Paper presented at the 2006 International Conference and Workshop on TEFL & Applied Linguistics, Ming Chuan University, Taoyuan.

Huang, H.-l. (2003). Raising students' awareness of idiomatic English through cross-translation practice. *English Teaching and Learning, 28*(1), 83-100.

Huang, X.-H., & van-Naerssen, M. (1987).Learning strategies for oral communication. *Applied Linguistics, 8*(3), 287-307.

Huebener, T. (1965). *How to teach foreign languages effectively* (Rev. ed.). New York: New York University Press.

Husain, K. (1994).Translation in the ESL classroom: Emerging trends. *International Journal of Translation, 1*, 115-130.

Husain, K.(1995). Assessing the role of translation as a learning strategy in ESL. *International Journal of Translation, 1*(2), 59-84.

Jakobson, R.(1959). On linguistic aspects of translation. In R. A. Brower (Ed.), *On translation* (pp. 232-239). Cambridge, MA: Harvard University Press.

Jenkins, J.(2000). *The phonology of English as an international language.* Oxford: Oxford University Press.

Jenkins, J. (2005). Implementing an international approach to English pronunciation: The role of teacher attitudes and identity. *TESOL Quarterly, 39,* 535-543.

Kachru, B. B. (1985). Standards, codification and sociolinguistic realism: The English language in the outer circle. In R. Quirk & H. G. Widdowson (Eds.), *English in the world: Teaching and learning the language and literature*(pp. 11-30). Cambridge: Cambridge University Press.

Kachru, B. B. (1992). World Englishes: approaches, issues, and resources. *Language Teaching, 25*, 1-14.

Kachru, Y. (Ed.)(1991). Symposium on speech acts in world Englishes. *World Englishes*, 10.

Kagan, S. (1995). We can talk: Cooperative learning in the elementary ESL classroom. (ERIC Document Reproduction Service No. ED 382035).

Kern, R. (1994). The role of mental translation in second language reading. *Studies in Second Language Acquisition, 16*, 441-461.

Kiraly, D. C. (1995). *Pathways to translation: Pedagogy and process.* Kent, OH: The Kent State University Press.

Kiraly, D. C. (2000). *A social constructivist approach to translator education.* Manchester, UK: St. Jerome.

Kobayashi, H., & Rinnert, C. (1992). Effects of first language on second language writing: translation versus direct composition. *Language Learning, 42*(2), 183-215.

Kramsch, C. (2009). *The multilingual subject: What foreign language learners say about their experience and why it matters.* Oxford: Oxford University Press.

Ku, P.-y. N. (1995). *Strategies associated with proficiency and predictors of strategy choice: A study on language learning strategies of EFL students at three educational levels in Taiwan.* Unpublished doctoral dissertation, Indiana University, Bloomington.

Kuo, C.-H. (2003). *Portfolio: design, implementation, and evaluation.* Paper presented at the 2003 International Conference and Workshop on TEFL & Applied Linguistics, Taiwan.

Lado, R. (1964). *Language teaching, a scientific approach.* New York: McGraw-Hill.

Larsen-Freeman, D. (2000). *Techniques and principles in language teaching* (2nd ed.). Oxford: Oxford University Press.

Laviosa, S. (2014). *Translation and language education: Pedagogic approachers explored.* New York: Routledge.

Lenneberg, E. (1967). *The Biological Foundations of Language.* New York: John Wiley & Sons.

Levenston, E. A. (1985). The place of translation in the foreign language classroom. *English Teacher's Journal, 32,* 33-43.

Levy, M. (1997).*Computer-assisted language learning: context and conceptualization.* New York: Oxford University Press.

Lewis, M. (2000). *Teaching collocation: further development in the lexical approach.* Hove, UK, Language Teaching Publications.

Li, D. (1998). "It's always more difficult than you plan and imagine": Teachers' perceived difficulties in introducing the communicative approach in South Korea. *TESOL Quarterly, 32,* 677-703.

Liao, P. (2002). *Taiwanese students' beliefs about translation and their use of translation as a strategy to learn English.* Unpublished doctoral dissertation, The University of Texas at Austin, Austin.

Liu, D.-M. (1995). *The relationship between language learning strategies used by high school EFL students in the Republic of China and their English achievement.* Unpublished doctoral dissertation, The State University of New York at Albany, Albany.

Lynch, B., & Shaw, P. (2005). Portfolios, power, and ethics. *TESOL Quarterly, 39,* 263-297.

Malmkjær, K. (Ed.).(1998). *Translation & language teaching: Language teaching & translation*. Manchester, UK: St. Jerome.

Malmkjær, K. (Ed.).(2004). *Translation in undergraduate degree programmes*. Amsterdam: John Benjamins.

Manual for candidates (2002). *National Accreditation Authority for Translators and Interpreters LTD* (NAATI).

Marti Viano, M.-D., & Orquin, V. (1982). Identifying our students' strategies for learning English as a foreign language. *Modern English Teacher, 9*(4), 38-41.

McKay, S. L. (2002). *Teaching English as an international language*. Oxford: Oxford University Press.

McLaughlin, B. (1978). *Second language acquisition in childhood*. New York: Lawrence Erlbaum.

Modiano, M. (2001). Linguistic imperialism, cultural integrity, and EIL. *ELT Journal, 55*(4), 339-346.

Mousavi, S. A. (2002). *An encyclopedic dictionary of language testing*. Taipei, Tung Hua.

Naiman, N., Frohlich, M., Stern, H. H., & Todesco, A. (1978). *The good language learner*. Toronto: Ontario Institute for Studies in Education.

Nayar, P. B. (1997). ESL/EFL dichotomy today: Language politics or pragmatics? *TESOL Quarterly, 31*(1), 9-37.

Newmark, P. (1988). *A textbook of translation*. Englewood Cliffs, NJ: Prentice Hall.

Nickerson, R. S., Perkins, D. N., & Smith, E. E. (1985). *The teaching of thinking*. Hillsdale, NJ: Erlbaum.

Nida, E., & Taber, C. R. (1969). *The theory and practice of translation*. Leiden, Netherlands: E. J. Brill.

Northrup, D. (2013). *How English became the global language*. New York: Palgrave Macmillan.

O'Malley, J. M. (1987). The effects of training in the use of learning strategies on acquiring English as a second language. In A. Wenden & J. Rubin (Eds.), *Learner strategies in language learning* (pp.133-144). Englewood Cliffs, NJ: Prentice-Hall.

O'Malley, J. M., & Chamot, A. U. (1990). *Learning strategies in second language acquisition*. Cambridge: Cambridge University Press.

O'Malley, J. M., Chamot, A. U., Stewner-Manzanares, G., Kupper, L., & Russo, R. P. (1985). Learning strategies used beginning and intermediate ESL students. *Language Learning, 35*, 21-46.

O'Malley, J. M., Chamot, A. U., Stewner-Manzanares, G., Russo, R. P., & Kupper, L. (1985). Learning strategy applications with students of English as a second language. *TESOL Quarterly, 19*, 557-584.

O'Neill, R. (1991). The plausible myth of learner-centredness: or the importance of doing ordinary things well. *ELT Journal, 45* (4), 293-304.

Ormrod, J. E. (1999). *Human Learning* (3rd ed.). Upper Saddle River, NJ: Prentice-Hall.

Orsmond, P., S. Merry, et al. (1996). The importance marking criteria in the use of peer and self-assessment. *Assessment & Evaluation in Higher Education, 21*(3), 239-249.

Oxford, R. L. (1989). Use of Language Learning Strategies: A Synthesis of Studies with Implications for Strategy Training. *System, 17*(2), 235-247.

Oxford, R. L. (1990). *Language learning strategies: What every teacher should know.* New York: Newbury House.

Oxford, R. L. (1993). Research on second language learning strategies. *Annual Review of Applied Linguistics, 13*, 175-187.

Oxford, R. L. (1996). Employing a questionnaire to assess the use of language learning strategies. *Applied Language Learning, 7*(1&2), 25-45.

Oxford, R. L., & Nyikos, N. (1989). Variables affecting choice of language learning strategies. *Modern Language Journal, 73*, 291-300.

Oxford, R. L., Crookall, D., Cohen, A. D., Lavine, R., Nyikos, M., & Sutter, W. (1990). Strategy training for language learners: six situational case studies and a training model. *Foreign Language Annals, 22*, 197-216.

Parnell, A. (1989). Liaison interpreting as a language teaching technique. In L. Gran & J. Dodds (Eds.), *The theoretical and practical aspects of teaching conference interpretation* (pp. 253-256). Udine, Italy: Campanotto Editor.

Perkins, C. (1985). Sensitizing advanced learners to problems of L1- L2 translation. In C. Titford & A. E. Hiehe (Eds.), *Translation in foreign language teaching and testing* (pp. 51-72). Tubingen: Narr.

Phillipson, R. (1992). *Linguistic imperialism.* Oxford: Oxford University Press.

Politzer, R. L. (1983). An Exploratory Study of Self-Reported Language Learning Behaviors and Their Relationship to Achievement. *Studies in Second Language Acquisition, 6*(1), 54-68.

Politzer, R. L., & McGroarty, M. (1985). An exploratory study of learning behaviors and their relationship to gains and communicative competence. *TESOL Quarterly, 19*, 103-123.

Power, C. (2005). Not the Queen's English. *Newsweek, May 7*, 41-45.

Quirk, R. (1991). The question of standards in the international use of English. In M. L. Tickoo(Ed.), *RELC anthology 26*(pp. 153-164). Singapore: Regional English Language Center.

Rampton, M. B. H. (1990). Displacing the native speaker: expertise, affiliation and inheritance. *ELT Journal, 44*, 97-101.

Reynolds, W. M. (1982). Development of reliable and valid short forms of the Marlowe-Crowne Social Desirability Scale. *Journal of Clinical Psychology, 38*(1), 119-125.

Richards, J. C., & Rodgers, T. S. (2001). *Approaches and methods in language teaching* (2nd ed.). Cambridge: Cambridge University Press.

Richards, J. C., Platt, J., & Platt, H. (1992). *Longman dictionary of language teaching & applied linguistics*. Essax: Longman.

Ronowicz, E. (1999). Introduction. In E. Ronowicz & Y. Colin (Eds.), *english: one language, different cultures* (pp. 1-25). London and New York: Cassell.

Rubin, J. (1975). What the "good language learner" can teach us. *TESOL Quarterly, 9*, 41-51.

Rumelhart, D. E. (1980). Schemata: The building blocks of cognition. In R. J. Spiro, B. C. Bruce & W. F. Brewer (Eds.), *Theoretical issues in reading comprehension* (pp. 33-58). Hillsdale, NJ: Erlbaum.

Sano, M., Takahashi, M., & Yoneyama, A. (1984). Communicative language teaching and local needs. *ELT Journal, 38*(3), 170-177.

Schoenfeld, A. H. (1985). Metacognitive and epistemological issues in mathematical understanding. In E. A. Silver (Ed.), *Teaching and learning mathematical problem solving: Multiple research perspectives*. Hillsdale, NJ: Erlbaum.

Schommer, L. (1990). Effects of beliefs about the nature of knowledge on comprehension. *Journal of Educational Psychology, 82*, 498-504.

Scovel, T. (1988). *A time to speak: A psycholinguistic inquiry into the critical period for human speech*. New York: Newbury House Publishers.

Shih, C.-l. (2015). Translation technology in Taiwan: track and trend. In Chan, Sin-wai (Ed.) (pp. 337-351). *Routledge encyclopedia of translation technology*. London: Routledge.

Smith, L. (1976). English as an international auxiliary language. *RELC Journal, 7*(2), 38-43.

Stern, H. H. (1975). What can we learn from the good language learner? *Canadian Modern Language Review, 31*, 304-318.

Stoller, F. (2002). Project work: A means to promote language and content. In J. C. Richards & W. A. Renandya (Eds.) *Methodology in language teaching* (pp.107-119). UK: Cambridge University Press.

Su, C.-c. (2006). Moodle for English Teachers. *The Proceedings of 2006 International Conference and Workshop on TEFL & Applied Linguistics*, 321-330.

Swan, M. (1985a). A critical look at the Communicative Approach (1). *ELT Journal, 39*(1), 2-12.

Swan, M. (1985b). A critical look at the Communicative Approach (2). *ELT Journal, 39*(2), 76-87.

Swan, M., & Walter, C. (1984). *The Cambridge English course*. New York: Cambridge University Press.

Taylor, B. (1975). Adult language learning strategies and their pedagogical implications. *TESOL Quarterly, 9*, 391-399.

Titford, C. (1983). Translation for advanced learners. *ELT Journal, 37*(1), 52-57.

Titford, C. (1985). Translation—a post-communicative activity for advanced learners. In C. Titford & A. E. Hiehe(Eds.), *Translation in foreign language teaching and testing* (pp. 73-86). Tubingen: Narr.

Tudor, I. (1987). Using translation in ESP. *ELT Journal, 41*(4), 268-273.

Vann, R. J., & Abraham, R. G. (1990). Strategies of unsuccessful language learners. *TESOL Quarterly, 24*(2), 177-198.

Vygotsky, L. S. (1962). *Thought and language*. Cambridge, MA: MIT Press.

Vygotsky, L. S. (1978). *Mind in society: the development of higher psychological process*. Cambridge, MA: Harvard University Press.

Warschauer, M. (1997). Computer mediated collaborative learning: theory and practice. *The Modern Language Journal, 81*(4), 470-481

Warschauer, M. (1998) Computers and language learning: an overview. *Language Teaching, 31*, 57-71.

Wenden, A. (1986). What do second-language learners know about their language learning? A second look at retrospective accounts. Applied Linguistics, 7(2), 186-201.

Wenden, A. (1987). Incorporating learner training in the classroom. In A. Wenden & J. Rubin(Eds.), *Learner strategies in language learning* (pp. p.159-178). Englewood Cliffs, NJ: Prentice-Hall.

Wenden, A. (1998). Metacognitive knowledge and language learning. *Applied Linguistics, 19*, 515-537.

Widdowson, H. G. (1994). The ownership of English. *TESOL Quarterly, 28*, 377-388.

Wilss, W. (1982). *The science of translation*. Tübingen: Gynter Narr.

Witt, A., Harden, T., & Harden, A. R. O. (Eds.). (2009). *Translation in second language learning and teaching*. Bern: Peter Lang.

Wolf, Lichtenstein, G., & Stevenson, C. (1997). Portfolios in teacher evaluation. In J. H. Stronge (Ed.), *A guide to current thinking and best practice*. Thousand Oaks, CA: Corwin.

Yagi, S. M. (2000). Language labs and translation booths: Simultaneous interpretation as a learner task. *Language Culture and Curriculum, 13*(2), 154-173.

Yang, N.-D. (1992). *Second language learners' beliefs about language learning and their use of learning strategies: A study of college students of English in Taiwan*. Unpublished doctoral dissertation, The University of Texas at Austin, Austin.

Yang, N.-D. (2003). *Incorporating portfolios into the EFL writing classroom*. Paper presented at the 2003 International Conference and Workshop on TEFL & Applied Linguistics, Taiwan.

Vermeer, H. J. (2004). Skopos and commission in translation action (A. Chesterman, Trans.). In L. Venuti (Ed.), *The translation studies reader* (2 ed., pp. 227-238). New York: Routledge.

Zhao, Y. (2003). Recent development in technology and language learning: a literature review and data-analysis. *CALICO Journal, 21*(1), 7-27.

Zohrevandi, Z. (1992). Translation as a resource: Teaching English as a foreign language. In R. De Beaugrande & A. Shunnaq & M. H. Heliel (Eds.), *Language, discourse, and translation in the West and Middle East* (pp. 181-187). Amsterdam/ Philadelphia: John Benjamins.

Zojer, H. (2009). The methodological potential of translation in second language acquisition: re-evaluating translation as a teaching tool In A. Witte, T. Harden & A. R. O. Harden (Eds.), *Translation in second language learning and teaching*. Bern: Peter Lang.

Zubizarreta, J. (2009). *The learning portfolio: reflective practice for improving student learning* (2nd ed.). San Francisco: Jossey-Bass.

秀威經典　　　　　　　學習新知類　PD0027　學語言4

英語與翻譯教學：
觀念與實務

作　　者／廖柏森
責任編輯／陳佳怡
圖文排版／楊家齊
封面設計／楊廣榕

出版策劃／秀威經典
發 行 人／宋政坤
法律顧問／毛國樑　律師
印製發行／秀威資訊科技股份有限公司
　　　　　114台北市內湖區瑞光路76巷65號1樓
　　　　　電話：+886-2-2796-3638　傳真：+886-2-2796-1377
　　　　　http://www.showwe.com.tw
劃撥帳號／19563868　戶名：秀威資訊科技股份有限公司
　　　　　讀者服務信箱：service@showwe.com.tw
展售門市／國家書店（松江門市）
　　　　　104台北市中山區松江路209號1樓
　　　　　電話：+886-2-2518-0207　傳真：+886-2-2518-0778
網路訂購／秀威網路書店：http://www.bodbooks.com.tw
　　　　　國家網路書店：http://www.govbooks.com.tw

2016年1月　BOD一版
定價：350元
版權所有　翻印必究
本書如有缺頁、破損或裝訂錯誤，請寄回更換

國家圖書館出版品預行編目

英語與翻譯教學：觀念與實務 / 廖柏森著. -- 一
版. -- 臺北市：秀威經典, 2016.01
　　　面；　公分. -- (學習新知類；PD0027) (學
語言；4)
　　BOD版
　　ISBN 978-986-92379-0-1(平裝)

　1. 翻譯學　2. 語文教學　3. 文集

811.707　　　　　　　　　　　104021444

讀者回函卡

感謝您購買本書，為提升服務品質，請填妥以下資料，將讀者回函卡直接寄
回或傳真本公司，收到您的寶貴意見後，我們會收藏記錄及檢討，謝謝！
如您需要了解本公司最新出版書目、購書優惠或企劃活動，歡迎您上網查詢
或下載相關資料：http:// www.showwe.com.tw

您購買的書名：_____

出生日期：_____年_____月_____日

學歷：□高中 (含) 以下　　□大專　　□研究所 (含) 以上

職業：□製造業　□金融業　□資訊業　□軍警　□傳播業　□自由業
　　　□服務業　□公務員　□教職　　□學生　□家管　□其它_____

購書地點：□網路書店　□實體書店　□書展　□郵購　□贈閱　□其他

您從何得知本書的消息？

　□網路書店　□實體書店　□網路搜尋　□電子報　□書訊　□雜誌
　□傳播媒體　□親友推薦　□網站推薦　□部落格　□其他_____

您對本書的評價：（請填代號　1.非常滿意　2.滿意　3.尚可　4.再改進）

　封面設計____　版面編排____　內容____　文／譯筆____　價格____

讀完書後您覺得：

　□很有收穫　□有收穫　□收穫不多　□沒收穫

對我們的建議：_____

_____

_____

_____

11466
台北市內湖區瑞光路 76 巷 65 號 1 樓

秀威資訊科技股份有限公司 　　收
　　　　BOD 數位出版事業部

⋯⋯⋯⋯⋯⋯⋯⋯⋯⋯⋯⋯⋯⋯⋯⋯⋯⋯⋯⋯⋯⋯⋯⋯

（請沿線對折寄回，謝謝！）

姓　　名：＿＿＿＿＿＿＿　年齡：＿＿＿　性別：□女　□男

郵遞區號：□□□□□

地　　址：＿＿＿＿＿＿＿＿＿＿＿＿＿＿＿＿＿＿＿＿

聯絡電話：(日) ＿＿＿＿＿＿＿　(夜) ＿＿＿＿＿＿＿

E-mail：＿＿＿＿＿＿＿＿＿＿＿＿＿＿＿＿＿＿＿＿